Kurt Palm

DER HAI IM SYSTEM

ROMAN

leykam: *Belletristik*

All the beautiful things of this world are lies.
They count for nothing in the end.

Patrick McCabe: The Butcher Boy

01.

Die Liebe zur Wurstverkäuferin war nicht schön. Und es war auch gar keine richtige Liebe. Einmal haben wir uns getroffen. Bei mir. Dann habe ich sie nie wiedergesehen. Auch nicht im Supermarkt. Bianka hat sie geheißen. Man hat sie wahrscheinlich versetzt. Oder sie hat sich versetzen lassen. Keine Ahnung. Ist mir auch egal. Dabei ist zwischen uns gar nichts passiert. Leider. Ich hatte bereits alles vorbereitet: eine Kerze, gelbe Gummihandschuhe, zwei Dildos und eine CD mit dem »Cocksucker Blues« von den Rolling Stones. Dass die Sache schiefgelaufen ist, war nicht meine Schuld. Ich war mir sicher, dass sie mit mir –. Warum nicht? Sie war ja auch eher dick. Wie ich. Allerdings war ich damals noch nicht so dick wie heute. Trotzdem wollte sie nicht. Weil sie viel zu verklemmt war.

Ich habe sie gefragt, ob sie sich einen Pornofilm ansehen möchte. Als Vorspiel sozusagen. Ich hatte sogar schon einen ausgewählt. Einen über fickende Mormonen. Wahrscheinlich hat sie gar nicht gewusst, wer oder was fickende Mormonen überhaupt sind. Vielleicht hat sie gedacht, dass es sich dabei um Murmeltiere handelt. Oder um Kormorane. Keine Ahnung. Als ich ihr das mit dem Pornofilm vorgeschlagen habe, ist sie aufgestanden und gegangen. Oder sagen wir so: Sie wollte gehen. Aber das wollte ich nicht. Also habe ich sie an den Oberarmen gepackt und festgehalten. Sie hat zu schreien begonnen, da habe ich dann ein bisschen fester zugedrückt. Ich wollte ja nicht, dass irgendjemand im Haus etwas hört. Okay, einen leichten Stoß habe ich ihr auch versetzt. Aber passiert ist ihr nichts, außer –. Die Ohrfeige hat sie jedenfalls zur Besinnung gebracht.

Jetzt fangen die Schüler im Pausenhof wieder an herumzuschreien. Grauenhaft. Nur wenn es kalt ist oder regnet, habe ich Ruhe. Aber heute ist es heiß, sehr heiß sogar. Durch den Feldstecher sehe ich genau, wer gerade mit wem streitet. Von meiner Wohnung im dritten Stock habe ich freie Sicht auf den Schulhof. Ein paar Mal bin ich hinübergegangen und habe mich beim Direktor beschwert. Aber es hat nichts genützt. »Da kann man nichts machen«, hat er gesagt und dabei die Bleistifte auf seinem Schreibtisch der Größe nach geordnet. In Wirklichkeit hat ihn das gar nicht interessiert. Beim Verlassen des Direktionszimmers haben mich die Schüler am Gang ausgelacht. »Fettsack« hat mir einer nachgeschrien. Und »fette Sau«

ein anderer. Das waren Jugos oder Türken, deren Väter wahrscheinlich alle schwarz am Bau arbeiten und deren Mütter als Putzfrauen zusätzlich Geld verdienen müssen, damit sie sich ihre Häuser in Serbien oder Anatolien leisten können. Die aber nie fertig werden, weil sie ja keine Zeit zum Bauen haben. Oder weil ihnen ständig die Kohle ausgeht. Dann wohnen sie zu zehnt in zwei Zimmern und bringen sich gegenseitig um.

Es hätte ein schöner Abend werden können. Und was macht Bianka? Sie schaut mich entsetzt an. Was hat sie sich erwartet? Dass wir vor dem Ficken gemeinsam beten? Wie die polnischen Nutten. Dabei hatte ich die Kerze neben dem Bett schon angezündet. Und die CD war auch schon vorbereitet. »Oh where can I get my cock sucked?« Bianka hatte rote Lippen, was sicher kein Zufall war. »Rote Lippen soll man küssen, denn zum Küssen sind sie da.« Warum malt sich eine Frau die Lippen rot an, wenn sie nichts von einem Mann will? Mir kann da keiner etwas erzählen. Stiefel hatte sie auch an. Es war zwar Winter, trotzdem hätte sie ihre Stiefel ausziehen können. Aber sie wollte nicht. Um jederzeit flüchten zu können? Das mit den Stiefeln habe ich erst gemerkt, als sie auf dem Sofa saß. Zuvor habe ich sie ja immer nur hinter der Theke gesehen. In ihrer hässlichen Supermarkt-Uniform. Sie hat so komisch geschaut und mich gefragt, weshalb in meiner Wohnung so viele Kisten herumstehen. Und warum meine Fenster mit Zeitungspapier zugeklebt sind. Ich habe mit den Schultern gezuckt und gesagt, dass ich in den Kisten alles aufbewahre, was mir wichtig ist. Zum Beispiel mein Sturmgewehr 77. Volles Magazin, 42 Schuss, Halbautomatik, vier Kilo, sehr handlich. Aber das habe ich Bianka natürlich nicht gesagt. Stattdessen habe ich ihr erzählt, dass ich meine Gitarre darin aufbewahre und dass ich früher in einer Band gespielt habe. Ist schon lange her. Wir haben harte Sachen gespielt, keine Schmachtfetzen wie »Melancholie – oh oh oh oh – im September, das ist alles, was mir blieb von dir«. Am Land sind wir besonders gut angekommen. Da mussten wir ab und zu auch solche Schlager spielen, weil die Weiber so darauf abgefahren sind. Tiefe Geschichten waren das. Am wildesten ist es bei den Hochzeiten zugegangen, da wurde gesoffen, bis sich keiner mehr ausgekannt hat. Oft hat die Braut nicht mehr gewusst, mit wem sie gerade bumst. »Ganz in weiß mit einem Blumenstrauß.« Und am nächsten Tag war alles aus. Natürlich gab es auch viele Schlägereien. Wie ich das alles ausgehalten habe, weiß ich nicht. Damals war ich noch fit, heute bin ich ein Wrack. Aber das spielt jetzt alles keine Rolle mehr.

Moment, was raschelt da? Da raschelt doch etwas hinter einer der Kisten. Um Gottes willen, wenn das Mäuse sind, drehe ich durch. Obwohl es mir eigentlich egal sein könnte. Voriges Jahr habe ich einmal Mäuse gehabt. Ich habe sofort bei der Hausverwaltung angerufen und mich darüber beschwert, dass es im Haus Mäuse gibt. Die Frau am Telefon hat gesagt, dass es noch nie Beschwerden wegen Mäusen gab, und dass sie jemanden vorbeischicken werde. Ich habe das natürlich abgelehnt. In meine Wohnung lasse ich niemanden. Außer Frauen wie Bianka. Ich habe mir dann ein paar Mausefallen gekauft und zuerst nur Wollmäuse gefangen. Riesige Wollmäuse. Im Laufe einer Woche habe ich dann tatsächlich sechs echte Mäuse gefangen. Dann war Schluss. Wie die in meine Wohnung gekommen sind, ist mir ein Rätsel.

Bianka. Komisch, dass ich ausgerechnet heute an sie denken muss. Eigentlich habe ich sie gemocht, aber sie hat das nicht verstanden. Auch das mit den zwei Dildos nicht. Ist doch ganz einfach: Double penetration, mit Handschellen. Natürlich tut das am Anfang weh. Mir hat auch vieles wehgetan in meinem Leben, aber gejammert habe ich nie. Hätte mir ohnehin nichts genützt. Wen hätte das interessieren sollen? Meine Mutter? Dass ich nicht lache. Dildo oder Schwanz, ist doch alles egal. Aber eigentlich graust mir vor Sex. Ich darf mir andere Leute beim Sex gar nicht vorstellen, ohne dass mir sofort schlecht wird. Mit Bianka wäre es vielleicht etwas anderes gewesen. Aber sie hätte sich halt nicht so anstellen sollen.

Mit den Kakerlaken war es dasselbe wie mit den Mäusen. Plötzlich waren sie da. Und sie waren riesig. Zuerst habe ich gar nicht gewusst, was das für Tiere sind, weil sie ziemlich schnell waren. Dann habe ich gemerkt, dass sie gerne Bier mögen. Also habe ich Bier in eine Untertasse geleert und gewartet, bis sie der Reihe nach aus ihren Verstecken gekrochen kamen. So wie die Tiere bei den Wasserstellen im Dschungel oder in der Wüste, was weiß ich. Sobald sie mit dem Trinken angefangen haben, habe ich mit dem Schuh auf sie eingeschlagen. Weil Kakerlaken einen sehr dicken Panzer haben, hat es immer ordentlich geknackt, wie wenn man jemandem einen Knochen bricht. Das Geräusch kannte ich von früher. Es war eine ziemliche Sauerei, weil einige von ihnen voll mit Eiern waren. Kakerlaken fressen sogar die Überreste ihrer toten Artgenossen. Kein schöner Anblick, auch wenn Kannibalismus im Tierreich weit verbreitet sein soll. Angeblich gibt es sogar Riesenechsen, die es mit toten Weibchen treiben. Das muss man sich einmal vorstellen. Obwohl –.

Kakerlaken sind auch in der Nacht unglaublich aktiv. Schlimm war, dass sie oft im Schlaf an meinen Mundwinkeln gesaugt haben. Und zwar dort, wo sich Bierreste angesammelt hatten. Einmal habe ich in meinem Schreck tatsächlich eine verschluckt, die ist mir im Hals steckengeblieben. Ich habe gedacht, ich sterbe. Wenn sich Kakerlaken einmal in einer Wohnung eingenistet haben, ist es schwer, sie wieder loszuwerden. Die legen nämlich Tausende Eier. Ich habe das gesehen, weil sie unter einem Haufen gebrauchter Papiertaschentücher neben meinem Bett Eier abgelegt haben. Hunderte winzige Kakerlaken sind dort herumgekrochen. Es hat ausgesehen wie in einem Horrorfilm.

Warum müssen die Schüler im Pausenhof ständig so schreien? Können die sich nicht im Turnunterricht abreagieren? Wie ich in die Hauptschule gegangen bin, bin ich am liebsten an dieser Stange hinaufgeklettert und dann langsam heruntergerutscht. Dabei habe ich meinen Pimmel ganz fest gegen die Stange gedrückt, und wenn ich unten angekommen bin, hat es gekitzelt. Der Lehrer hat sich schon gewundert, warum ich dauernd die Stange rauf und runter bin. Bei einem Ausflug aufs Land habe ich einmal gesehen, wie junge Burschen von einem Maibaum heruntergerutscht sind. Die hatten aber Lederhosen an. Ich kann mir nicht vorstellen, dass sie dabei etwas gespürt haben.

Ein Fensterflügel Richtung Pausenhof ist nicht mit Zeitungspapier zugeklebt. Ich muss ja den Überblick bewahren. Mein Feldstecher liegt immer bereit. Wenn die jungen Mädchen wüssten, wie nahe ich ihnen komme. 8 x 25, den habe ich von meiner Zeit beim Bundesheer, ist zwar schon alt, aber immer noch scharf. Schade, dass nur ein paar Schülerinnen enge Hosen oder kurze Röcke tragen, die meisten sind ja Musliminnen. Aber ich kann mir genau vorstellen, was sie treiben, wenn sie ihre Kopftücher abnehmen und sich ihre langen Kleider vom Leib reißen. Wie alt sind die? Dreizehn oder vierzehn, da werden sie schon herumficken wie die Kaninchen. Die brauchen mir nichts zu erzählen, ich kenne ja die Pornos mit den jungen Araberinnen. Da gibt es keine Tabus. Bei den Türkinnen ist es dasselbe. Ich hasse sie alle.

Da, jetzt raschelt es wieder. Das darf doch nicht wahr sein. Ich muss ruhig bleiben, sonst bekomme ich noch einen Herzinfarkt. Oder haben sich womöglich Mäuse im Hohlraum unter den Holzdielen eingenistet? Wenn ich im Fußboden tatsächlich Mäuse hätte, müsste ich die Dielen herausreißen und Nachschau halten. Es hätte zwar keinen Sinn mehr, aber ich würde es trotzdem tun. Zuerst würde ich mich auf den Boden legen und horchen. Als ich das letzte Mal bei der Ohrenärztin war, hat sie gemeint, dass da ein ganz komischer Dreck drinnen ist. Dann hat es zu allem Überfluss auch noch zu rauschen begonnen. Das war der absolute Wahnsinn. Ich konnte nicht mehr unterscheiden, ob das Geräusch von außen oder von innen kommt, oder ob ich meine eigene Blutzirkulation höre. Ich war kurz davor durchzudrehen. Zum Glück hat mich die Ärztin auch ohne E-Card behandelt. Ich besitze ja keine E-Card, weil diese Idioten von der Versicherung gemeint haben, dass ich gar keinen richtigen Beruf ausübe. Dabei bin ich nachweislich in der Public-Relations-Branche tätig gewesen. Ich habe ihnen sogar meine Bestätigung von diesem Kommunikations-Abendkurs gezeigt, zu dem mich das Arbeitsamt gezwungen hat. Ja, gezwungen, freiwillig hätte ich mir diesen Blödsinn sicher nicht angehört: »Maximieren Sie Ihr individuelles rhetorisches Profil, das sich von anderen abhebt. Die Stimme ist ein Schlüsselreiz in der Kommunikation, sie signalisiert Ihrem Gegenüber, ob Sie meinen, was Sie sagen.« Schlüsselreiz? Ich kenne nur einen Hustenreiz oder einen Juckreiz. Aber der Trampel bei der Sozialversicherung hat unablässig den Kopf geschüttelt und gesagt, dass der Besuch eines Kommunikations-Abendkurses kein Nachweis für die Ausübung eines Berufs sei. Dabei hat mich das Arbeitsamt dazu gezwungen, verdammt noch einmal.

Wie gut, dass ich damals vom Bundesheer das StG 77 mitgenommen habe, samt Munition. Ein paar Mal war ich kurz davor. Bianka hätte ich aber nicht erschossen. Bei der hat es genügt, dass ich ihr eine geknallt habe. Es war keine feste Ohrfeige. Glaube ich zumindest. Obwohl sie ziemlich –. Aber warum musste sie auch so ein Theater machen?

Vor vielen Jahren habe ich einmal ein Gedicht für eine Supermarkt-Kassiererin geschrieben. Die hat das auch nicht verstanden. Das Gedicht hieß »Ode an das Kassenfräulein« und ging so:

Schön sind deine langen Finger
mit den aufgeklebten Nägeln.
Schön ist dein lachendes Gesicht,
auch wenn es ein paar Pickel hat.
Schön ist es,
wenn du gedankenverloren Zahlen eintippst.
Deine Augen schweifen ab von den Waren
auf dem Förderband,
wenn ich plötzlich vor dir stehe.

Dann tippst du weiter und tust so,
als wäre ich gar nicht da.
Obwohl ich ja vor dir stehe.
Komm doch, vergiss die Preise, denke ich mir,
Zieh deinen weißen Kittel aus, und
geh mit mir nach Hause.

Ich habe ihr den Zettel zugesteckt und war mir sicher, dass ihr das Gedicht gefallen würde. Aber stattdessen ist beim nächsten Einkauf der Geschäftsführer zu mir gekommen und hat gemeint, dass es besser wäre, wenn ich diese Filiale nicht mehr betreten würde. Die Kassiererin hat genau gesehen, was passiert ist, hat aber weggeschaut. Feige Sau. Dabei war das Gedicht gar nicht von mir. Ich habe es aus einer Zeitschrift abgeschrieben. Einmal habe ich nach Geschäftsschluss auf sie gewartet, weil ich sehen wollte, wo sie wohnt. Ich bin ihr gefolgt, und irgendwann ist sie in einem heruntergekommenen Gemeindebau verschwunden. Sie wäre also ohnehin nichts für mich gewesen. Ein paar Mal bin ich noch hingefahren, weil ich schauen wollte, ob sie einen Mann hat. Einmal hat sie tatsächlich einen Typen mit in ihre Wohnung genommen, da bin ich natürlich wütend geworden und –.

Vor Kurzem ist in der Nähe ein Sozialmarkt eröffnet worden, aber um dort einkaufen zu dürfen, hätte ich einen Nachweis vom Sozialamt gebraucht, was unter meiner Würde ist. Außerdem wollte ich mit diesen Asozialen und

Asylanten nichts zu tun haben. Da bin ich lieber in den Supermarkt gegangen. Also nicht in den, in dem Bianka gearbeitet hat. Bianka, Bianka. Ewig schade um die roten Lippen. Aber eigentlich ist das alles gar nicht mehr wichtig. Ein gutes Gefühl, wenn man weiß, dass nichts mehr von Bedeutung ist. Mir ist sogar egal, ob die Wohnung über mir wieder vermietet wird. Obwohl gar nicht klar ist, ob diese Japanerin tatsächlich ausgezogen ist, oder ob sie nur eine Reise gemacht hat. Eine lange Reise. »Es geht eine Träne auf Reisen.«

Jedenfalls war das die Hölle. Da gibt es weltweit mindestens eine Milliarde Wohnungen, und dann muss diese Yumiko Kobayashi ausgerechnet in die Wohnung über mir einziehen. Einen Lotto-Sechser habe ich nie gemacht, dafür ist eine geigenspielende Japanerin über mir eingezogen. So viel Pech musst du erst einmal haben.

Am Anfang habe ich mir noch nichts dabei gedacht, obwohl mir gleich beim ersten Geigenton Übles schwante. Viele Japanerinnen fahren ja nach Wien, um hier ein Instrument zu lernen. Weiß der Teufel, warum. Japan hat 126 Millionen Einwohner, aber anscheinend keine Geigenlehrer. Diese Yumiko Kobayashi hat also jeden Tag Geige gespielt. Nein, falsch. Sie hat Geige geübt. Und zwar tagelang das gleiche Stück. Das treibt jeden normalen Menschen in den Wahnsinn. Ich habe mich auf die Leiter gestellt und das Geigengekratze aufgenommen. Zum Beweis. Man kann ja nie wissen. Das Gurgeln im

Badezimmer, das Gekläff der Hunde, das Geschrei der Frauen beim Orgasmus oder wenn sie geschlagen werden, das Quietschen der Straßenbahn, das Scheppern der Gastherme, das Gurren der Tauben, das Getrampel der Kinder, das Knarren der Sesselleisten, das Plärren der Babys, das Geschrei der Schüler im Pausenhof – alles habe ich aufgenommen. Oft hat man die Geräusche aber gar nicht mehr gehört, weil das Rauschen des Tonbands lauter war als die Aufnahme selbst.

Moment einmal, was brummt da vor dem Fenster? Das sind ja – sind das Bienen? Nein, für Bienen sind die zu groß. Das sind Hummeln oder Hornissen. Woher kommen die plötzlich?

Ich habe einmal gelesen, dass es Stille in dem Sinn
eigentlich gar nicht gibt. Im Universum soll es auch sehr laut sein. Allerdings können wir das nicht hören, weil das andere Frequenzen sind. Wie bei den Elefanten. Die verständigen sich auch, ohne dass wir das mitbekommen. Oder die Wale. Walfischgesänge sollen gut für die Nerven sein. Selbst Taube hören ihr eigenes Blut zirkulieren. Tauben wahrscheinlich auch. Ein Horror, wenn ich mir vorstelle, dass ich taub bin und Tag und Nacht nichts anderes höre als das Zirkulieren meines eigenen Blutes. Interessant wäre zu wissen, ob ein hoher Blutdruck anders klingt als ein niedriger. Ein niedriger Blutdruck klingt wahrscheinlich dumpfer. Oder klingt der hohe dumpfer? Jetzt gurrt wieder so eine verdammte Taube im Lichthof.

Letzten Winter habe ich dieses Granulat ausgestreut, das mir ein freundlicher Herr von der Taubenabwehrfirma verkauft hat. Unter der Hand natürlich. Das Zeug wird mit Körnern vermischt, und innerhalb weniger Stunden krepieren diese verdammten Biester an Unterkühlung. Das Mittel funktioniert aber leider nur, wenn es weniger als fünf Grad hat.

Yumiko heißt auf Deutsch übrigens *schönes Kind.* Den Namen muss diese Yumiko allerdings zu einem Zeitpunkt bekommen haben, als man noch nicht wissen konnte, wie sie später einmal aussehen wird. Schön ist sie jedenfalls nicht gewesen. Und O-Beine hat sie auch gehabt. Wie die meisten Japanerinnen. Jetzt knarren wieder die Sesselleisten. Vielleicht wegen der Hitze. Ich habe mir da extra einen Silikonfugendichter gekauft, der oben hineingedrückt wird, damit die Leisten keinen Spielraum mehr haben. Der Verkäufer im Baumarkt hat mich nur blöd angeschaut, als ich ihm mein Problem geschildert habe. Knarrende Sesselleisten? Nie gehört. Dem hätte ich wahrscheinlich zuerst einmal erklären müssen, was Sesselleisten überhaupt sind. Woher kommen eigentlich die Arbeitskräfte in den Baumärkten? Sind das Freigänger aus den Gefängnissen? Oder Leute, die sie bei der Post hinausgeschmissen haben? Aber warum die Sesselleisten trotz Silikonfugendichter wieder knarren, ist mir ein Rätsel. Wie so vieles andere im Leben auch.

Ich habe das Gekratze der Japanerin mindestens drei oder vier Mal aufgenommen. Ich wollte ja wissen, was das für ein Stück ist, mit dem sie mich da täglich quält. Also bin ich in einen Musikladen gegangen und habe die Aufnahme einer Verkäuferin vorgespielt. In den großen CD-Geschäften kann man ohnehin niemanden fragen. Das sind ja alles umgeschulte Metzger- oder Konditorlehrlinge, die außer Lady Gaga und Katy Perry niemanden kennen. Die Frau im Musikladen hat das Stück zwar auch nicht gekannt, aber ein Kunde, der zufällig anwesend war, hat gleich gewusst, was es ist. Das Gekratze war demnach Teil der »Instructiven Übungsstücke für Violine in verschiedenen Lagen und Sticharten, Opus 31« eines gewissen Carl Henning. Das muss man sich einmal vorstellen: Da fliegt diese Yumiko Kobayashi 9.132 Kilometer von Tokio nach Wien, um mich mit Übungsstücken eines Herrn Carl Henning zu quälen. Und dann unterzeichnen sie ausgerechnet in Japan das Kyoto-Protokoll über den Klimaschutz. Diese Idioten sollen mit dem Klimaschutz zuerst einmal im eigenen Land beginnen und allen Japanerinnen verbieten, in Wien ein Musikinstrument zu lernen. Was glauben die eigentlich? Dass hier die Geigen auf den Bäumen wachsen und Johann Strauß an jeder Straßenecke spielt? In Wirklichkeit scheißen die Hunde auf die Straße, und die Besoffenen pissen ungeniert gegen die Hausmauern. Habe ich auch gemacht, früher. Aber das ist diesen Yumikos und Sakuras, oder wie sie alle heißen, vollkommen egal. Die sind glücklich, wenn sie in Wien »Instructive Übungsstücke für Violine in verschiedenen

Lagen und Sticharten, Opus 31« von Carl Henning spielen können. Ich habe zweimal nachschauen müssen, aber das hieß tatsächlich Sticharten. Ich dachte immer, dass es sich bei der Geige um ein Streichinstrument handelt und nicht um ein Stichinstrument. Vielleicht hat das Gekratze dieser Yumiko aber auch deshalb so grauenvoll geklungen, weil sie auf ihre Violine eingestochen hat.

Jetzt bellt wieder dieser verdammte Köter im Nachbarhof. Aber heute wird reiner Tisch gemacht. Das Problem mit dieser Yumiko war ja nicht nur das Geigenspiel, sondern auch dieses unerträglich laute Getrampel in ihrer Wohnung. Anfangs wusste ich gar nicht, was das ist. Erst am dritten oder vierten Tag habe ich mitbekommen, dass diese Wahnsinnige Holzschuhe trägt. Kaum hat sie die Wohnung betreten, ist sie schon in ihre Holzschuhe geschlüpft, und keine fünf Minuten später ist das Geigengekratze losgegangen. Vorher wird sie noch irgendsoeinen japanischen Fraß verschlungen haben. Sushi oder Kimchi oder wie dieses verdorbene Zeug heißt, von dem man nur fürchterliche Blähungen bekommt. Natürlich habe ich immer sofort an die Decke geklopft, wenn sie einen Schritt gemacht hat, aber das war Yumiko vollkommen egal. Wahrscheinlich hat sie gedacht, dass das normal ist, wenn jemand klopft. Ich habe ja keine Ahnung, wie die Japaner wohnen, aber soviel ich weiß, sind dort die Häuser so gebaut, dass praktisch jeder jeden hören kann. Ein Albtraum, aber ich glaube, dass es mit den Erdbeben zusammenhängt. Deshalb sind die Wände in den Häusern ja auch so dünn. Wenn dort einer furzt, rennen die Nachbarn sofort auf die Straße, weil sie glauben, dass die Erde bebt oder dass ein Vulkan ausgebrochen ist. Oder dass ein Atomkraftwerk in die Luft geflogen ist.

Sobald diese Yumiko also den ersten Schritt in der Wohnung gemacht hat, habe ich mit dem Besenstiel gegen die Decke geklopft, wodurch sich im Laufe der Zeit leider Dellen gebildet haben. Einen Zusatzbesen hatte ich auch immer griffbereit neben dem Bett. Da habe ich mir so eine Verlängerung gebaut, damit ich nicht extra aufstehen muss und die Zimmerdecke auch im Liegen erreichen kann. Das Blöde war nur, dass irgendwann der Putz zu rieseln begonnen hat und das ganze Zeug genau auf meinem Kopfpolster gelandet ist.

Nach einer Woche hat es mir dann gereicht, und ich habe ihr einen Zettel an die Tür geklebt: »Please, could you be so kind and take off your wooden shoes, when you walk in your room.« Ich habe natürlich mit verstellter Schrift geschrieben und ohne meinen Namen zu nennen. Ich war ja sicher nicht der Einzige im Haus, den das gestört hat. Es hätte also jeder sein können. Vielleicht hat sie die Nachricht nicht verstanden, weil ich für die Übersetzung mein altes Wörterbuch aus der Hauptschule verwendet habe. Die Holzschuhe ausgezogen hat sie jedenfalls nicht. Keine Spur von Einsicht. Ich habe ihr dann einen zweiten Zettel geschrieben: »Your wooden shoes are so loud that

I cannot sleep. I ask you again to put off your wooden shoes, when you are at home.« Wieder nichts. Sobald sie nach Hause gekommen ist, habe ich mit dem Besenstiel zu klopfen begonnen, noch bevor sie den ersten Schritt gemacht hat. Aber sie hat sich dumm gestellt. Beim dritten Mal habe ich nur noch einen Zettel mit einem Totenkopf an die Tür gehängt. Auch das war ihr egal. Pech für sie. Wer nicht hören will, muss fühlen.

02.

Serbe sein ist mein Gesetz. Wer es verletzt, wird zerfetzt. Wer darüber lacht, wird umgebracht.

Diese Kampfparole liest der 14-jährige Murat auf der Facebook-Seite seines Klassenkollegen Zlatko. Murat steckt sein Handy ein und hält Ausschau nach seinem Erzfeind, der im Pausenhof gerade Halime beschimpft. »Alter, du bist so cringe mit deinem schwulen Kopftuch.« Zlatko sagt »Alter« zu Halime, weil es unter seinen Diggas gerade porno ist, Mädchen so zu nennen. Genauso wie »Schwuler« oder »Behinderter«. Dann macht Zlatko ein Handyfoto von Halime und lacht blöd. »Türkisches Opfer mit verficktem Hidschab, werde ich unter dieses Pic schreiben.« Auch »Opfer« ist als Schimpfwort immer noch in, obwohl es eigentlich schon out ist. Zlatko hebt die Faust und skandiert »Partizan Grobari«, um seine Verbundenheit mit dem Fußballklub Partizan Belgrad zum

Ausdruck zu bringen. Grobari, also Totengräber, lautet der Schlachtruf der radikalen Partizan-Fans, zu denen sich Zlatko zählt, obwohl er noch nie ein Spiel seines Lieblingsvereins live gesehen hat.

Halime ist den Tränen nahe und dreht sich um, dabei stößt sie mit Murat zusammen, der sie zur Seite schubst. Murat packt Zlatko am Kragen seiner Nike-Sportjacke mit dem Abzeichen von Partizan Belgrad. »Was hast du da geschrieben, du abgeranzter Mongo? Ich lache über dein Gesetz, also, was ist, bringst du mich jetzt um, du Wichswichtel?«

Zlatkos Kameraden Dejan, Neven und Viktor kommen ihrem Freund sofort zu Hilfe und schlagen auf Murat ein. Dejan verliert dabei seine Gipsy-Mafia-Kappe, die er grundsätzlich verkehrtherum trägt, weil auch das porno ist. Er muss aber aufpassen, dass seine brandneuen Adidas-Stan-Smiths-Sneaker nichts abbekommen, weil die sowas von cheedo sind, dass er sie nicht schon am ersten Tag ruinieren möchte. Nur Novak, der Fünfte im Bunde der Partizan Grobari, hält sich zurück. Ihm geht Zlatko mit seinem lächerlichen Macho-Gehabe auf die Nerven, außerdem ist er ein Fan von Roter Stern Belgrad, was er aber nicht laut sagen darf, weil Zlatko und seine Kumpane ihn sonst verprügeln würden. Serbe hin oder her.

Halime und ein paar andere Mädchen beginnen zu schreien, und kurze Zeit später taucht Franziska Steinbrenner im Pausenhof auf. »Seid ihr verrückt geworden?

Hört sofort auf! Habt ihr den Verstand verloren? Wenn ihr nicht sofort aufhört, rufe ich die Polizei. Ihr fünf kommt nach dem Unterricht zum Direktor. Mir reicht es!« Wieder einmal ist Franziska Steinbrenner froh, dass der Pausenhof von der Straße nicht einsehbar ist. Ihr genügt es, dass sich die Bewohnerinnen und Bewohner der umliegenden Häuser immer wieder über den Lärm ihrer Schülerinnen und Schüler beschweren.

»Warum muss ich zum Obermacker?«, fragt Murat empört. Er bringt sein Hemd in Ordnung, bei dem jetzt zwei Knöpfe fehlen, und deutet auf Zlatko. »Dieser Smombie hat auf Facebook geschrieben, dass er jeden umbringt, der über die Serben lacht.« Murat hält der Lehrerin sein Handy vors Gesicht. »Hier steht es. Will er mich umbringen, nur weil ich im Kosovo geboren bin?«

Franziska Steinbrenner liest das Posting und merkt, wie ihr das Herz bis zum Hals schlägt. Sie ist wütend, obwohl sie weiß, dass sie ihre Wut vor den Schülerinnen und Schülern nicht zeigen darf, weil die nur darauf warten, dass sie wieder einmal die Fassung verliert. Also atmet sie ein paar Mal tief durch. Lieber würde sie einen Schluck aus ihrem Flachmann nehmen, aber den kann sie sich erst in der nächsten Pause gönnen. Auf der Toilette.

Murat zeigt Zlatko den Mittelfinger und verschwindet im Schulgebäude. Zlatko und seine Diggas tauschen ein paar Worte auf Serbisch aus, und auch wenn Franziska Steinbrenner nicht versteht, was sie sagen, weiß sie, dass es bald wieder Ärger geben wird. Seit zehn Jahren unterrichtet sie an dieser Schule, und seit zehn Jahren gibt es diese Auseinandersetzungen zwischen Serben und Kosovaren, Tschetschenen und Türken, Irakern und Afghanen. Sie kann sich gar nicht mehr erinnern, wie viele Gespräche sie mit den betroffenen Schülerinnen und Schülern schon geführt hat, allerdings ohne dass sich viel geändert hätte. Die gegenseitigen Vorurteile scheinen derart tief im kollektiven Gedächtnis verankert zu sein, dass sie als Streitschlichterin auf verlorenem Posten steht.

Diese wiederholten Konflikte waren schließlich auch der Grund, weshalb sie der Idee einer Regisseurin, einen Film über ihre Klasse zu drehen, anfangs skeptisch gegenüberstand. Aber nach einem Treffen mit der Filmemacherin Edina Damjanović änderte sie ihre Meinung, weil sie deren Konzept überzeugend fand. Edina stammte aus Bosnien-Herzegowina und war noch während des Krieges mit ihren Eltern nach Österreich geflüchtet, um hier ein neues Leben zu beginnen.

Edina will mit ihrem Film den Angehörigen der »Klasse der Chancenlosen«, wie sie sie nennt, Gesichter und Stimmen geben. Jener Klasse, die üblicherweise keine Möglichkeit hat, sich öffentlich zu äußern. Ihr erklärtes Ziel ist es, über persönliche Geschichten Einblicke in Welten zu geben, die den meisten unbekannt sind.

Auch wenn sich Edinas Erfahrungshorizont in vielen Punkten mit dem ihrer Schülerinnen und Schüler deckt, ist bei Franziska Steinbrenner eine Restunsicherheit zurückgeblieben. Was, wenn die eine oder andere Situation vor laufender Kamera eskaliert und das Projekt bereits am ersten Drehtag scheitert? Jetzt hofft sie, dass sie mit ihrer Zusage keinen Fehler gemacht hat.

Franziska Steinbrenner ist nervös. Der Mangel an Schlaf hat sie fahrig werden lassen. Angespannt beobachtet sie die in Gruppen beieinanderstehenden Jugendlichen, die sich lautstark über die neuesten Filme und die angesagtesten Bands unterhalten. Sie könnte eigentlich entspannter sein, weil der Tag für sie so gut begonnen hat: Nach monatelangen nervenaufreibenden Auseinandersetzungen mit ihrem Ex-Mann hat sie von ihrem Anwalt endlich die lang ersehnte Nachricht erhalten, dass der Streit um das Sorgerecht für ihre fünfjährige Tochter Sophia endgültig zu ihren Gunsten entschieden worden ist. Daraufhin hat sie spontan beschlossen, nach dem Unterricht mit ihrer Tochter übers Wochenende wegzufahren. Sie kann es kaum erwarten, ein paar Tage mit Sophia zu verbringen, ohne ständig Angst haben zu müssen, in Zukunft das Sorgerecht mit ihrem Ex-Mann teilen zu müssen. Aber Jürgen ist psychisch krank, und einem psychisch Kranken kann man kein fünfjähriges Kind anvertrauen. Schließlich ist er auch schuld an Sophias Essstörungen, die unmittelbar nach der Scheidung begonnen haben. Gerade heute Früh hat Sophia außer einem kleinen Stück Butterbrot wieder einmal nichts gegessen.

Wäre Jürgen nicht depressiv gewesen, hätte sie sich auch nicht scheiden lassen. Es war alles seine Schuld, daran gibt es keinen Zweifel. Er meckerte ja auch ständig wegen alltäglicher Kleinigkeiten wie ihrer herumliegenden BHs, oder wenn sie beim Pinkeln die WC-Tür offen ließ. Sie dagegen hasste es, wenn Jürgen das Klopapier falsch herum aufhängte. Franziska Steinbrenner ist der festen Überzeugung, dass Toilettenpapier nach vorne abgerollt werden muss. Je nach Depressionsgrad hängte Jürgen das Klopapier aber auf, wie es ihm gerade gefiel. Dabei ist klar, dass jemand, der das Klopapier nach hinten hängen lässt, sein Leben nicht im Griff hat. Jürgen ist der beste Beweis dafür.

Aber das alles spielt jetzt keine Rolle mehr, denkt Franziska Steinbrenner, obwohl sie sich eingestehen muss, dass sie sich lieber mit der falschen Abrollrichtung einer Klopapierrolle beschäftigen würde als mit der Frage nach der gegenwärtigen Befindlichkeit ihres Ex-Manns. Wie wird er reagieren, wenn er vom Urteil erfährt?

»Frau Steinbrenner«, wird Franziska aus ihren Gedanken gerissen. »Frau Steinbrenner, kann ich Sie bitte einen Augenblick sprechen?« Haniya steht vor ihr. Sie trägt ein helles Kopftuch, das in deutlichem Kontrast zu ihren schwarz geschminkten Lippen und den mit Mascara umrandeten Augen steht.

»Was gibt es, Haniya?« Franziska Steinbrenner ist ungeduldig, sie hat mit Zlatko und Murat ohnehin schon genug Probleme am Hals.

»Meine Mutter hat gesagt, dass ihr alles zu viel wird und sie sich nicht mehr um mich und meine vier Geschwister kümmern kann. Sie möchte mich in einer betreuten Wohngemeinschaft unterbringen, weil ich die Älteste bin. Was soll ich tun? Sie wissen ja, dass mein Vater zurück nach Marokko gegangen ist und dort wohl auch bleiben wird, jetzt, wo er eine neue Frau gefunden hat.«

Franziska Steinbrenner nickt abwesend. »Ja, das mit deinem Vater hast du mir bereits erzählt, und das tut mir auch leid, Haniya, aber wie stellt sich das deine Mutter vor? Das sind schwerwiegende Entscheidungen. Du kannst nicht von heute auf morgen in eine betreute WG einziehen, das ist ein Prozess, der Zeit braucht und von verschiedenen Faktoren abhängt.«

Haniya ist sichtlich enttäuscht und zupft nervös an ihrem Kopftuch.

»Ich muss mich auch erst erkundigen, welche konkreten Schritte in diesem Fall notwendig sind.« Franziska Steinbrenner wirft einen Blick auf das Display ihres Handys. »In drei Minuten beginnt der Unterricht. Kannst du nach der Stunde zu mir kommen? Hier können wir nicht reden.«

Haniya zuckt mit den Schultern. »Ja, aber ich habe zu Hause keine Ruhe mehr, ich habe nicht einmal Platz, um ungestört meine Hausaufgaben machen zu können. Gestern musste ich in die Waschküche im Keller ausweichen, weil ich das Chaos in der Wohnung einfach nicht mehr ausgehalten habe.«

»Das ist schlimm.« Franziska Steinbrenner senkt ihre Stimme, weil sie nicht möchte, dass die anderen hören, was sie sagt. »Aber du bist die Beste in deiner Klasse und du wirst das schaffen. Natürlich werde ich dir helfen, aber ich muss das zuerst mit deiner Mutter besprechen. Und mit dem Direktor. Und mit dem Stadtschulrat. Und mit der zuständigen Sozialarbeiterin. Verstehst du das?«

»Wachcha«, sagt Haniya auf Arabisch. Sie klingt resigniert und mischt sich unter ihre Klassenkameradinnen.

Franziska Steinbrenner seufzt. Gleich beginnt der Unterricht in Geschichte und Sozialkunde. Mit Zlatko, Dejan, Neven, Viktor, Murat, Haniya und neunzehn anderen Schülerinnen und Schülern, von denen sich nur die wenigsten für dieses Fach interessieren.

»Frau Lehrer, Frau Lehrer, schauen Sie einmal.« Nermina deutet aufgeregt zur Hausmauer.

»Nermina, das heißt: Frau Lehrerin, nicht Frau Lehrer. Ich bin eine Frau.«

»Ja, Frau Lehrer, aber schauen Sie, die vielen Bienen.«

Franziska Steinbrenner nähert sich der Hausmauer und sieht tatsächlich einen Schwarm großer Wespen.

»Das sind keine Bienen, das sind Hornissen«, sagt Novak. »Bienen sehen ganz anders aus. Und Hornissen sind nicht gefährlich, wenn man sie in Ruhe lässt.«

»Woher weißt du das?«, fragt Franziska Steinbrenner, die sich jetzt daran erinnert, dass sie sich in Vorbereitung auf die heutige Biologiestunde Bilder von Bienen, Wespen,

Hummeln und Hornissen im Internet angesehen hat. Und es scheinen tatsächlich Hornissen zu sein.

Novak zuckt mit den Schultern. »Von meinem Großvater.«

»Also, ihr habt ja gehört, dass das Hornissen sind, die euch nichts tun, wenn ihr sie in Ruhe lasst. Bitte geht jetzt in euer Klassenzimmer.«

Auf dem Flur sieht Franziska Steinbrenner, wie Zlatko und seine Freunde die Köpfe zusammenstecken und wahrscheinlich besprechen, wo sie am Nachmittag Murat abpassen und verprügeln werden. Aber sie kann nichts dagegen tun, weil der bloße Verdacht nicht ausreicht, um die Polizei einzuschalten. Selbst als kürzlich eine Gruppe tschetschenischer Jugendlicher einem Schüler auflauerte,
der angeblich die Schwester eines der Tschetschenen gestalkt hatte, unternahm die Polizei nichts. Schließlich war es Jugendlichen nicht verboten, sich an öffentlichen Orten zu versammeln. Am nächsten Tag haben die Tschetschenen den Schüler dann zwei Straßen weiter abgepasst und ihn dort verprügelt.

Ein paar Minuten später steht Franziska Steinbrenner im Klassenzimmer und sagt, was sie nach jeder Pause sagt: »Ahmet, kannst du bitte das Fenster öffnen, hier stinkt es.«

»Abdul hat gefurzt«, sagt Ahmet, und alle lachen.

»Selber Furzer, du Lauch«, antwortet Abdul.

»Umso wichtiger ist es, dass gelüftet wird. Und jetzt genug gescherzt. Nehmt bitte eure Unterlagen zur Hand.«

Franziska Steinbrenner wirft einen Blick in die Klasse. »Ömer, du sollst nicht zum Fenster hinausschauen, sondern deine Unterlagen herausholen.«

Ömer zuckt gelangweilt mit den Schultern. »Hab zu Hause vergessen«, sagt er trotzig.

»Was heißt: *Hab zu Hause vergessen?«*

»Hab zu Hause vergessen heißt: Hab zu Hause vergessen, Alman«, wiederholt Ömer provokant.

»Ömer, sag nie wieder Alman zu mir, du weißt, dass das ein Schimpfwort ist, das ich nicht toleriere. Du hast also zum wiederholten Male dein Heft zu Hause vergessen. Aufgrund deiner bisherigen Leistungen und deiner verweigerten Mitarbeit müsste ich dir eigentlich ein Nicht genügend geben. Ich verstehe nicht, weshalb dir das alles egal ist. Wie willst du mit einem solchen Zeugnis jemals eine Lehrstelle bekommen?«

»Ich klotze in Autowerkstatt von Onkel.«

»Und du glaubst, dass du *in Autowerkstatt von Onkel* keine Leistung erbringen musst? Also mein Auto würde ich von dir nicht reparieren lassen.« Franziska Steinbrenner schüttelt verärgert den Kopf. »Wer hat noch seine Unterlagen zu Hause vergessen?«

Drei weitere Schüler zeigen auf: Mustafa, Iwan und Antun.

»Auch eure Mitarbeitsnoten werden dadurch nicht besser. Aber ich kann nichts anderes machen, als euch ständig darauf hinzuweisen, dass ihr die Chancen nutzen sollt, die euch unser Bildungssystem bietet.« Und Franziska Steinbrenner betet einen Satz herunter, den sie fast täglich wiederholt, obwohl sie weiß, dass ihn ihre Schülerinnen und Schüler nicht mehr hören können: »Bildung ist der Schlüssel zu einem selbstbestimmten Leben, und ohne Bildung werdet ihr immer von anderen abhängig sein.«

Während sich unter laut geraunte »Oida« einige Seufzer mischen und die meisten die kurze Unterbrechung nutzen, um unter der Bank auf ihre Handys zu schielen, blickt Haniya ihrer Lehrerin offen ins Gesicht. Franziska Steinbrenner weiß, dass das Mädchen auf sie zählt.

»Also gut, dann fassen wir zusammen, was wir über Österreich gelernt haben. Wer kann mir sagen, welche Staatsform Österreich hat?«

Zu Franziska Steinbrenners Überraschung hebt Ömer als Erster die Hand: »Oval«, antwortet er mit ernster Miene.

Einen Augenblick ist es still, ehe diejenigen, die Ömers Antwort verstanden haben, loskichern. Auch Franziska Steinbrenner kann sich ein Lächeln nicht verkneifen. »Nein, ich meine nicht die geografische Form des Landes, sondern die Staatsform. Also …«

Haniya zeigt auf. »Österreich ist eine demokratische Republik, wobei man eigentlich hinzufügen müsste, dass es sich um eine bürgerliche Demokratie handelt.«

Franziska Steinbrenner blickt in die Klasse und hofft, dass sich wenigstens ein paar von ihren Mobiltelefonen lösen, aber sie hofft vergebens. »Was genau meinst du damit, Haniya?«

»Na ja, ich meine, dass Österreich formal zwar eine demokratische Republik ist, dass aber das Recht schon lange nicht mehr vom Volk ausgeht, sondern von der herrschenden Klasse.«

»Und wie kommst du zu dieser Schlussfolgerung?« Den anderen ist die herrschende Klasse egal, sie schauen lieber, was es Neues auf TikTok oder Instagram gibt. Die, die nicht auf ihre Handys starren, setzen murmelnd ihre Pausengespräche fort. Franziska Steinbrenner hört Wörter wie »Habibi«, »Dummfall« oder »Bestie«, deren Bedeutung sie mittlerweile kennt, über die sie sich aber

immer noch ärgert.

Haniya holt eine rote Broschüre hervor und liest daraus vor. »Eure Ideen selbst sind Erzeugnisse der bürgerlichen Produktions- und Eigentumsverhältnisse, wie euer Recht nur der zum Gesetz erhobene Wille eurer Klasse ist, ein Wille, dessen Inhalt gegeben ist in den materiellen Lebensbedingungen eurer Klasse.« Haniya hält die Broschüre demonstrativ in die Höhe. »Das ist ein Zitat aus dem ›Kommunistischen Manifest‹ von Karl Marx und Friedrich Engels.«

»Ich verstehe nicht ganz.« Franziska Steinbrenner ist wieder einmal über Haniyas radikale Ansichten erstaunt. »Was möchtest du uns damit sagen?« Durch die Pause, die Steinbrenner nach »uns« macht, blicken einige in der

Klasse kurz auf, um sich aber gleich wieder ihren Mobiltelefonen zu widmen.

»Na ja, das heißt nichts anderes«, spricht Haniya jetzt lauter über das Gemurmel hinweg, »als dass das Recht nur die Interessen und den Willen der herrschenden Klasse und keineswegs der gesamten Gesellschaft ausdrückt.«

Franziska Steinbrenner vermutet, dass Haniya diesen Satz auswendig gelernt hat. Anders kann sie es sich nicht erklären, dass Haniya Begriffe verwendet, die nicht unbedingt zum Wortschatz einer 14-Jährigen gehören. Gut, Haniya ist ein Jahr älter als die anderen, trotzdem wundert sich Franziska Steinbrenner über das Mädchen, das sich mehr für Karl Marx als für Mode interessiert. Gleichzeitig fühlt sie sich überfordert, weil sie Haniyas Meinung nichts entgegenzusetzen hat.

»Wie kommst du ausgerechnet auf das ›Kommunistische Manifest‹?«

»Ich habe dieses Heft im offenen Bücherschrank gefunden, aus dem ich mir immer meinen Lesestoff besorge.« Und trotzig fügt sie hinzu: »Ich bin überzeugt, dass Marx und Engels recht haben.«

Da sie nicht weiß, was sie Haniya antworten soll, wechselt Franziska Steinbrenner kurzerhand das Thema. »Ja, also, ich schlage vor, dass wir uns – könnt ihr bitte ruhig sein und euch auf den Unterricht konzentrieren? Hallo, das gilt auch für euch in der letzten Reihe! Also, ich habe mir die Aufsätze über die Berufe eurer Eltern angesehen.«

Franziska Steinbrenner schlägt ein Heft auf. »Neven, kannst du bitte nach vorne kommen und vorlesen, was du geschrieben hast?«

Haniya verstaut das »Kommunistische Manifest« in ihrem Rucksack und ist sichtlich verärgert, dass ihre Erläuterungen ungehört in der stickigen Luft des Klassenzimmers verhallen. Dass sich ihre Mitschülerinnen und Mitschüler nicht für Politik interessieren, überrascht sie nicht weiter, dass aber auch ihre Lehrerin nicht bereit ist, mit ihr zu diskutieren, hinterlässt bei ihr ein Gefühl der Enttäuschung. Schließlich ist es ja Franziska Steinbrenner, die ständig darauf hinweist, wie wichtig die Mitarbeit im Unterricht ist.

Neven verzieht den Mund und lässt seinen Kugelschreiber demonstrativ auf den Tisch fallen. »Warum ich?«, fragt er.

»Ganz einfach: Weil ich möchte, dass du vorliest, was du geschrieben hast. Und ich werde dich kein zweites Mal darum bitten.«

Widerwillig steht Neven auf und schlurft nach vorne. »Sheeeesh«, murmelt er und man kann ihm ansehen, wie genervt er ist. Er nimmt das Heft zur Hand und starrt auf die aufgeschlagene Seite.

»Also bitte lies vor.«

Neven atmet durch und nuschelt, dass man ihn kaum versteht: »Das Beruf von meiner Vater. Meine Vaters Beruf ist Bauarbeiter. Er renoviert das Wohnung. Er arbeitet in Firma Badener. Er ist Hilfsarbeiter.« Neven legt das Heft kommentarlos auf das Lehrerpult und geht zurück an seinen Platz. Ömer lacht kurz auf. Neven wirft ihm einen vernichtenden Blick zu und flüstert: »Willst du Beef, Spasti?«

»Was soll ich dazu sagen?«, fragt Franziska Steinbrenner in die Klasse, aber niemand scheint sich angesprochen zu fühlen. »*Das* Beruf? *Das* Wohnung? Das habt ihr doch schon in der Volksschule gelernt, dass es *der* Beruf und *die* Wohnung heißt. Oder nicht?«

Niemand antwortet. Sie merkt, dass sie kurz davor ist loszubrüllen, versucht aber, ruhig zu bleiben. Die Kontrolle zu verlieren würde bedeuten, im Autoritätsranking noch weiter abzustürzen. Sie will sich aber diese Blöße vor der Klasse nicht geben. Zu oft hatte sie in den letzten aufreibenden Wochen Schwäche gezeigt.

»Frau Lehrer, da sind wieder die Bienen«, ruft Nermina.

»Das heißt: Frau Lehrerin, Nermina. Wie oft soll ich dir das noch sagen?« Franziska Steinbrenner geht zum offenen Fenster und sieht tatsächlich den Schwarm, der Richtung Baum auf der anderen Seite des Pausenhofs fliegt.

»Gut, von den Bienen –«

»Hornissen«, wird sie von Novak korrigiert und schließt das Fenster.

»Okay, also von den Hornissen geht keine Gefahr mehr aus.« Franziska Steinbrenner deutet auf Todor. »Todor, kannst du bitte nach vorne kommen und deinen Aufsatz über den Beruf deiner Mutter vorlesen.« Sie versucht nun, besonders motivierend zu klingen, und lächelt dem Schüler zu. »Du hast ja in der letzten Stunde erzählt, dass deine Mutter in einem Labor arbeitet.«

Todor zuckt mit den Schultern und macht ein gelangweiltes Gesicht. Er braucht ewig, bis er nach vorne kommt. Franziska Steinbrenner drückt ihm sein Heft in die Hand. Todor runzelt die Stirn, bevor er zu lesen beginnt: »Das Mikroskop ist ein Geräd das kleine winzige Ficher sieht. Die Menschen können das nicht sehn, weil unsere Augen dazu nicht geeigneter sind. Das Mikroskop ist ein Geräd der seit langer Zeit auf der Welt ist.«

Franziska Steinbrenner greift nach dem Heft, dann schreibt sie die Wörter *Geräd* und *Ficher* an die Tafel. »Was fällt euch auf?«, fragt sie, aber niemandem fällt etwas auf. Nicht einmal Novak, der einer ihrer Lieblingsschüler ist. Schließlich hebt Haniya die Hand: »Gerät schreibt man mit hartem t und Viecher mit V und langem i.« Haniya klingt gelangweilt, weil sie Todors Rechtschreibfehler eigentlich nicht interessieren.

»Habibi, du Bitch«, murmelt Dejan, aber so, dass es alle hören können. Viktor, der neben ihm sitzt, wiehert kurz auf und stößt ihm den Ellenbogen in die Seite.

»Todor, wie lange lebst du schon in Österreich?« Franziska Steinbrenner ignoriert die Zwischenrufe und versucht, einen versöhnlichen Ton anzuschlagen.

»Zehn Jahren, aber geboren ich bin in Sofia, darum wir sprechen zu Hause nur Bulgarisch.«

Beim Wort *Sofia* muss Franziska Steinbrenner sofort an ihre Tochter denken und sie kann es kaum erwarten, Sophia vom Kindergarten abzuholen. Gleichzeitig hofft sie, dass Jürgen wegen des Urteils keine Schwierigkeiten macht. Der Gedanke an ihren Ex-Mann beunruhigt sie. Es ist nur ein vages Gefühl ohne konkreten Grund. Jürgen war ja mehr oder weniger aus ihrem Leben verschwunden, trotzdem bedauert sie, dass Sophia ohne Vater aufwächst. Franziska Steinbrenner ertappt sich bei dem Gedanken, dass jetzt der ideale Zeitpunkt wäre, sich nach einem neuen Partner umzusehen. Einige aus ihrem Bekanntenkreis haben ihre Männer auf Datingplattformen kennengelernt. Sie selbst kann damit wenig anfangen. Ich bin sechsunddreißig, überlegt sie, sehe einigermaßen gut aus, habe einen krisensicheren Job und bin kommunikativ. Da sollte es doch nicht so schwierig sein, einen neuen Mann zu finden. Aber wo soll sie als alleinerziehende Mutter jemanden kennenlernen? Von ihren Lehrerkollegen kommt für sie niemand infrage. Und würde Sophia einen Ersatzvater überhaupt akzeptieren?

Franziska Steinbrenner hat ihren Singlestatus stets damit gerechtfertigt, sich voll und ganz um Sophia kümmern zu müssen. Aber vielleicht war sie auch nur zu bequem und hat ihre Tochter vorgeschoben, wenn sie Einladungen von Freunden und Bekannten ablehnte. Dabei hat

Sophia oft gefragt, weshalb sie keinen Vater hat, während ihre Freundinnen die tollsten Geschichten über ihre Väter erzählten: »Flora hat von ihrem Papa zwei Sildkröten bekommen.« »Pauline ist mit ihrem Vater Motorboot gefahren.« »Amelie durfte mit ihrem Papa sogar nach Paris fliegen.« Franziska Steinbrenner hat immer wieder versucht, Sophia zu erklären, warum ihr Vater nicht mehr bei ihnen wohnt. »Papa ist krank und muss alleine sein, damit er wieder gesund wird.« Auf die Frage, ob er wieder zurückkommen werde, antwortete Franziska Steinbrenner stets ausweichend. »Das weiß ich nicht. Wir müssen erst einmal abwarten.« Aber Sophia gab sich mit diesen Antworten nicht zufrieden und durchschaute die leichtfertig ausgesprochenen Ausreden ihrer Mutter. Ja, ab und zu goss sie sogar noch Öl ins Feuer, wenn sie fragte: »Ist er krank geworden, weil ihr dauernd gestritten habt?« Die Frage spukt immer noch in ihrem Kopf herum, und Franziska Steinbrenner ist von Schuldgefühlen geplagt, weil sie ihrer Tochter den Vater weggenommen hat.

»I take my sun cream and go to the bitch.« Nevens Bemerkung und das Gelächter seiner Freunde reißen Franziska Steinbrenner aus ihren Gedanken. Sie ärgert sich, weil sie nicht bei der Sache ist.

»Neven, ich hoffe, dass du mit deinen Englischkenntnissen bei der nächsten Schularbeit genauso brillierst.« Sie hätte große Lust, Neven vor der ganzen Klasse bloßzustellen, lässt es aber bleiben, weil sie es später bereuen würde. Stattdessen wendet sie sich wieder Todor zu, der immer noch neben ihr steht. »Todor, du bist also in Sofia geboren und lebst seit zehn Jahren in Österreich. Trotzdem sprecht ihr zu Hause nur Bulgarisch. Das ist wahrscheinlich auch der Grund, weshalb du Gerät mit weichem d und Viecher mit F schreibst. Wenn deine Mutter in einem Labor arbeitet, muss sie doch Deutsch können. Ich verstehe nicht, weshalb ihr zu Hause nicht Deutsch miteinander redet.«

Todor zuckt mit den Schultern. »Weiß nicht. Ist einfacher mit Bulgarisch.«

»Neven, wie ist das bei euch zu Hause? Redet ihr da Englisch miteinander?« Eine kleine Spitze erlaubt sich Franziska Steinbrenner dann doch.

»On fleek, Brudi«, antwortet Neven, woraufhin wieder einige zu lachen beginnen. Neven klatscht kichernd mit seinem Sitznachbarn ab.

Dejan hebt die Hand. »Warum sollen wir zu Hause Deutsch reden? Mutter ist Putzfrau und redet mit anderen Putzfrauen nur Serbisch. Vater arbeitet am Bau und redet mit anderen Arbeitern nur Serbisch. Deutsch ist voll unnötig. Braucht ma nur für die Schule.«

Franziska Steinbrenner ist zu abgelenkt, um auf Dejans Argumente einzugehen. Außerdem merkt sie, dass sie schwitzt. Der Gedanke an ihren Ex-Mann lässt ihr keine Ruhe. Ihre Jacke kann sie nicht ausziehen, weil man sonst die Schweißflecken unter ihren Achseln sehen würde.

Kann es sein, dass Jürgen die Nerven verliert, wie er es in den letzten beiden Jahren ihrer Ehe so oft getan hat? Jetzt bereut sie, dass sie den Kontakt zu ihm komplett abgebrochen hat und ihn nicht einmal anrufen kann, um ein klärendes Gespräch zu führen. Schluss jetzt! Sie muss sich um ihre Klasse kümmern.

Sie räuspert sich: »Es ist notwendig, dass ihr die deutsche Sprache beherrscht. Millionen von Menschen, die auf der Flucht sind, wären froh, in diesem Land zu leben und die Möglichkeit zu haben, ordentlich lesen und schreiben zu lernen.« Kaum jemand in der Klasse hört ihr zu. Franziska Steinbrenner unterbricht ihren Wortschwall, weil sie Sätze reproduziert, an die sie selbst nicht mehr glaubt. Die halblauten Einwürfe wie »boa, ist das wacky« oder »will lieber napflixen« überhört sie, sie hat keine Kraft mehr, um darauf zu antworten. »Erst durch das Erlernen der Sprache werdet ihr euch in unsere Gesellschaft integrieren können. Es geht um Respekt und Anerkennung von beiden Seiten. Bei vielen von euch ist es doch so, dass ihr am Ende eurer Sommerferien, wenn ihr aus euren Heimatländern zurück nach Wien kommt, noch schlechter Deutsch sprecht als zuvor. Und warum kommen einige von euch als Kopftuchträgerinnen aus den Ferien zurück?«

Azra fühlt sich angesprochen und murmelt: »Typisch Alman.« Dabei wirft sie ihrer Lehrerin einen feindseligen Blick zu.

Franziska Steinbrenner hat den Faden verloren und weiß gar nicht mehr, was sie eigentlich sagen wollte. Inhaltsleere Sätze, die sinnlos sind, weil sie so nicht gesagt werden dürften, und bei den Betroffenen ohnehin nicht ankommen. Ihre Schülerinnen und Schüler interessieren sich zwar für Handys, Musik und Mode oder für schnelle Autos und Fußball, aber sicher nicht für Integration. Samira hat ihr einmal gesagt, dass sie mindestens vier Kinder bekommen möchte, weil sie dann von der Kinderbeihilfe leben kann.

Haniya hebt die Hand und steht auf. Sie beginnt sofort zu sprechen. »Ich bin nicht Ihrer Meinung. Wenn in Österreich ein christlicher Wertekanon propagiert wird, wie soll unter solchen Umständen die Integration von muslimischen Jugendlichen gelingen? Ein Politiker hat sogar gefordert, dass alle Kinder in den Kindergärten die traditionellen christlichen Feste feiern müssen und dass jedes Kind mindestens fünf deutschsprachige Gedichte und Lieder auswendig können muss. Auf diese Weise wird kein Beitrag zu Toleranz und Gleichberechtigung geleistet. Und so, wie Bildung in Österreich nach wie vor vererbt wird, verhält es sich auch mit der oft zitierten Chancengleichheit. Auch könnte ich an dieser Stelle fragen, ob das in letzter Zeit immer wieder zitierte Schlagwort von ›Integration durch Leistung‹ für einen Bauarbeiter, der 1.300 Euro im Monat verdient, von besonderer Relevanz ist.« Sie setzt sich mit einem triumphierenden Gesichtsausdruck. Novak klopft auf den Tisch, um Beifall zu signalisieren. Er ist offenbar der Einzige, der ihr zugehört hat.

Franziska Steinbrenner ist ratlos, weil sie Haniya nichts entgegnen kann. Sie weiß nur, dass das Mädchen wahrscheinlich recht hat. Leistung bedeutet keine Garantie, die Kluft, die durch die Herkunft der Eltern aufgerissen wird, überwinden zu können.

Aber sie muss etwas sagen, schließlich ist sie ja die Lehrerin: »Das sind sehr viele verschiedene Themen, die Haniya gerade angesprochen hat. Möchte von euch jemand etwas dazu sagen?« Es bleibt eine rhetorische Frage, weil sich die meisten Schülerinnen und Schüler weder für Chancengleichheit noch für Integration oder Toleranz interessieren. Nachdem sich niemand meldet, wiederholt sie die Frage, um etwas Zeit zu gewinnen. Aber wieder meldet sich niemand. »Über die Politik bestimmter Parteien möchte ich hier nicht sprechen, aber ich glaube schon, dass Integration durch Leistung der Zugang zur gesellschaftlichen Mitwirkung bedeuten kann.« Franziska Steinbrenner versucht trotz einer lähmenden Müdigkeit, die sie gerade befällt, ihre Vorbildfunktion zu erfüllen. Sie hört sich selbst beim Sprechen zu und sucht nach Argumenten, die stichhaltiger oder klüger sind als ihre banalen Floskeln. Sie hätte gerne eine Entgegnung parat, um den Jugendlichen einen Anstoß zur Diskussion zu geben, aber ihr Gehirn ist wie vernebelt.

Haniya schüttelt den Kopf und macht damit klar, dass sie die Meinung ihrer Lehrerin nicht teilt. Franziska Steinbrenner ist Haniyas Reaktion nicht entgangen. Doch mit mehr Empathie kann sie heute nicht mehr aufwarten. Sie wechselt das Thema. Also spricht sie in den verbleibenden zwanzig Minuten über die Strukturen der österreichischen Verwaltung, für die sich nicht einmal Haniya interessiert.

Als endlich die Schulglocke läutet, herrscht in der Klasse sofort das übliche Durcheinander. »Einen Augenblick noch«, ruft Franziska Steinbrenner und versucht das Stimmengewirr zu übertönen. »Bitte vergesst nicht, dass heute Nachmittag das Filmteam kommt. Ihr wisst ja, worum es geht, und alle, die dabei sein möchten, treffen sich um fünfzehn Uhr im Pausenhof.«

Während die Schülerinnen und Schüler wie Süchtige ihre Instagram-Accounts und WhatsApp-Nachrichten checken, packt Franziska Steinbrenner ihre Sachen zusammen. Sie überzeugt sich, dass sie den Flachmann in der Früh tatsächlich in ihre Tasche gesteckt hat. Dann wirft sie einen Blick auf das Buch, das sie gerade liest. Es heißt »Zähe Zeiten«.

03.

die bombe platzt, es ist zu spät. Philip Hoffmann liest diesen Satz und zuckt zusammen. Panik steigt in ihm auf, und er fühlt sich, als würde er am Ende einer Sackgasse vor einer Mauer stehen. Und zwar vor einer sehr hohen Mauer. Er überlegt fieberhaft, was er tun soll, aber sein Gehirn ist wie vernebelt.

Stefan Maher sitzt neben ihm am Steuer des Streifenwagens und spricht über ein Fußballspiel, das der FC Liverpool am Vortag gewonnen hat. »Der Salah ist der reine Wahnsinn. Der hat von einem Winkel aus getroffen, aus dem du normalerweise gar nicht treffen kannst.«

Hoffmann hört gar nicht richtig zu. Außerdem interessiert er sich nicht für Fußball. Die Nachricht kam von Lena. *die bombe platzt, es ist zu spät.* Es ist die letzte von mehreren Nachrichten, die sie ihm in den vergangenen zwei Stunden geschickt hat.

7:32 Uhr: *deine frau wird ALLES erfahren.*
8:12 Uhr: *du hast mich zutiefst verletzt.*
8:15 Uhr: *ich hab dich über alles geliebt.*
8:16 Uhr: *hab großen HerzSchmerz wg. DIR!!!*
8:17 Uhr: *I was crazy in love with YOU.*
8:42 Uhr: *deine dickpics bekommt sie auch.*
8:52 Uhr: *ich leite deine perversionen weiter.*
9:10 Uhr: *hast du jetzt angst?*

Hoffmann schluckt und liest die Nachrichten ein zweites Mal. Aber sie verlieren dadurch nichts von ihrer Bedrohung.

»Der getunte BMW ist schon wieder bei Rot über die Kreuzung gefahren. Jetzt reicht es mir, den schnappen wir uns.« Stefan Maher schaltet das Blaulicht ein und wechselt die Spur. Er überholt den BMW und reiht sich direkt vor ihm ein. Nachdem er das Tempo gedrosselt und den Blinker gesetzt hat, stoppt er den Streifenwagen und steigt aus. Philip Hoffmann steckt sein Handy ein und folgt ihm. Er ist verwirrt, muss sich aber auf seine Arbeit konzentrieren.

Es ist immer dasselbe: Ein paar Klugscheißer finden es besonders cool, wenn sie rote Ampeln überfahren oder Geschwindigkeitsbeschränkungen ignorieren, um auf Instagram irgendwelche bescheuerten Clips zu veröffentlichen. Die vier jungen Männer gehören genau zu dieser Gruppe und versuchen erst gar nicht, sich herauszureden. Sie nehmen den Strafzettel mit gespieltem Desinteresse entgegen und bezahlen, ohne mit der Wimper zu zucken.

»Aussteigen!«, befiehlt Philip Hoffmann plötzlich. »Alle vier, sofort aussteigen!«

Stefan Maher wirft seinem Kollegen einen überraschten Blick zu.

Nach kurzem Zögern steigen die vier aus und stellen sich neben den BMW. »Was soll das?«, fragt einer der Männer verdutzt. »Sind wir Verbrecher?«

Aufgrund seines Akzents vermutet Hoffmann, dass er aus einem der Nachfolgestaaten Jugoslawiens kommt. Serbien? Bosnien? Kosovo? Er hat keine Ahnung. »Nein, ihr seid keine Verbrecher, ihr seid asoziale Arschlöcher, das ist alles«, sagt er wütend, während er die Papiere des Fahrers überprüft.

»Es ist alles okay, kein Stress«, versucht Stefan Maher die Lage zu beruhigen. »Sind die Papiere in Ordnung?«, fragt er seinen Kollegen.

Philip Hoffmann schleudert dem Fahrer die Papiere vor die Füße. »Haut ab!«

Der junge Mann wirft Hoffmann einen verächtlichen Blick zu. Eine Minute später rast der BMW mit quietschenden Reifen davon.

»Ich frage mich, woher diese Typen die Kohle haben. Die verarschen uns doch nur, aber sag das einmal dem Polizeipräsidenten.« Hoffmanns Stimme zittert vor Wut. »Letzte Nacht gab es wieder ein illegales Autorennen mit neun Fahrzeugen, die waren mitten in der Stadt mit 180 Stundenkilometern unterwegs. Und was passiert?

Okay, einigen wird der Führerschein abgenommen, ein paar bekommen eine Anzeige, und zwei Tage später findet das nächste Rennen statt. Und wir schauen blöd aus der Wäsche.«

»Entschuldige, Philip, aber was sollte das eben? Du kannst froh sein, wenn die das nicht heimlich mitgefilmt haben. Ich verstehe dich nicht, du bist doch sonst nicht so aggressiv.«

Hoffmanns Herz schlägt bis zum Hals, er schwitzt wie eine Sau. »Tut mir leid, aber mich regen diese Typen maßlos auf.« Und nach einer Pause fügt er hinzu. »Kommt nicht wieder vor.«

»Okay, alles klar.« Stefan Maher macht ein nachdenkliches Gesicht.

Hoffmann holt sein Smartphone hervor und stellt erleichtert fest, dass sich seine Frau noch nicht gemeldet hat. Lena hat ihre Drohung also noch nicht wahr gemacht. Ich muss sie mit allen Mitteln davon abhalten, meine kompromittierenden Nachrichten an Margot weiterzuleiten. Samt dieser verdammten Dickpics. Dass er fickrig wie ein Teenager in die Falle getappt ist, macht ihn nur noch wütender.

»Wie geht es Margot? Alles okay mit der Schwangerschaft?«

Hoffmann kratzt sich nervös am Kinn. »Ja, ja, ein bisschen launisch ist sie. Aber sonst –.«

Maher lacht. »Bei Barbara halten die Stimmungsschwankungen bis heute an. Und unser Jüngster ist bereits zwei Jahre alt.« Er dreht den Polizeifunk lauter, aber es gibt nur die üblichen Routinefälle: Vor einem Einkaufszentrum ist es im Stau zu einer Massenschlägerei gekommen, und ein Betrunkener, der seine Ex-Frau mit einem Messer schwer verletzt hatte, konnte erst unter Einsatz von Pfefferspray festgenommen werden.

»Wollt ihr morgen zu uns zum Essen kommen? Die Hitze soll ja anhalten. Ich könnte den Griller anwerfen, und wir könnten in Ruhe ein paar Bier trinken, während sich Barbara und Margot über Babykram unterhalten. Am Sonntag ist ja unser freier Tag. Was meinst du?« Stefan Maher ist an seinen freien Wochenenden froh über jede Abwechslung.

»Ja, eine gute Idee«, antwortet Philip Hoffmann abwesend.

»Wenn du willst, können wir uns auch einen Zusammenschnitt der größten Dramen bei Fußballweltmeisterschaften anschauen. Da gibt es eine eigene DVD mit allen Höhepunkten. Eigentlich sind es ja Tiefpunkte. Roberto Baggio zum Beispiel hat beim Finale 1994 zwischen Brasilien und Italien den alles entscheidenden Elfer fünf Meter über das Tor geknallt. Ein Hammer! Der Ball soll sich immer noch in der Erdumlaufbahn befinden.« Maher lacht.

Philip Hoffmann ist mit seinen Gedanken weit weg von Fußball, und zum Lachen ist ihm auch nicht zumute. Scheiße, warum bin ich so ein Idiot gewesen. Aber Hoffmann weiß, dass hinter der Affäre mit Lena mehr steckte als Idiotie. Er sah darin eine Art Weckruf, etwas in seinem Leben zu verändern. Allerdings ist er dann doch zu feige gewesen, eine Entscheidung zu treffen. Und jetzt hat Lena alle Trümpfe in der Hand: Sie haben Hunderte Messages ausgetauscht, und obwohl er wusste, dass es ein Schwachsinn war, hatte er ihr auch einige Schwanzfotos geschickt. Einige? Wahrscheinlich waren es ein Dutzend. Lena hatte ihn darum gebeten, und er hatte ihr gehorcht wie ein Hund. Ihre Reaktion ließ nicht lange auf sich warten:

mmmh ... gewaltig. pic irre scharf für mich, denn sofort nach erhalt: 2x!!!

Wie ein kleines Kind hatte er sich gefreut und war stolz darauf gewesen, ein solches Kompliment von einer Frau zu bekommen, die jünger war als er und die ihn offensichtlich begehrte. Wie sollte er das seiner Frau erklären, mit der er nie Nacktfotos ausgetauscht hat? Lena war in dieser Hinsicht etwas Besonderes, und sie hatte ihm bereits kurz nach ihrem ersten Treffen geschrieben, dass sie auf *geiles, dreckiges sexting* stehe.

Philip Hoffmann hatte Lena bei einem Einsatz auf einer Hundewiese kennengelernt, als es zwischen einem Amstaff und einem Rottweiler zu einem blutigen Kampf gekommen war. Lena, die sich mit ihrem American Pit Bull Terrier in der Nähe aufgehalten hatte, wurde von Hoffmann als Zeugin befragt. »Sie haben schöne Augen«, sagte Lena unvermittelt. »Darf ich ein Foto machen?« Hoffmann wusste nicht, was er antworten sollte, und trat nervös von einem Fuß auf den anderen. Lenas Blick irritierte ihn, und er hatte das Gefühl, als würde sie abschätzen, ob es sich lohnte, ihn näher kennenzulernen. Hoffmann räusperte sich verlegen, und nachdem er Lenas Aussage protokolliert hatte, gab sie ihm ganz nebenbei zu verstehen, dass er sich die Fotos seiner Augen gerne einmal bei ihr ansehen könne. »Meine Nummer haben Sie ja.«

Noch am selben Abend schickte er ihr eine SMS und fragte vorsichtig an, ob sie sich auf einen Kaffee treffen könnten. Bereits drei Minuten später kam die Antwort: *bin bereit, wenn sie es sind, herr kommissar.* Hoffmann war beim Lesen dieser Nachricht ganz kribbelig geworden, weil er irgendwie ahnte, dass er sich auf etwas einließ, was er nicht kontrollieren konnte. Wartete ein Abenteuer auf ihn? Gleichzeitig redete er sich ein, dass er ja wohl noch mit einer *Bekannten* auf einen Kaffee gehen dürfe.

Am nächsten Tag war Hoffmann so verwirrt, dass er auf dem Weg zum vereinbarten Treffpunkt bei der falschen U-Bahn-Station ausstieg und um zehn Minuten zu spät kam. Lena wartete vor dem Café und rauchte eine Zigarette. Ihr stechender Blick unter den dunklen Augenbrauen war klar und berechnend. Seine Entschuldigung nahm sie achselzuckend zur Kenntnis. Im Lokal bestellte sie sich ein großes Bier, das sie mit wenigen Schlucken bis zur Hälfte leerte. Ihre langen Haare fielen ihr immer wieder ins Gesicht. Energisch wischte sie einzelne Strähnen beiseite. Die freundliche Offenheit von der Hundewiese war einer abwägenden Haltung gewichen. Hoffmann fühlte sich unwohl, weil ihn Lena genau beobachtete. Das dunkle, elegant geschnittene Kleid ließ die nackte Haut ihrer schmalen Arme hell schimmern. Ihm war heiß und er schwitzte. Als er ihre Frage, ob er verheiratet sei, nach einem zu langen Zögern mit einem Nein beantwortete, lächelte sie so, dass er wusste, dass sie ihn durchschaut hatte. Nach dem dritten Bier sagte sie ihm, dass sie ihn gerne wiedersehen würde. Hoffmann fühlte sich geschmeichelt, und als er ihr bei der Verabschiedung einen unbeholfenen Kuss auf die Wange gab, lachte sie nur. Ihr Atem roch nach Bier und Zigaretten.

In der Nacht kam Lenas erste kryptische WhatsApp-Nachricht: *ich will zeit mit dir verbringen – dich durchleuchten mit meinem untrüglichen dritten auge, das will ich. scared? brauchst dich nicht zu fürchten. hab dich zwar zum fressen gern, aber ...*

Hoffmann biss sich auf die Lippen und überlegte, ob er antworten sollte. Aber noch während er nachdachte, schrieb er: *Nein, Angst hab ich keine. Ganz im Gegenteil. Würde auch gerne Zeit mit dir verbringen.*

Eine Stunde später kam Lenas nächste Nachricht: *ich höre gerade sexual healing im radio. ein zeichen, I guess!? ... will you see me again?*

Philip Hoffmann saß vor seinem Laptop und raufte sich die Haare. Durch die offene Schlafzimmertür konnte er hören, wie sich seine schwangere Frau im Bett von einer Seite auf die andere drehte. Und während er dieses Geräusch vernahm, signalisierte ihm eine Erektion, dass er gerne mit Lena ficken würde. Also antwortete er mit einem Satz, der mit drei Wörtern zum Ausdruck brachte, dass er in der Falle saß: *Yes, I will.*

Philip Hoffmann starrt auf die toten Mücken, die an der Windschutzscheibe kleben. Sind da Wespen dabei? Er darf sich von Lena nicht auf eine so miese Art abservieren lassen, das muss er unter allen Umständen verhindern. Cybermobbing! Dabei weiß er doch von etlichen Polizeiseminaren, dass jede Nachricht und jedes Foto im Netz ewig überleben werden, um meist in den ungünstigsten Momenten wieder aufzutauchen. Wie in seinem Fall. Die Nachrichten und die Dickpics kann er nicht mehr löschen. Wahrscheinlich ist es am klügsten, in die Offensive zu gehen, denkt er. Es ist halb zehn, und er muss sich schleunigst eine Strategie überlegen. Lenas letzte Nachricht ist um zehn nach neun gekommen, und Margot hat sich bis jetzt noch nicht gemeldet, was er als gutes Zeichen wertet. Trotzdem wird das Brennen in der Magengegend immer heftiger.

»Alles okay?«, fragt Maher.

»Ja, ja, ich muss nur eine unangenehme Sache mit unserer Hausverwaltung klären, die uns ein paar tausend Euro zu viel für den neuen Lift berechnet hat.«

»Das kenne ich. In unserer Straße haben sie den Kanal erneuert, und wir sollen um die Hälfte mehr Kanalgebühren zahlen.«

Philip Hoffmann atmet tief durch und überlegt: Wenn ich Lena bitte, die Nachrichten nicht an meine Frau zu schicken, dann wird sie mich weiterhin damit erpressen. Nein, das geht nicht, grübelt er. Ich muss das Kommando übernehmen, Angriff ist die beste Verteidigung. Mit klopfendem Herzen tippt er in sein Handy:

Wenn es dir damit besser geht, meine Nachrichten weiterzuleiten, dann mach das, aber ich lasse mich von dir nicht erpressen. Dein Verhalten zeigt mir aber auch, dass du mich die ganze Zeit nur belogen hast. Philip.

Hoffentlich mache ich keinen Fehler, denkt er, bevor er
nach kurzem Zögern die Nachricht abschickt. Sie wird reagieren, davon ist er überzeugt. Vielleicht sollte ich mich noch einmal mit ihr treffen. Er weiß aber, was dann passieren wird. Sie werden sofort wieder miteinander vögeln. Streit führt bekanntlich zu Sex. Diese primitive Geilheit, von der er gesteuert wird, wenn er Lena sieht, ist es auch, die ihm so zu schaffen macht. Und wieder muss er an jene Nacht denken, als er zum ersten Mal Sex mit ihr hatte.

Seine Frau war für drei Tage zu ihrer Mutter gefahren, um sich Ratschläge für die letzte Phase der Schwangerschaft zu holen. Wahrscheinlich suchten sie auch gleich die passenden Kuscheltiere für das Baby aus, schließlich arbeitete Margot ja in einem Spielzeugladen. Hoffmann war froh, dass ihn Margot gar nicht gefragt hatte, ob er mitkommen wolle, und er hatte die Gelegenheit sofort genutzt, um Lena zu besuchen. Margot hatte er erzählt, dass er Nachtdienst hätte.

Lena wohnte am Stadtrand in einem Reihenhaus mit Garten, und obwohl die Chance, von jemandem gesehen zu werden, gering war, schlich er mit eingezogenem Kopf von der Straßenbahnhaltestelle zu der von Lena angegebenen Adresse. Schon beim ersten Klingelton begann ein Hund zu bellen. Hoffmann hörte, wie Lena im Befehlston rief: »Sitz, Rambo!« Der Hund hieß also Rambo, ein nicht gerade vertrauenerweckender Name für einen Kampfhund. Lena öffnete die Tür und gab ihm einen Kuss auf die Wange. Er sog den Duft ihres Parfüms ein und spürte bei der Umarmung, dass sie unter ihrer Seidenbluse keinen BH trug. »Ich habe gar nichts mitgebracht«, sagte er mit einer Geste des Bedauerns.

Lena zuckte mit den Schultern. »Kein Problem, es gibt genug zu trinken.«

»Soll ich die Schuhe ausziehen?« Hoffmann kam sich vor wie ein gut erzogener Junge, der bei einer Tante zu Besuch war.

»Früher oder später wirst du sie wohl ausziehen.« Lachend ging Lena in die Küche.

In der Wohnung roch es nach Hund und Zigarettenrauch. Es war ein unangenehmer Geruch, der irgendwie zur Unordnung passte, die überall herrschte. Lena war also das genaue Gegenteil von Margot. Die Anrichte war mit leeren Weinflaschen und Dosen mit Hundefutter vollgeräumt, und im Spülbecken türmte sich dreckiges Geschirr. Auf dem Boden hatten sich Wollmäuse angesammelt, und der Teppich im Wohnzimmer war mit Hundehaaren übersät. Hoffmann wunderte sich, dass Lena nicht wenigstens ein bisschen aufgeräumt hatte, aber vielleicht war ihr auch egal, was er über ihre Wohnung dachte.

»Rambo ist harmlos«, sagte sie beiläufig, als sie seinen Blick bemerkte. BEST BUDDY stand auf Rambos Hundegeschirr. Hoffmann stand Hunden eher neutral gegenüber, weder hasste er sie noch mochte er sie besonders. Aber Rambo gehörte eher zu der Sorte Hund, um die Hoffmann lieber einen Bogen machte.

Der Pit Bull hing an einer Leine aus geflochtenem Leder, die an einem Heizungsrohr befestigt war, was dem Hund sichtlich nicht gefiel. Er zerrte und knurrte. »Still, Rambo, geh schlafen.« Lena streichelte den Kopf des Hundes, der sich für die Liebkosung revanchierte, indem er ihre Hand ausgiebig ableckte. Hoffmann war gespannt, ob sich Lena die Hände waschen würde. »Los, leg dich hin.« Der Hund gehorchte zögernd und rollte sich auf seiner Decke zusammen. Argwöhnisch beobachtete er den Fremden, der das Gefühl hatte, dass ihn der Hund nicht mochte. Beruht auf Gegenseitigkeit, dachte Hoffmann, und fragte sich, wie viele Männer Rambo in dieser Wohnung wohl schon gesehen hatte.

Sein Blick ging nach draußen in den ungepflegten Garten, wo das Gras schon lange nicht mehr gemäht worden war. Eine schiefe Hollywoodschaukel mit fleckigen Polstern bewegte sich träge im Wind. Wenn ihn nicht alles täuschte, lag in der Sandkiste sogar Hundekot. Für ein Hundeklo war die Sandkiste allerdings zu groß, und natürlich hätte ihn interessiert, ob Lena Kinder hatte.

Lena kam mit zwei gefüllten Gläsern aus der Küche zurück. »Ich hoffe, du trinkst Wein?«

»Ja, sicher«, antwortete Hoffmann, obwohl er lieber ein Bier gehabt hätte. Er griff nach dem Glas und merkte, dass seine Hand leicht zitterte. Auf dem Glas befanden sich deutlich sichtbare Schlieren, was darauf hindeutete, dass sich Lena die Hände doch nicht gewaschen hatte.

»Auf uns«, sagte Lena und nahm einen großen Schluck. Sie sah Hoffmann an. »Warte!« Sie griff nach ihrem Handy und hielt es vor Hoffmanns Gesicht. »Ich muss deine Augen fotografieren.« Sie drückte ein paar Mal ab und betrachtete die Aufnahmen mit einem zufriedenen Lächeln.

»Augen fotografieren, ist das dein Hobby?« Hoffmann wusste nicht, was er davon halten sollte.

»Nur, wenn es schöne Augen sind.« Lena leerte ihr Glas und zündete sich eine Zigarette an. Sie blies den Rauchring in Richtung offenes Fenster. »Stört es dich?«

»Nein, kein Problem.« Für Hoffmann war klar, dass er seine Kleider zu Hause sofort waschen würde. Er hatte Angst, dass ihm Margot wegen des fremden Geruchs auf die Schliche kommen könnte.

»Wie lange hast du Zeit?«, fragte Lena.

Philip Hoffmann kam sich vor wie bei einem Verhör. »Die Zeit ist kein Problem.« Eine bessere Antwort fiel ihm nicht ein.

»Das ist gut.« Lena schlenderte rauchend in die Küche.

Weniger aus Interesse als aus Höflichkeit betrachtete Hoffmann die Bücher, die in einem schmalen Regal neben der Couch standen. Es waren Hundebücher, Reiseführer und einige Krimis. In einem Regal standen etwa ein Dutzend Bücher von einem gewissen Richard Yates, dessen Name ihm nichts sagte. »Elf Arten der Einsamkeit«, »Eine besondere Vorsehung«, »Verliebte Lügner«, »Eine strahlende Zukunft«, »Eine letzte Liebschaft«. Ein Buch hieß »Zeiten des Aufruhrs«. Hoffmann schlug es an der Stelle auf, die mit einem Lesezeichen markiert war:

Es war nicht zu leugnen: Irgendetwas verdammt Seltsames ging hier vor.

Lena kam mit einer Weinflasche zurück. »Schön, dass du da bist«, sagte sie.

»Ja«, antwortete Hoffmann unsicher und legte das Buch zur Seite.

»Interessierst du dich für Richard Yates?«

»Äh, nein.« Um sich nicht zu blamieren, sagte er zu seiner eigenen Überraschung: »Du bist sehr attraktiv.«

Lena sah ihn mit einem ironischen Lächeln an und antwortete kaum hörbar: »Ich bin nicht attraktiv, ich bin krank.«

Hoffmann wusste nicht, was er davon halten sollte. Er dachte daran, dass seine Frau in diesem Augenblick wahrscheinlich gerade mit ihrer Mutter vor dem Fernsehgerät saß und sich mit ihr über Geburtswehen unterhielt. Er stellte sein Glas auf dem vollgeräumten Couchtisch ab und griff nach einer aufgeschlagenen Zeitschrift, in der ein Foto von Lena mit ihrem Pit Bull abgedruckt war. »Best Friends« hieß die Zeitschrift und Hoffmann erkannte sofort, dass das Foto auf jener Hundewiese aufgenommen worden war, wo er Lena zum ersten Mal getroffen hatte. Lena posierte wie ein Model und lächelte lasziv in die Kamera. »Ich wusste gar nicht, dass du berühmt bist«, sagte Philip lachend.

Lena zuckte mit den Schultern. »Hat sich so ergeben.«

Hoffmann überflog den Artikel, in dem Lena als vorbildliche Hundehalterin beschrieben wurde, die aufgrund ihrer »sozialen Kompetenz« und ihrer »hohen Sensibilität« noch nie Probleme mit ihrem Pit Bull gehabt hätte. Lena schwärmte davon, wie hingebungsvoll, freundlich und loyal ihr Hund sei. »Für mich ist Rambo eher ein Kampfschmuser als ein Kampfhund.« Hoffmann hoffte, dass das mit dem »Kampfschmuser« nicht wörtlich gemeint war, und legte die Zeitschrift zurück auf den Tisch. Dabei stieß er einen Bilderrahmen mit dem Foto eines kleinen Jungen um, der wenig begeistert in die Kamera blickte. Deshalb also die verwahrloste Sandkiste, dachte er.

»Mein Sohn Severin«, sagte Lena. »Er ist die meiste Zeit bei seinem Vater. An den Wochenenden ist er bei mir. Hast du Kinder?«

Die Frage traf Hoffmann unvorbereitet. »Äh, nein«, stotterte er.

»Sei froh.« Lena ging in die Küche, Hoffmann folgte ihr. Der Hund hob neugierig den Kopf und zerrte an seiner Leine. Lena stellte einen Topf mit Wasser auf den Herd. Aus einem Küchenschrank, dessen Scharniere quietschten, holte sie eine Packung Spaghetti und ein Glas mit Tomatensauce. »Ich weiß nicht, ob ich mir das noch einmal antun würde. Versteh mich bitte nicht falsch, ich mag meinen Sohn, allerdings hat ihn die Scheidung derart mitgenommen, dass er seither nichts mehr auf die Reihe bekommt. Jede Woche werde ich in die Schule zitiert, weil er seine Aufgaben nicht macht oder weil er einfach nicht bei der Sache ist. Na ja, so ist das Leben, was soll man machen?«

Dass Lena geschieden war, nahm Hoffmann mit einer gewissen Genugtuung zur Kenntnis. Ein Problem weniger, dachte er, es reicht ja, wenn ich verheiratet bin.

Auf dem Kühlschrank lagen neben einer Obstschale mit überreifen Bananen eine angebrochene Schachtel

Nitrazepam und eine Packung *Diazepam.* Die Bananen waren von Fruchtfliegen übersät, und Hoffmann fragte sich, weshalb Lena Schlaftabletten und Beruhigungsmittel nahm.

Ohne Vorwarnung machte Lena einen Schritt auf ihn zu und steckte ihm ihre Zunge in den Mund. Ihr Kuss schmeckte nach Nikotin und Alkohol. Hoffmann war so perplex, dass er im ersten Moment gar nicht wusste, was er machen sollte. Erst als Lena seine Hand unter ihre Bluse schob, begann er, ihre Brüste zu massieren. »Fester«, flüsterte sie. Hoffmann rieb ihre harten Brustwarzen, zuerst sanft, dann immer stärker. Lena stöhnte und schloss die Augen. »Noch fester«, sagte sie, und Hoffmann spürte,

wie sie ihren Oberschenkel gegen seinen Schwanz presste, der sofort hart wurde.

»Des Knaben Wunderhorn«, sagte sie lachend und drängte Hoffmann ins Wohnzimmer, wo sie ihn auf die Couch drückte. »Warte!« Sie streifte ihre Bluse ab und warf sie auf den Boden. Mit nacktem Oberkörper ging sie in die Küche. »Ich schalte nur schnell den Herd aus.«

Hoffmann sah, wie sich Rambo knurrend von seiner Decke erhob.

»Ich glaube, du kannst jetzt deine Schuhe ausziehen«, rief Lena.

Ohne lange zu überlegen, zog sich Hoffmann bis auf seine Boxershorts aus. Er wollte auf keinen Fall den Eindruck erwecken, er wäre nicht Herr der Lage. Schließlich hatte er ja auch sonst immer alles im Griff. Breitbeinig setzte er sich wieder auf die Couch. Seine Erektion war unübersehbar.

Als Lena das Wohnzimmer betrat, fletschte Rambo die Zähne und begann an seiner Leine zu zerren. »Rambo, sei still!«, befahl Lena, und sofort legte sich der Hund wieder hin und vergrub seinen riesigen Schädel mit den kleinen Ohren zwischen den Pfoten.

»Dann lassen Sie mal sehen, Herr Kommissar.« Lena kniete sich vor Hoffmann auf den Boden und streifte langsam seine Shorts ab. Dabei hielt sie ihren Blick starr auf seine Latte gerichtet. Hoffmann spürte die stacheligen Hundehaare auf seinen Hinterbacken und rutschte nach vorne. Lena begann gierig zu saugen. »Oh Gott, worauf habe ich mich da eingelassen?«, dachte er verwirrt. Plötzlich klingelte sein Mobiltelefon und er zuckte zusammen, wodurch Lena aus dem Rhythmus kam. Sie warf ihm einen fragenden Blick zu. »Ist schon gut, mach weiter«, sagte er mit zitternder Stimme, »aber nicht zu schnell.« Sein Herz schlug, als hätte er gerade einen Schwimmwettkampf absolviert. In diesem Augenblick wurde ihm schlagartig bewusst, dass die Sache aus dem Ruder lief.

Ohne Vorwarnung stand Lena auf, und Hoffmann befürchtete schon, dass sie es sich anders überlegt hatte, aber sie entledigte sich bloß ihres Rocks. Dass sie keinen Slip trug, war ihm gar nicht aufgefallen. Sie stellte sich vor ihn hin und massierte ungeniert ihre Muschi. Ihre

Schamlosigkeit verwirrte ihn, und er musste an Margot denken, mit der er seit einiger Zeit nur noch Verlegenheitssex hatte.

Lena setzte sich rittlings auf Hoffmanns Schoß. Kondom, dachte Hoffmann noch, vergaß es aber gleich wieder. Lena schloss die Augen und bewegte ihr Becken heftig vor und zurück. Sie war ganz auf sich selbst konzentriert und schien Hoffmann gar nicht wahrzunehmen.

Er fragte sich, ob Lena überhaupt verhütete. Aber selbst das war ihm jetzt egal, was ein weiterer Beweis dafür war, dass sein Gehirn nicht mehr richtig funktionierte. Hoffmann hielt Lenas Hüfte fest umklammert, und beim Anblick ihres Bauchs musste er daran denken, dass seine Frau bald ein Baby bekam. Ihm dämmerte, dass er gerade im Begriff war, seine Ehe zu zerstören, was er aber auf keinen Fall wollte, weil er sonst sein Leben neu hätte ordnen müssen. Und dazu hatte er keine Lust. Außerdem wäre eine Scheidung mit großen finanziellen Einbußen verbunden gewesen. Also würde er alles tun, um mit seiner Frau und dem Baby ein halbwegs glückliches – oder zumindest normales – Leben zu führen. Während Lenas Vulva seinen Schwanz gefangen hielt, fragte er sich aber auch, warum nicht beides möglich war? Eine glückliche Ehe führen und ab und zu mit einer Frau vögeln, die unbekümmert und hemmungslos war. Es waren also die typischen Gedanken eines Mannes, der sich selbst belog und nicht bereit war, der Wirklichkeit in die Augen zu sehen.

Lena rieb ihre Klitoris und stöhnte dabei so laut, dass auch der Pit Bull zu hecheln begann. Sie ignorierte den Hund und hielt ihren Blick starr auf ihren Unterleib gerichtet. Lena hatte Hoffmann kein einziges Mal angesehen, und er war sich gar nicht sicher, ob sie ihn überhaupt wahrnahm. Sollte er gleichzeitig mit ihr kommen? Oder sollte er warten? Wenn ja, worauf?

Lenas Bewegungen wurden immer fahriger und sie begann am ganzen Körper zu zittern: »Ich komme, jaaa, ich komme, fick mich, verdammte Scheiße, fick mich, ich komme!« Stoßweise atmend krallte sie ihre Finger in Hoffmanns Schultern, der vor Schmerz kurz aufschrie. Lena bäumte sich auf, bevor sie erschöpft niedersank.

Er wollte sie küssen, aber Lena drehte ihren Kopf zur Seite. Mit geschlossenen Augen blieb sie noch eine Weile auf ihm sitzen, ehe sie von ihm herunterstieg und sich mit einem Papiertaschentuch ihre glitschige Muschi abwischte. Achtlos warf sie das Taschentuch auf den Boden. »Für den Anfang war das gar nicht so schlecht, Herr Kommissar.« Sie zündete sich eine Zigarette an und hielt Hoffmann das Päckchen hin. »Magst du?«

Er schüttelte verwirrt den Kopf. »Nein, ich rauche nicht.«

»Nie geraucht?«

»Doch, früher.« Dass er wegen Margot das Rauchen aufgehört hatte, sagte er natürlich nicht.

»Ich hätte auch noch etwas anderes zu rauchen.« Lena zwinkerte ihm zu. »Aber das sparen wir uns für später auf. Ich hoffe, du verhaftest mich deshalb nicht gleich. Obwohl du mir beim nächsten Mal gerne Handschellen anlegen kannst.« Lena ging in die Küche. »Ich brauche dringend etwas zu trinken. Du auch?«

»Äh, ja«, antwortete Hoffmann.

Sie kam zurück: »Übrigens: Ich mag es eher heftig. Handschellen, Strap-ons und das ganze Zeug. Kuschelsex ist nichts für mich. Aber das wirst du ja schon gemerkt haben.« Dann verschwand sie wieder in der Küche.

Er hatte keine Ahnung, welchen Plan Lena verfolgte, und welche Rolle ihm dabei zukam. Handschellen? Strap-ons? Er stand auf und schlüpfte in seine Hose. Er schämte sich seiner Nacktheit, was ein bisschen albern war. Dabei fiel ihm ein, dass sein Handy geläutet hatte. Er holte es aus seiner Hosentasche. Auf dem Display sah er, dass Margot angerufen hatte. Er wurde unruhig, weil er plötzlich Angst hatte, dass Margot im Kommissariat nachfragen könnte, wo er sei. Aber wahrscheinlich handelte es sich bloß um einen Routineanruf.

»Du kannst ruhig zurückrufen«, rief ihm Lena zu.

»Nein, nein, ist nicht so wichtig.« Mit nacktem Oberkörper ging er in die Küche, wo Lena den Topf mit dem Wasser erneut auf den Herd stellte. Sie war nackt, was sie aber nicht im Geringsten zu stören schien. »Es dauert ein bisschen, bis das Wasser kocht.« Sie betastete seine Armmuskeln. »Hm, ganz schön hart«, sagte sie mit einem doppeldeutigen Grinsen. »Welchen Sport betreibst du?«

»Schwimmen, ich bin beim Polizei-Schwimmverein.«

»Das war gut vorhin.« Sie griff ihm zwischen die Beine. »Ich möchte, dass du mich von hinten nimmst.«

»Was? Jetzt?« Hoffmann war verblüfft, weil Lena doch gerade erst gekommen war.

»Ja, hier in der Küche.« Lena öffnete seine Hose und massierte seinen Schwanz, bis er wieder hart wurde. Dann drehte sie sich um und beugte sich nach vorne. Ungeniert streckte sie ihm ihren Hintern entgegen. Dabei stützte sie sich am Tisch mit den leeren Flaschen und den Dosen mit Hundefutter ab.

Ohne lange nachzudenken, tat Hoffmann, was Lena ihm befohlen hatte. Er stieß hart zu und kam sich vor wie ein Callboy, nur mit dem Unterschied, dass er für seine Dienste nicht bezahlt wurde. Hoffmann ärgerte sich, dass er ständig an seine Frau denken musste und von dubiosen Schuldgefühlen geplagt wurde, anstatt den Fick mit Lena einfach zu genießen. Ein Blick auf die Küchenuhr sagte ihm, dass er Margot so schnell wie möglich zurückrufen musste, wenn er keine Schwierigkeiten bekommen wollte.

Wenig später stand Philip in Lenas verwahrlostem Garten und wählte mit einem mulmigen Gefühl Margots Nummer. Dabei stellte er sich ganz nah an die Hausmauer und deckte mit der Hand das Mobiltelefon ab, damit keine verräterischen Geräusche an Margots Ohr drangen. Er musste sich kurz halten, um nichts zu riskieren. »Hallo Schatz, wie geht es dir?«, fragte er und versuchte, möglichst unbefangen zu klingen.

»Danke, ich langweile mich, wie immer, wenn ich bei meiner Mutter bin.«

»Aber sonst geht es dir gut?«

»Ja, ja.«

»Weißt du schon, wann du kommst?«

»Wahrscheinlich morgen Abend, aber ich gebe dir Bescheid.«

»In Ordnung, ich muss jetzt Schluss machen.«

»Okay. Schönen Dienst noch, und pass auf dich auf.«

»Ja, mache ich. Bussi.«

»Bussi.«

Als Philip Hoffmann am nächsten Tag um fünf Uhr Früh Lenas Wohnung verließ, fühlte er sich zerschlagen, müde und leer. Er war nicht zum Schlafen gekommen, weil Lena darauf bestanden hatte, dass sie tranken und vor allem vögelten. Hoffmann war immer nervöser geworden, und als er um drei Uhr nach Hause gehen wollte, hatte ihn Lena einfach festgehalten. »Nein, du gehst jetzt nicht, wir sind noch nicht fertig. Ich möchte ficken, ficken, ficken. Du kannst mich auch in den Arsch ficken, wenn du willst.« Lena war bereits ziemlich betrunken gewesen und ließ seinen Einwand, dass er müde sei, nicht gelten. Sie zerrte ihn ins Schlafzimmer, zog ihn aus und bearbeitete seinen Schwanz so lange, bis sie schließlich wieder Sex miteinander hatten.

Hoffmann starrte aus dem Straßenbahnfenster und musste gegen eine aufkommende Übelkeit ankämpfen. Die Spaghetti, die Lena um Mitternacht endlich zubereitet hatte, lagen ihm noch immer im Magen. Er konnte sich nicht erinnern, jemals eine derart miese Pasta gegessen zu haben. Lena hatte die Nudeln so lange gekocht, bis sie nur noch Matsch waren, die Tomatensauce hatte sie dann einfach darüber geschüttet. Weder die Nudeln noch die Sauce waren gewürzt, aber aus Höflichkeit hatte er ein paar Bissen hinuntergewürgt, während Lena ihr Essen gar nicht anrührte und es dem Hund zum Fressen gab. Der verschlang die Nudeln blitzschnell, und Hoffmann wäre beim Anblick des sabbernden Hundes fast das Kotzen gekommen.

Während er apathisch durch das Straßenbahnfenster blickte, spürte er einen Stich in der Herzgegend, und er schwor sich, Lena nie wiederzusehen. Das war's dann, dachte er mit einer Mischung aus Resignation, Schrecken und Sehnsucht. Er hatte Angst, in eine Geschichte hineingezogen zu werden, die er nicht mehr kontrollieren konnte. Gleichzeitig wurde ihm bewusst, wie sehr ihn diese Frau mit ihrer Unbekümmertheit und Geilheit faszinierte. Verzweifelt schloss Hoffmann die Augen, als er einen eigenartigen Geruch wahrnahm. Es roch nach Urin. Er blickte sich um, aber in seiner Nähe saß niemand. Vielleicht hatte jemand auf den Boden gepinkelt. Er schnüffelte und plötzlich wurde ihm bewusst, dass er selbst es war, der nach Urin roch. Besser gesagt, sein linker Schuh, und erst jetzt merkte er, dass auch seine Socke feucht war. Hoffmann vergewisserte sich, dass ihn niemand beobachtete, und zog den Slipper aus. Ungläubig starrte er auf den Schuh und während er daran roch, hätte er sich fast übergeben müssen. Er dachte nach, bis ihm einfiel, dass die Pisse vom Pit Bull stammen musste. Der Hund hat aus Rache in meinen Schuh gepinkelt, schoss es ihm durch den Kopf. Es musste passiert sein, als er in Lenas Bett lag und sie mit dem Hund kurz nach draußen gegangen war. Als sie zurückkam, hatte sie den Pit Bull nicht mehr angebunden, weil er ohnehin schlafen würde, wie Lena behauptete. Hoffmann wurde wütend, weil er nicht wusste, was er mit dem Schuh machen sollte. Die Slipper waren neu, außerdem waren sie ein Geschenk seiner Frau, weshalb er sie nicht einfach wegwerfen konnte. Er beschloss, den Schuh mit seinen verrauchten Kleidern mitzuwaschen.

Hoffmann warf einen Blick auf sein Handy und erschrak, weil bereits zwei Mitteilungen eingegangen waren. Sein Herz begann wie wild zu schlagen.

5:23 Uhr: *meine ... schreit nach dir ... habe es mir gerade wieder gemacht ...*

5:45 Uhr: *your sex takes me to paradise ...*

Hoffmann schüttelte deprimiert den Kopf, und als er hinter sich ein Baby schreien hörte, zuckte er zusammen. Am liebsten hätte er geheult.

Zu Hause angekommen, steckte er seine Kleider und den nach Urin riechenden Schuh in die Waschmaschine. Dann stellte er sich unter die Dusche, um sich reinzuwaschen, obwohl er wusste, dass das nichts nützen würde. Hoffmann fühlte sich wie ferngesteuert und überlegte, sich krank zu melden. Er hätte ohnehin nicht gewusst, wie er Margot sonst erklären sollte, dass er nach dem Nachtdienst gleich wieder Tagdienst hatte. Weder gab es einen Personalengpass noch hätte es einen anderen Grund für eine Doppelschicht gegeben.

Hoffmann setzt sich auf die Couch und starrte ins Leere. Er hörte das monotone Geräusch der Waschmaschine, und plötzlich befiel ihn panische Angst, Lena könnte von ihm schwanger sein. Immerhin war er im Laufe der Nacht gleich drei Mal in ihr gekommen. Was bin ich doch für ein Idiot, dachte er voll Selbstmitleid. Er stand auf und ging in die Küche, um ein Glas Wasser zu trinken. An der Wand hing ein Selfie von ihm und Margot, das er während ihres letzten Sommerurlaubs in Istrien gemacht hatte. Sie lachten, und man hätte meinen können, auf dem Bild ein glückliches Paar zu sehen. Bei der Betrachtung des Fotos fühlte sich Hoffmann wie ein mieser Verräter. Verdammte Scheiße, warum habe ich mich bloß auf diese Frau eingelassen? Im selben Augenblick musste er daran denken, wie er Lena in der Küche von hinten gevögelt hatte und sie so heftig gekommen war, dass vom Tisch, an dem sie sich abgestützt hatte, ein paar Flaschen auf den Boden gefallen und zerbrochen waren, ohne dass sie das groß gekümmert hätte. Später hatte sie die Scherben mit dem Fuß achtlos zur Seite geschoben, und wahrscheinlich würden sie bis zum nächsten Besuch ihres Sohnes dort liegen bleiben.

Aber was, wenn ihn Lena reingelegt hatte, um schwanger zu werden? Vielleicht hatte sie ja nur einen Vater für ihr Kind gebraucht. Einen mit schönen Augen, wie sie mehrmals betonte. Bei diesem Gedanken wurde Hoffmann noch übler, als ihm ohnehin schon war. Ihm fiel ein, dass er nicht einmal wusste, welchen Job Lena hatte. Einmal hatte sie in einem Nebensatz erwähnt, dass sie in der Immobilienbranche tätig sei, aber Hoffmann hatte nicht weiter nachgefragt, weil es ihn im Grunde gar nicht interessierte. Ihn interessierte nur ihr Körper, alles andere war ihm egal. Er sah auf die Uhr, es war kurz nach sieben, also würde ihn bald wieder seine Frau mit ihrem Routineanruf nerven. Zuvor musste er sich aber noch krankmelden, so konnte er nicht seinen Dienst antreten. Für einen Tag Krankenstand brauchte er nicht einmal ein ärztliches Attest.

Nachdem Hoffmann den Anruf bei seiner Dienststelle erledigt hatte, fühlte er sich ein bisschen besser. Er legte sich ins Bett, aber sofort tauchten die Bilder der letzten Nacht wieder vor seinem geistigen Auge auf. Er zog die Decke über den Kopf und spürte eine irrationale Sehnsucht nach Lena, die ihn erschreckte. Am besten, ich schreibe ihr, dass ich sie nicht mehr sehen kann. Hoffmann griff nach seinem Handy und öffnete seinen Chatverlauf. Eine neue Nachricht von Lena: *will dich spüren – in mir ... beam dich zu mir – jetzt!!*

Hoffmann schluckte. Nein, das geht nicht. Margot war im sechsten Monat schwanger, und in drei Monaten würde hier neben ihm ein kleines Baby liegen. In diesem Moment klingelte sein Handy, es war Margot. Bevor er das Gespräch annahm, räusperte er sich und atmete tief durch.

»Hallo Schatz, wie geht es dir?« Hoffmann versuchte zu lächeln. »Ist alles in Ordnung?«

»Hallo Philip.« Es folgte eine kurze Pause. »Du klingst verkühlt. Hast du dich im Nachtdienst erkältet? Das wäre nämlich gar nicht gut fürs Baby.«

Blitzschnell überlegte Hoffmann, ob er den Kranken spielen sollte, um ein paar Tage für sich – und Lena – herauszuschinden. Margot würde dann bei ihrer Mutter bleiben. Aber sofort bekam er Skrupel. »Nein, nein, es ist höchstens ein kleiner Schnupfen, nichts Ernstes. Es war wenig los in der Nacht, aber ich bin trotzdem hundemüde. Ist bei dir alles okay?«

»Ja, ja. Meine Mutter nervt mich wie immer mit ihren Ratschlägen, aber es ist ihr erstes Enkelkind, was soll ich da machen? Die Tochter einer ihrer Freundinnen würde uns übrigens ihren Buggy billig verkaufen. Was meinst du?«

»Äh, ja, ich weiß nicht. Können wir darüber reden, wenn du wieder da bist?«

»Na ja, aber wir würden uns mindestens einhundert Euro ersparen. Du müsstest ihn halt mit dem Auto holen.«

»Ja, von mir aus. Ich muss aber schauen, wie es sich mit meinem Dienstplan ausgeht.«

»Okay, ich frage, ob ich ein Foto machen kann. Was meinst du?«

»Ja, sicher, mach das.«

»Du klingst so müde, schlaf dich aus, ich ruf dich später wieder an. Bussi.«

»Ja, bis dann. Bussi.«

»Ich liebe dich.«

»Ich … liebe dich auch.«

Das war vor zwei Monaten. Jetzt sitzt Hoffmann neben seinem Kollegen Stefan Maher im Streifenwagen und hat seinen Blick starr auf die toten Insekten auf der Windschutzscheibe gerichtet. Diese zwei Monate haben ihn derart ausgelaugt, dass er sich wundert, weshalb immer noch niemandem aufgefallen ist, wie hundeelend er sich fühlt. Natürlich hat er sich bemüht, weder durch ein unbedachtes Wort noch durch eine verräterische Handlung einen Verdacht gegen sich aufkommen zu lassen. Besonders schlimm waren die Nächte, weil er Angst hatte, im Traum Lenas Namen zu rufen. Er bezweifelt, dass es an seiner Schauspielkunst liegt, dass niemand etwas bemerkt hat, vielmehr vermutet er, dass die Menschen, die ihm nahestehen, zu sehr mit sich selbst beschäftigt waren, um sich für seine Befindlichkeit zu interessieren.

Hoffmann kann sich nicht erklären, weshalb ihn die Affäre mit Lena so mitnimmt. Er hat einen krisensicheren Job bei der Polizei, er ist verheiratet, und in einem Monat erwartet seine Frau ihr erstes Kind. Was will er mehr? Außerdem weiß er, dass Lena die absolut falsche Frau für ihn ist. Daran gibt es keinen Zweifel. Sie besitzt einen Kampfhund, sie ist Kettenraucherin, sie trinkt zu viel, sie hat einen kleinen Sohn, um den sie sich nicht kümmert, und sie ist unordentlich. Außerdem weiß Hoffmann nicht einmal, ob sie überhaupt einen Job hat und womit sie ihr Geld verdient. Dass sie tatsächlich in der Immobilienbranche tätig ist, bezweifelt er. Natürlich hat Hoffmann versucht, möglichst viel über Lena herauszufinden, allerdings ist sein Zugang zu den Daten im Polizeicomputer beschränkt. Auch wenn er Lena auf der Hundewiese als Zeugin einvernommen hatte, konnte er nicht so ohne Weiteres dienstliche Nachforschungen über sie anstellen. Dazu hätte er schon einen triftigen Grund gebraucht. Und im Internet hat er über Lena Konrady bloß ein paar nichtssagende Einträge gefunden. Auf den herkömmlichen Social-Media-Plattformen bewegt sie sich wohl auch nicht.

Nach seinem zweiten Treffen mit Lena kam Hoffmann kurz vor Mitternacht nach Hause und duschte, um sich nicht durch den fremden Geruch, der an ihm haftete, zu verraten. Außerdem steckte er seine verrauchten Kleider in seine Sporttasche und verstaute diese in seinem Arbeitszimmer. Um Margot nicht zu wecken, schlich er ins Schlafzimmer, aber nach wenigen Minuten nahm Margot im Halbschlaf seine Hand und legte sie auf ihren Bauch. Als er spürte, wie das Baby mit seinen Füßen strampelte, hielt er den Atem an und wäre beinahe in Tränen ausgebrochen. Er fühlte sich wie das größte Schwein und schwor sich, Lena nie wiederzusehen. In dieser Nacht tat er kein Auge zu, und am nächsten Morgen schickte er Lena eine Nachricht:

Lena, ich schaffe das nicht mehr. Du hast dir etwas Besseres verdient als mich. Jemanden, der Zeit für dich hat und der dir ganz alleine gehört. Es tut mir sehr leid und ich werde immer an dich denken. Philip.

Der Text war abgedroschen und banal. Natürlich wusste er das. Und er wusste auch, dass damit die Angelegenheit längst nicht erledigt war. Lenas Antwort ließ nicht lange auf sich warten:

das ist jetzt aber nicht dein ernst? und das schreibst du mir einfach so? kein gespräch? überlege es dir noch einmal, weil ich dir jetzt schon prophezeien kann, dass du diese entscheidung bereuen wirst.

Hoffmann war erschrocken. Drohte sie ihm? Was meinte sie damit? Und wieder stieg die Angst in ihm hoch. Ich Vollidiot, warum habe ich nicht aufgepasst, dachte er niedergeschlagen.

Eine Minute später hatte sie die nächste Nachricht geschickt:

ich habe letzte nacht von dir geträumt. und bin 2 x gekommen. love you.

Sofort spürte Hoffmann wieder dieses Kribbeln im Bauch, das in die Leistengegend ausstrahlte. Er überlegte, ob er mit jemandem reden sollte. Aber es fiel ihm niemand ein. Zum Polizeipsychologen konnte er nicht gehen, der hätte ihn wahrscheinlich nur ausgelacht. Nein, er musste mit dieser Angelegenheit alleine fertig werden.

In den letzten Wochen hatte er Lena mehrmals getroffen, was kompliziert genug war. Statt zum Schwimmtraining zu gehen, war er zu Lena gefahren, um mit ihr schnellen Sex zu haben. Die Frage, weshalb er kein Kondom verwendete, verdrängte er einfach. Hoffmann redete sich ein, dass es bloß eine Affäre war, wie es sie zu Hunderttausenden gab, gleichzeitig hatte er das Gefühl, dass Lena ein bestimmtes Ziel verfolgte. Hätte er die Sache nüchtern betrachtet, hätten bereits nach der ersten gemeinsamen Nacht die Alarmglocken schrillen müssen. Aber da er seinen Verstand ausschaltete, sobald er mit Lena zusammen war, ignorierte er die Warnungen seiner inneren Stimme. »Lass die Finger von dieser Frau, sie bringt dir nur Unglück«, sagte die eine Stimme, aber die andere sagte: »Stürze dich in dieses Abenteuer, wer weiß, wann sich wieder eine solche Gelegenheit bietet. Bald wirst du an den Wochenenden mit Frau und Kind im Park spazieren gehen, und du wirst dich maßlos darüber ärgern, diese einmalige Chance nicht genützt zu haben. Es ist doch nur eine Affäre.«

Ein allerletztes Mal würde er Lena noch einmal sehen. Dann wäre für immer Schluss, und er würde sich ausschließlich um Margot und das Kind kümmern. Und nach dem Schwimmtraining würde er mit seinen Kollegen auf ein Bier gehen, und an den Wochenenden würden sie sich mit befreundeten Ehepaaren treffen. Sie würden grillen, und die Kinder würden im Sandkasten spielen. Gab es ein schöneres Leben? Und in spätestens fünf Jahren würden sie ein zweites Kind bekommen, er würde befördert werden, und die Erinnerungen an Lena wären so weit verblasst, dass er nicht mehr wissen würde, ob diese Frau jemals existiert hatte, oder ob sie bloß ein Fantasiegebilde war. Oder würde er in fünf Jahren nur mehr das blasse Ebenbild seiner selbst sein? Ausgelaugt vom Familienidyll, das all seine Träume verdrängt haben würde? So viele würde, würde, würde und keine Lösung in Sicht.

Ich könnte heute nach Dienstschluss noch einmal kurz ZUM REDEN vorbeikommen, aber nicht lange. Ich habe es versucht, aber ich schaffe es nicht mehr.

Hoffmann überlegt, ob er ihr schreiben soll, dass seine Frau schwanger ist. Nein, ich werde ihr das lieber persönlich sagen, dann ist die Geschichte ein für allemal erledigt. Er schickt sein Gesprächsangebot ab und hofft, dass er dadurch wenigstens ein bisschen Zeit gewonnen hat. Es ist eine trügerische Hoffnung, weil bereits wenige Minuten später Lenas Antwort kommt:

ich habe mir gerade SEIN foto angesehen. und soll ich dir sagen, was ich mir denke? also natürlich, dass er groß ist, schön auch – und wie er glänzt und was wir beide alles mit ihm machen werden. ein verrücktes foto, mein lieber irrer. – ich muss mich sofort hinlegen.

Hoffmann würde am liebsten auf das Armaturenbrett einschlagen, aber das geht nicht, weil ja Stefan Maher neben ihm am Steuer sitzt. Diese Frau treibt mich noch in den Wahnsinn. Irgendwann hatte ihn Lena um ein Dickpic gebeten, und in einem Anfall von idiotischer Geilheit und maßloser Selbstüberschätzung hatte er ihr gleich mehrere Aufnahmen von seinem harten Ding geschickt. Er wusste, dass es gefährlich war, und trotzdem hatte er sich dazu hinreißen lassen. Kopflos rannte er in sein Unglück, und irgendwie war es ihm auch egal. Vielleicht wollte er sich für seine primitiven Wünsche bestrafen. Als er Lena um ein Foto von ihrer Muschi bat, lautete ihre lapidare Antwort hingegen: *eventuell später, ich bin noch nicht bereit dazu.* Die Aussage überraschte ihn, weil er den Eindruck hatte, dass Lena hemmungslos und ohne jede Scham war.

Natürlich weiß Hoffmann, dass er nach Dienstschluss nicht nur *zum Reden* zu ihr fahren wird. Sie werden wieder miteinander vögeln, während seine Frau hochschwanger zu Hause sitzt. Nein, nein. Und wahrscheinlich wäre Lena bereits betrunken. Einmal, als sie eine halbe Flasche Gin intus hatte und ihm gegenüber aggressiv geworden war, hatte er zum ersten Mal so etwas wie Ekel vor ihr empfunden. Das war auch der Grund, weshalb er danach den Kontakt zu ihr aufs Chatten beschränkt hatte. In dieser Phase hatte sich auch sein Verhältnis zu Margot merklich verbessert, und Hoffmann hatte seit langem wieder einmal das Gefühl, mit sich im Reinen zu sein. Aber Lena ließ nicht locker und bombardierte ihn mit Sexnachrichten:

wann dringst du vor in mein versteck und in mich ein?

I'm fit for you und ich hoffe, er auch.

träume ich?? wenn ja, weck mich nicht – außer, wenn du mich heimsuchst und von hinten nimmst, während ich schlafe.

Vor zwei Tagen ist er dann tatsächlich noch einmal zu ihr gefahren, und letzte Nacht hat er dann endgültig einen Schlussstrich gezogen:

Es tut mir sehr leid, aber ich kann dich nicht mehr sehen. Bitte schicke mir keine Nachrichten mehr. Alles Gute, Philip.

Und jetzt droht sie ihm, seine Sexnachrichten an Margot zu schicken. Aber das ist nicht alles. Der Satz, der wie ein Damoklesschwert über ihm schwebt, lautet: *die bombe platzt, es ist zu spät.*

Hoffmanns Herz rast, und sein Mund ist trocken. Ich muss raus aus dieser Geschichte, koste es, was es wolle. Er bemerkt, wie er immer fahriger wird, weil er das Ticken der Bombe förmlich hören kann. Er hat Lena unterschätzt. Sie hat ihn in der Hand.

Einmal hat ihn Lena gebeten, sich um eine Anzeige zu kümmern, weil ihr Pit Bull auf der Straße keinen Beißkorb getragen hatte und auch nicht angeleint war. »Kannst du das für mich erledigen?«, fragte sie ihn, während sie auf ihm saß, und er hätte sich tatsächlich fast dazu hinreißen lassen. Jetzt ist er froh, dass er ihr wenigstens diesen Wunsch nicht erfüllt hat. Plötzlich, ohne dass er hätte sagen können, warum, keimt in ihm das wahnwitzige Verlangen auf, dieser Frau etwas Gewaltsames anzutun.

»… Unfall mit Fahrerflucht, ein roter Audi ist mit überhöher Geschwindigkeit stadtauswärts unterwegs.«

Philip Hoffmann wird jäh aus seinen Gedanken gerissen, und nachdem über Funk durchgegeben wird, in welche Richtung der Fluchtwagen fährt, antwortet Stefan Maher: »Wagen 39 hier, verstanden, wir nehmen die Verfolgung auf.«

04.

»Novak, sag einmal, bist du verrückt geworden? Woher hast du diesen Schlagring? Du kannst doch nicht mit einem Schlagring in die Schule kommen. Das ist eine Waffe. Weißt du das nicht?« Franziska Steinbrenner ist außer sich vor Wut. Novaks serbische Freunde, denen er seinen Schlagring gezeigt hat, zerstreuen sich im Pausenhof in alle Richtungen. Die Lehrerin nimmt Novak zur Seite und streckt ihre Hand aus. »Gib mir sofort diesen Ring.« Sie muss rasch eine Entscheidung treffen. Wenn sie den Schlagring dem Direktor zeigt, wird Novak große Schwierigkeiten bekommen. Wenn sie ihn verschwinden lässt und die Sache auffliegt, wird *sie* Schwierigkeiten bekommen. Aber Novak ist einer ihrer Lieblingsschüler, der sogar das Zeug hätte, in ein Gymnasium zu wechseln. Und da sie ihm keine Steine in den Weg legen will, steckt sie den Schlagring kurzerhand in ihre Jackentasche.

»Pass auf, was ich dir jetzt sage: Wenn ich dich noch einmal mit einem solchen Ring oder einem Messer oder sonst irgendeiner Waffe erwische, schicke ich dich zum Direktor, und der wird die Polizei holen. Und die Polizei wird das Jugendamt verständigen. Ist dir das klar?«

Novak schaut zu Boden und schweigt trotzig.

»Hast du das verstanden?«

Novak hofft, dass ihn seine Freunde nicht beobachten. Verstohlen sieht er sich nach ihnen um.

»Woher hast du diesen Ring? Und wozu brauchst du ihn?« Franziska Steinbrenner ist immer noch wütend.

»Nur so«, antwortet Novak achselzuckend. Er hofft, seinem Bruder nicht erklären zu müssen, was mit dem Schlagring passiert ist, sollte die Lehrerin diesen einkassieren.

»Nur so? Was heißt: Nur so?«

»Ich wollte schauen, wie so etwas funktioniert. Ich habe einen Film gesehen, in dem jemand einen solchen Schlagring verwendet.«

»Und von wem hast du ihn bekommen?«

Novak zögert.

»Also, von wem?«

»Mein Bruder hat ihn mir geborgt.«

»Dein Bruder hat ihn dir geborgt? Wozu braucht dein Bruder einen Schlagring?«

»Ich weiß nicht«, antwortet Novak unsicher.

Franziska Steinbrenner schüttelt den Kopf. Sie dreht sich um, und dabei fällt ihr Blick auf die mit Zeitungspapier zugeklebten Fenster im dritten Stock des Hauses, das jenseits des Pausenhofs liegt. Sie hat sich schon oft gefragt, wer dort wohnt. Dieses Mal ist aber ein Fensterflügel geöffnet, und dahinter steht ein Mann mit einem Feldstecher. Es ist ein sehr dicker Mann, und es scheint, als hätte er den Pausenhof im Visier. Instinktiv greift sie nach ihrem Handy, zoomt und macht ein Foto von dem Unbekannten, der im selben Augenblick den Feldstecher sinken lässt und vom Fenster verschwindet.

»Wer ist dieser Mann?«, fragt Novak.

»Weiß ich nicht, aber ich finde es eigenartig, dass er uns beobachtet.«

»Das hat er schon öfter gemacht«, sagt Novak.

»Tatsächlich? Wie oft?«

»Immer wieder.«

Franziska Steinbrenner bekommt beim Gedanken, dass ein wildfremder Mann die Schülerinnen und Schüler auf dem Pausenhof mit einem Feldstecher beobachtet, ein mulmiges Gefühl. Sie wird dem Direktor vorschlagen, die Polizei einzuschalten.

»Kann ich gehen?«, fragt Novak.

»Ja.«

Novak zögert. »Äh, was passiert mit dem Schlagring?«

»Das muss ich mir noch überlegen. Und jetzt verschwinde.«

Mit eingezogenen Schultern schlurft Novak zu seinen Freunden, die mit ihren Mobiltelefonen beschäftigt sind und so tun, als hätten sie nichts mitbekommen.

Franziska Steinbrenner seufzt und spürt das Gewicht des Schlagrings in ihrer Jackentasche. Sie überlegt, ob sie den Direktor über den Mann mit dem Feldstecher gleich informieren soll, aber noch bevor sie eine Entscheidung treffen kann, wird sie von Haniya angesprochen.

»Frau Steinbrenner, ich habe vorhin mit meiner Mutter telefoniert. Sie wird Anfang kommender Woche zu Ihnen in die Sprechstunde kommen, um die Details wegen meines Umzugs in die betreute Wohngemeinschaft zu klären.«

»Das ist in Ordnung, Haniya, allerdings solltest du dir im Klaren darüber sein, dass die Formalitäten einige Zeit in Anspruch nehmen werden.«

»Wachcha, das weiß ich schon.«

»Ich werde einen Termin mit der zuständigen Sozialarbeiterin vereinbaren.«

»Danke, Frau Steinbrenner! Ich finde es so schade, dass wir am Ende des nächsten Schuljahres keine gemeinsame Reise machen werden. Im Gymnasium machen sie ja auch eine Maturareise.« Haniya kratzt sich nervös am Unterarm, wo ihre langen schwarzen Fingernägel rote Striemen hinterlassen.

»Ja, aber im Gymnasium sind die Schülerinnen und Schüler bei der Matura bereits achtzehn.« Franziska Steinbrenner zuckt bedauernd die Schultern. »Ihr seid vierzehn, wenn ihr in einem Jahr mit der Schule fertig seid.«

»Können wir uns dann nicht wenigstens vornehmen, dass wir in fünf Jahren eine solche Reise unternehmen?

Halime, Ceyda, Nermina und Fathma wären auch dabei. Und Sie sollten ebenfalls mitkommen. Ich würde Ihnen so gerne meine Geburtsstadt Essaouira zeigen.« Haniyas Augen beginnen zu leuchten. »Wir könnten uns von den Frauen im Souk ein Henna-Tattoo aufmalen lassen und am Strand bis nach Diabat spazieren. Mein Vater ist dort geboren. Es ist der Ort, den früher viele Hippies besucht haben. Die alten Leute behaupten immer noch, dass die Hippies kleine Kinder in Säcke gesteckt haben.«

»Warum das denn?«

Haniya zuckt mit den Schultern. »Keine Ahnung. Ich kann ja meine Mutter fragen, vielleicht weiß sie es.« Aber Haniya lässt sich von dieser Frage nicht ablenken und

schwärmt weiter von ihrer imaginären Reise nach Essaouira: »Und am Abend könnten wir Tajine essen und marokkanischen Whiskey trinken und –.«

»Marokkanischen Whiskey?« Unwillkürlich muss Franziska Steinbrenner an ihren Flachmann denken, aus dem sie in der Pause einen kräftigen Schluck genommen hat.

»Minztee«, lacht Haniya. »Der Whiskey der Muslime. Alkohol ist ja harām, also trinken wir Tee. Viel Tee. Und den Fischmarkt am Hafen von Essaouira könnten wir auch besuchen.«

Wie schon so oft wundert sich Franziska Steinbrenner über das Mitteilungsbedürfnis ihrer Schülerin. Obwohl sie weiß, dass es die Reise nie geben wird, nickt sie: »Das klingt alles sehr aufregend, und wenn möglich, werde ich natürlich dabei sein.« Aber Franziska Steinbrenner hätte vor einer Reise nach Marokko viel zu viel Angst. Was, wenn sie dort krank wird? Das Essen in Marokko ist sicher auch gewöhnungsbedürftig, und wahrscheinlich gibt es dort viele gefährliche Insekten. Allein die Vorstellung, von einem marokkanischen Arzt behandelt zu werden, bereitet ihr körperliches Unbehagen. Was, wenn sie überfallen wird? Oder vergewaltigt? Sie muss tief durchatmen, um nicht in Panik zu geraten.

»In shā' Allāh«, antwortet Haniya erfreut. »Ich werde Halime, Ceyda, Nermina und Fathma sofort berichten, dass Sie bei unserer ganz speziellen Maturareise in fünf Jahren dabei sein werden.«

»Lebt dein Vater jetzt wieder in – wie heißt der Ort noch einmal?«

»Diabat«, antwortet Haniya. »Früher hat mein Vater aus Gelsenkirchen, Bielefeld und Osnabrück alte Mercedes nach Marokko überstellt und dort verkauft.«

»Warum ausgerechnet diese drei Städte?«

»Weil sich dort die größten Schrottplätze Deutschlands befanden und mein Vater die alten Autos billig kaufen konnte. Einmal wollte er auch Geschäfte in Mauretanien machen, aber die Grenzsoldaten haben ihm nicht nur sein Auto, sondern auch sein ganzes Geld weggenommen.«

Obwohl Franziska Steinbrenner auch Geografie unterrichtet, hat sie keine Ahnung, wo die Grenze zwischen

Mauretanien und Marokko verläuft. Überhaupt muss sie sich eingestehen, dass ihr der afrikanische Kontinent fremd ist. In ihrer Vorstellung liegen Marokko und Mauretanien an der Westküste Afrikas, aber selbst da ist sie sich nicht sicher. Sie weiß gar nicht, was sie in Marokko überhaupt erwarten würde. Lediglich an eine Ansichtskarte vom großen Marktplatz in Marrakesch kann sie sich erinnern, mit Schlangenbeschwörern, dressierten Affen und fliegenden Händlern. Und einem Minarett im Hintergrund. Wer ihr die Karte geschrieben hat, weiß sie nicht mehr.

Franziska Steinbrenner fragt sich wieder einmal, ob Haniya tatsächlich erst vierzehn ist. Im Vergleich zu den anderen Schülerinnen und Schülern ihrer Klasse kommt ihr Haniya fast erwachsen vor. Das betrifft nicht nur ihr Äußeres, sondern auch die Art und Weise, wie sie bestimmte Dinge reflektiert. Gerade heute hat sie Haniya mit ihren Zitaten aus dem »Kommunistischen Manifest« wieder verblüfft. Das Klingeln ihres Handys reißt Franziska Steinbrenner aus ihren Gedanken. Auf dem Display sieht sie, dass es ihre Schwester ist. »Entschuldige«, sagt sie, »aber ich muss dieses Gespräch annehmen.«

»Wachcha.« Haniya nickt und verschwindet in Richtung Schuleingang.

Franziska Steinbrenner seufzt, bevor sie über das Display wischt. Sie weiß, dass Ulrike wieder ohne Pause über ihre Eheprobleme reden wird. Über die Unfähigkeit ihres Mannes, Verantwortung zu übernehmen. Über sein Desinteresse an ihren Problemen, von denen es mehr als genug gibt. Über seine Gefühllosigkeit beim Sex (obwohl ihr Franziska Steinbrenner schon mehrmals gesagt hat, dass sie dazu nichts sagen kann und auch nichts sagen will). Über das konsequente Ignorieren ihrer Wünsche. Über seine Unentschiedenheit, was Kinder betrifft, wobei Ulrike unbedingt zwei Kinder möchte, am liebsten ein Mädchen und einen Buben, und zwar in dieser Reihenfolge. Über sein absurdes Bedürfnis, bewundert zu werden. Über seine unangenehmen Eigenschaften, seine Socken und seine Unterhosen nur jeden dritten Tag zu wechseln.

Während Franziska nur halb zuhört, überlegt sie, weshalb die meisten Ehen in ihrem familiären Umfeld nicht funktionieren. Die Ehe ihrer Eltern hielt bis zum Tod ihrer Mutter zwar mehr als dreißig Jahre, allerdings auch nur aus Konvention und Bequemlichkeit. Auch ihre Schwester würde nie zugeben, dass ihre Ehe nur noch auf dem Papier existiert. Gibt es überhaupt eine *glückliche Ehe?* Vielleicht klaffen Wunsch und Wirklichkeit einfach zu oft auseinander. Ist das der Grund, weshalb ihre eigene Ehe gescheitert ist? Wiederholte sich da ein familiäres Muster? Gut, ihr Mann litt an schweren Depressionen, aber hatte sie sich in letzter Zeit nicht immer öfter dabei ertappt, froh darüber zu sein, dass diese Krankheit letztendlich zur Trennung führte? Sie selbst war dabei ja fein raus. Sie wollte sich das nicht eingestehen, weil sie solche Gedankengänge als unmoralisch empfand, und weil sie bedeuteten, dass sie ihren Mann nie wirklich geliebt hat.

Trotzdem sehnt sich Franziska Steinbrenner nach einer festen Beziehung, nach einem Fixpunkt in ihrem Leben, nach einem Anker. Sie erinnert sich an die letzte gemeinsame Urlaubsreise mit ihrem Mann und ihrer Tochter. Sophia war gerade zwei Jahre alt, als sie zum Wandern in die Hohe Tatra fuhren. Jürgen wollte unter keinen Umständen den Urlaub am Meer verbringen, weil er das nicht ertragen hätte. Schon während der Fahrt in den Norden der Slowakei war Franziska aufgefallen, dass ihr Mann aggressiv und mürrisch war und wegen der kleinsten Kleinigkeit einen Streit anfing. Die ersten Tage regnete es, deshalb verbrachten sie die meiste Zeit in ihrer Blockhütte, wo es zu wenig Platz gab, um sich aus dem Weg zu gehen. In dieser Phase verfiel ihr Mann immer öfter in Apathie und schien sich für nichts mehr zu interessieren, nicht einmal für seine kleine Tochter, die die Stimmungsschwankungen ihres Vaters wie ein Seismograph registrierte. Es dauerte lange, bis Franziska klar wurde, dass es sich bei der Krankheit ihres Mannes um Depressionen handelte. Welche Ursachen diese hatten, konnte ihnen kein Arzt sagen. Sie hatte gehofft, dass es sich bei den Beschwerden ihres Mannes bloß um eine vorübergehende Erscheinung handeln würde. Was natürlich nicht der Fall war, denn trotz der Behandlung mit Antidepressiva, Tranquilizern und Schlafmitteln verschlimmerte sich Jürgens Zustand dramatisch.

Am meisten Angst hatte sie um Sophia, die von einem Tag auf den anderen mit einer Situation konfrontiert wurde, mit der sie nicht umgehen konnte. Ihre Tochter war heillos überfordert, aber auch Franziska fühlte sich hilflos. Besonders schlimm waren die Schweigephasen ihres Mannes, die sie als Strafe empfand. Sie konnte sagen, was sie wollte, sie konnte bitten und betteln, aber ihr Mann war für sie nicht mehr erreichbar. Diese Machtlosigkeit führte bei ihr regelmäßig zu Wutausbrüchen, die Sophia noch mehr verängstigten. Damals begann sie, zur Beruhigung ab und zu ein Glas Whiskey zu trinken. Oder zwei. Heimlich natürlich. Als ihr Mann dann auch noch mit Suizid drohte und damit ein weiteres Druckmittel gegen sie einsetzte, zog Franziska die Konsequenzen und reichte die Scheidung ein.

Jetzt, nach dem Gerichtsurteil, keimt in ihr die Hoffnung auf, dass die Zeit für einen Neubeginn gekommen sein könnte. Aber die Hoffnung ist getrübt, weil sie vor der Reaktion ihres Ex-Manns auf dieses Urteil Angst hat. Sie spürt, wie sich eine Beklemmung in ihr breitmacht.

Nachdem Franziska Steinbrenner das Gespräch mit ihrer Schwester beendet hat, geht sie zum Baum, der am Rand des Pausenhofs steht, und unter dem sich Zlatko und seine Kumpane versammelt haben. Sie unterbrechen sofort ihre Unterhaltung, aber Franziska Steinbrenner will bloß nachsehen, wo sich die Hornissen niedergelassen haben. Nach längerem Suchen entdeckt sie sie an einem dicken Seitenast. Da von den Hornissen, wie von Novak behauptet, tatsächlich keine Gefahr auszugehen scheint, verlässt sie den Pausenhof. Haniya, Halime, Ceyda, Nermina und Fathma stehen im Gang und winken ihr aufgeregt zu. Wahrscheinlich freuen sie sich schon auf die Reise nach Marokko in fünf Jahren. Wie absurd. Franziska Steinbrenner hat nicht zum ersten Mal das Gefühl, dass Haniya in einer Art Scheinwelt lebt. Und nicht zum ersten Mal wird ihr bewusst, wie wenig sie eigentlich tun kann, weil sie weder genug Zeit noch die Kraft hat, sich um Mädchen wie Haniya zu kümmern. Stattdessen muss sie froh sein, wenn sie die Vorgaben, die ihr von den vorgesetzten Stellen gemacht werden, halbwegs erfüllen kann. Sie muss sich den Termin mit der Sozialarbeiterin noch notieren. Den Namen des Ortes, in dem Haniya geboren wurde, hat sie schon wieder vergessen, aber sie wird in Haniyas Unterlagen nachsehen und sich dann im Internet über diesen Ort informieren.

Sie betritt das Lehrerzimmer und verstaut den Schlagring in ihrem Rucksack. Es ist kurz vor zwölf. Sollte sie nicht doch den Direktor informieren, dass Novak mit einer Schlagwaffe in die Schule gekommen ist? Nein. Sie holt ihre Aufzeichnungen für den Unterricht hervor. In Biologie steht das Thema Bienen und Honig auf dem Programm. Wie passend. Obwohl sie nicht davon ausgeht, dass sich ihre Schülerinnen und Schüler für dieses Thema besonders interessieren, notiert sie sich aus dem Internet ein paar Stichwörter: *Sommerbienen leben bis zu 35 Tage. Winterbienen bis zu neun Monate. Königinnen können bis zu drei Jahre alt werden.* Welcher Bienentyp ist sie? Sommerbiene? Winterbiene oder gar eine Bienenkönigin? Wie eine Bienenkönigin umschwärmt werden, ja das wär's.

05.

»Schreiben Sie auf, warum Sie ständig mit dem Gesetz in Konflikt kommen. Ich möchte Ihre Motive verstehen«, hat die Frau Doktor gesagt.

»Welche Motive?«

»Ihre Beweggründe. Vielleicht kann ich Ihnen helfen. Aber Sie sollten ehrlich zu mir sein. Und auch zu sich.«

Ich habe fast einen Lachkrampf bekommen. Ich soll ehrlich sein? Auf ihrer Visitenkarte stand: *Dr.in Christiane Winkelbauer, Fachärztin für Psychiatrie, Neurologie und Psychotherapie. Gerichtlich beeidete Sachverständige.*

Ich habe sie gefragt, was das *in* bei ihrem Titel bedeuten soll. Sie hat gemeint, dass sie als Frau wegen der Neutralität und der Geschlechtergerechtigkeit jetzt Doktorin heißt. So ungefähr jedenfalls. In der Volksschule haben wir unsere Lehrerin immer mit *Frau Lehrer* angesprochen.

Da gab es diese Gerechtigkeit noch nicht. »Frau Lehrer, ich muss aufs Klo.«

»Aufs Klo kannst du in der Pause gehen.« Dabei hat sie blöd gelacht.

»Aber ich muss so dringend.« Als ich mir dann in die Hosen geschissen habe, hat sie mir eine Ohrfeige gegeben. Sehr zur Freude meiner Mitschüler.

»Schreiben Sie Ihre Geschichte auf.«

»Meine Geschichte?«

»Ja, alles.«

Wenn ich das gemacht hätte, hätte ich lebenslänglich bekommen. Früher waren mir ein paar Monate im Bau egal. Nach meiner ersten Delogierung habe ich im nächstbesten Supermarkt zwei Flaschen Schnaps mitgehen lassen und bin an der Kasse vorbeimarschiert. Draußen habe ich dann auf die Polizei gewartet. Das hat für vier Monate gereicht. Ich habe täglich drei Mahlzeiten bekommen, und geheizt war auch. Das Essen war zwar miserabel, aber wenigstens habe ich mich um nichts kümmern müssen. Diese Zeiten sind vorbei. Ich gehe nicht mehr in den Bau. Jetzt wird reiner Tisch gemacht.

Irgendwo im Haus bohrt jemand ein Loch. Das Geräusch kommt von unten, nicht von oben. Aber es ist nicht die Wohnung unter mir, da ist es momentan ruhig, weil die alte Frau ja längst verschwunden ist. Ich könnte jetzt natürlich ins Treppenhaus gehen und an den Türen horchen. Mit dem Stethoskop. Das habe ich mir extra für diesen Zweck gekauft. Also, gekauft ist der falsche Ausdruck, weil es zu teuer war. Aber mit dem Stethoskop könnte mich jemand für einen Einbrecher halten. Ich muss ruhig bleiben und darf keinen Fehler machen. Außerdem habe ich die Kisten vor der Tür so platziert, dass niemand hereinkann. Ich kann natürlich auch nicht mehr hinaus, aber das ist ohnehin nicht mehr nötig.

»Sie sollten versuchen, Ihr Leben zu ändern. Das wird nicht von heute auf morgen gehen, aber allein der Versuch wäre bereits ein erster Schritt in die richtige Richtung.«

Ja, Frau Doktor, ich werde mein Leben ändern und mir statt Pornos mit Susy Gala und Katana Kombat Tierfilme ansehen: »Die Reise der Pinguine.« »Die Wüste lebt.« »Bambi.« Oder wie dieser ganze Mist heißt.

Da ist es wieder, das Bohrgeräusch. Jetzt klingt es doch so, als würde es direkt aus der Wohnung unter mir kommen. Aber das ist unmöglich, weil die alte Frau ja längst ausgezogen ist. Na ja, eigentlich ist sie nicht ausgezogen, sondern nach einem Sturz ins Krankenhaus gekommen. Die Frau hatte ihren Fernsehapparat immer auf volle Lautstärke aufgedreht, weil sie taub war. Und dann war da noch der Hund. Dieser unglaublich fette, graue Dackel, der gestunken hat, dass einem schlecht geworden ist. Dazu dieses ständige Dackelgebell. Das war dann zu viel für mich. Vielleicht gibt es ja bereits neue Mieter. Kann mir aber egal sein.

Letztes Jahr wäre ich fast verrückt geworden, als im Haus eine Wohnung renoviert wurde. Dieses Gehämmere und Gebohre, ein Wahnsinn. Ich weiß nicht, wie oft ich an die Tür geklopft habe, aber die Arbeiter haben mich nicht verstanden. Das waren Polen oder Serben oder Rumänen. Solche, die zu zehnt in einem Zimmer schlafen. Ich habe sogar beim Arbeitsinspektorat angerufen – mit verstellter Stimme natürlich –, aber auch das hat nichts genützt. Zwei Tage war Ruhe, dann ging es wieder weiter. Mit anderen Polen oder Serben oder Rumänen. Die ebenfalls zu zehnt in einem Zimmer geschlafen haben. Selbst am Karfreitag haben sie gearbeitet. »Karfreitag nix arbeiten. Feiertag«, habe ich zu ihnen gesagt, aber sie haben nur mit den Achseln gezuckt. Wahrscheinlich waren es Atheisten. Bis ich herausgefunden habe, dass der Karfreitag tatsächlich kein gesetzlicher Feiertag ist.

Dieses Bohrgeräusch! Wie beim Zahnarzt, nur einen Ton tiefer. Oder sind das zwei Töne? Schrecklich. In meinem Schädel brummt es wie in einer Fabrik, in der alle Maschinen auf Hochtouren laufen. Früher habe ich immer sofort etwas gegessen, wenn ich bestimmte Geräusche gehört habe. Deshalb bin ich ja auch so fett. Weil ich ständig essen musste. Natürlich war das Zeug, das ich in mich hineingestopft habe, nicht gesund.

Als ich noch mit meiner Frau zusammen war, habe ich immer aufgeschrieben, was ich wann gegessen und getrunken habe. Das war meine doppelte Buchhaltung: eine Spalte fürs Essen, eine fürs Trinken. Hat mir am Ende aber auch nichts genützt, weil irgendwann in der Spalte fürs Trinken kein Platz mehr war. Mein Gott, ab und zu habe ich halt ein bisschen zu viel in mich hineingeschüttet. Soll ja in den besten Familien vorkommen. Dann hat sie mich provoziert, was ich überhaupt nicht ausgehalten habe. Dass mir das eine oder andere Mal die Hand ausgekommen ist, streite ich gar nicht ab. Die Handschellen sind mir dann zum Verhängnis geworden. Sie hat sich dabei die Hand gebrochen und ist zum Arzt gegangen. Der hat mich angezeigt. Er hat sie auch untersucht wegen der Dildos. Ich habe dann fast alles verloren, weil das Gericht natürlich mir die alleinige Schuld gegeben hat. Und ein Jahr auf Kur haben sie mich auch geschickt, diese Schweine.

Meiner Mutter ist auch oft die Hand ausgekommen, wenn sie zu viel getrunken hat. Aber nicht bei meinem Vater, der war ja längst weg, sondern bei mir. Unsere Wohnung war klein: Zimmer, Küche, Kabinett. Da gab es wenig Platz zum Verstecken. »Schau, dass du weiterkommst«, hat sie mich angeschrien, wenn sie wieder besoffen war. Und immer direkt auf die Ohren. Mit der flachen Hand. Seither habe ich diese Probleme. Ihr ständiges Geschrei und der Lärm aus den Nachbarwohnungen haben mich fast verrückt gemacht. In meiner Kindheit ist nur gebrüllt worden.

»Schreiben Sie auch über Ihre Kindheit und Jugend«, hat die Frau Doktor gesagt.

»Das wird aber ein Roman, den niemand lesen will.«

»Ich werde ihn lesen«, hat sie geantwortet. Dann hat sie noch irgendetwas gefaselt, dass ich nicht Gefangener meines Hasses sein soll. Lernt man solche Phrasen an der Universität?

Wenn ich als Kind geheult habe, bin ich von meiner Mutter verdroschen worden. Sie hat mich auch nie getröstet oder so. Ich kann mich noch gut erinnern: Einmal hat sie mir aus unerfindlichen Gründen einen Gutenachtkuss gegeben, da war ich vielleicht sieben oder acht. Ich war so überrascht, dass ich »Danke« gesagt habe. Daraufhin hat sie einen Wutanfall bekommen und mir links und rechts eine geknallt, bis ich nur noch Sterne gesehen habe und tagelang Ohrenschmerzen hatte. Zum Arzt durfte ich nicht gehen, weil sie sonst Probleme bekommen hätte, diese verdammte Sau. Jetzt steigt wieder dieser Hass in mir auf, und mein Blick bleibt beim Sturmgewehr hängen, das neben dem Fenster lehnt. Die Waffe wirkt beruhigend auf mich, weil sie bedeutet, dass ich alles unter Kontrolle habe. Ob mein Vater überhaupt gewusst hat, dass es mich gibt? Vielleicht ist es auch besser, dass ich ihn nie kennengelernt habe, weil, wenn der genauso gewesen wäre wie meine Mutter, dann –.

Ein einziges Mal bin ich auf einen Schikurs mitgefahren. Den hat meine Tante bezahlt. Einer der Lehrer hat mich am Abend auf sein Zimmer bestellt, weil ich auf der Piste einen anderen Schüler absichtlich von hinten umgenietet habe. Das war aber nur ein Vorwand. Der Lehrer ist nämlich schon im Bett gelegen und hat gesagt, ich soll mich auf den Stuhl neben dem Bett setzen. Er hat mir gedroht, dass er mich nach Hause schicken wird. Ich habe sofort gemerkt, dass er ziemlich nervös war. Plötzlich hat er meine Hand genommen und unter die Bettdecke geschoben. Ich war dreizehn und wusste genau, was er wollte. Meine Freunde und ich haben uns im Park oder im Keller ja oft gegenseitig einen runtergeholt. »Entweder Sie geben mir Geld, oder ich gehe zur Polizei«, habe ich gesagt. Ich war ganz ruhig, während ich seinen pulsierenden Schwanz ganz fest gedrückt habe. Er hat Panik bekommen und hat mir einhundert Schilling gegeben. Aber es dürfte ihm gefallen haben, weil ich ein paar Wochen später nachsitzen musste. Da ist er gekommen und hat gesagt, er gibt mir wieder einen Hunderter, wenn ich seinen Schwanz in den Mund nehme. Natürlich habe ich es gemacht, mir war das egal. Ein paar Wochen später war er weg. Wahrscheinlich war ich nicht der Einzige, der ihm einen geblasen hat.

Irgendwann habe ich es zu Hause nicht mehr ausgehalten und bin zu einem Typen gezogen, der älter war als ich und bei dem ich in einer kleinen Kammer schlafen konnte. Geld hat er keines von mir verlangt, und blasen musste ich ihm auch keinen, dafür habe ich ihm beim Dealen geholfen. Keine harten Sachen, nur Gras und Pot und ab und zu ein bisschen Koks. Gefährlich ist es nur geworden, wenn wir im »Goldenen Kelch« Schmiere gestanden sind, wo sie im Hinterzimmer Stoß gespielt haben. Da ist es oft zu wilden Schlägereien gekommen, wenn der

Bankerer seinen Schnitt gemacht hat und einer von der Galerie bankrottgegangen ist. Der Saugerl war natürlich immer fein raus, der hat ja fürs Geldverleihen horrende Zinsen eingestreift. Heute spielt kein Mensch mehr Stoß, heute zocken sie stattdessen die Leute mit den primitivsten Methoden im Internet ab. Man kann sich ja gar nicht vorstellen, wie viele Idioten es gibt. Überweisen Geld nach Nigeria, weil sie glauben, dass die Tochter eines Stammeshäuptlings ein paar hundert Millionen geerbt hat, die sie unbedingt irgendeinem Trottel in Europa schenken möchte. Meistens schicken sie auch gleich ein paar Nacktfotos mit.

Ich bin nicht so blöd gewesen, als ich diese E-Mail von der Tochter vom Gaddafi bekommen habe. »Lieber Freund, Assalamu alaikum«, hat sie geschrieben, und dass sie auf der Suche nach seriösen Geschäftspartnern auf meinen Namen gestoßen ist. Sie hat mir zweieinhalb Millionen Dollar angeboten, wenn ich ihr Manager werde und ihr Vermögen verwalte. Ich habe mir den Spaß erlaubt und ihr geantwortet, dass sie mir zuerst ein Nacktfoto schicken soll, bevor ich mit ihr weiterverhandle. Dann ist tatsächlich ein Nacktfoto von einer jungen Araberin gekommen. Aber ich habe natürlich nicht mehr zurückgeschrieben. Ich lasse mich von niemandem für blöd verkaufen, weder von einer Psychiaterin noch von der Tochter vom Gaddafi. Und von den Schülern schon gar nicht.

Jetzt fangen sie wieder an zu lachen und zu schreien. Muss ich gleich einmal nachsehen, wer sich da so aufführt. Die Burschen erkenne ich an ihren Frisuren, den Jacken und den fetten Adidas-Tennisschuhen, und die Mädchen an ihren Ärschen und an ihren Kopftüchern. Denen würde ich gerne einmal eine Kerze in den Arsch stecken. Ganz tief, bis sie schreien. Die werden sich noch wundern. Ganz schnell wird es gehen. Bis die kapiert haben, was da gerade passiert, ist es schon wieder vorbei. Peng. Ein böses Erwachen wird das sein. Vor wem soll ich mich noch fürchten? Oder worauf soll ich noch warten? Ins Gefängnis gehe ich jedenfalls nicht mehr.

Moment, was ist das? Ist das –. Ich dachte, das wäre vorbei. Das gibt es ja gar nicht. Es ist wieder diese Toilettenspülung aus der Wohnung unter mir. Das kann ja gar nicht sein. Oder haben sie die alte Frau wieder aus dem Krankenhaus entlassen? Schwer vorstellbar, so wie die nach ihrem Sturz ausgesehen hat. Ich war ja dabei. Die war halbtot.

Einmal haben Russen im Haus gewohnt. Nach ein paar Monaten waren sie wieder weg, weil fast jede Woche die Polizei gekommen ist. Das war selbst den anderen Hausbewohnern zu viel. Ich weiß nicht, wie viele Russen in dieser Wohnung gehaust haben, ich glaube, es waren vier Erwachsene und vier Kinder. Einmal hat eine Russin behauptet, ich hätte ihre Handtücher zerschnitten, die sie auf dem Gang zum Trocknen aufgehängt hat. Keine Ahnung, wie die ausgerechnet auf mich gekommen ist. Dann ist auch noch ihr Mann aufgetaucht, der hat ausgesehen wie Conan, der Barbar. Der war überall tätowiert und hat gedroht, mich umzubringen. Ich habe ihn durch den Spion beobachtet. Dann hat er gegen meine Tür geschlagen, aber ich habe so getan, als wäre ich nicht zu Hause. Vielleicht waren es aber auch Tschetschenen, denen alles egal ist. Die bekommen sofort die österreichische Staatsbürgerschaft, weil sie zu Hause angeblich verfolgt werden. Fragt sich nur, von wem.

Ich führe seit Jahren ein Lärmprotokoll. Das ist ein sehr dickes Heft. Auf dem Umschlag steht LÄRMHÖLLE. Darin ist alles genau aufgezeichnet. Zum Beispiel das fürchterliche Geräusch, das der Motor der elektrischen Jalousie macht, die sich dieser Idiot im gegenüberliegenden Haus angeschafft hat. Das ist ein Frühaufsteher, dem es offenbar besonderen Spaß macht, wenn er die Leute mitten in der Nacht aufwecken kann. Aber ich schreibe alles genau auf:

Elektrische Jalousie:
Montag: 4:45 Uhr
Dienstag: 4:45 Uhr
Mittwoch: 5:15 Uhr
Donnerstag: 4:45 Uhr
Freitag: 5:15 Uhr
Samstag: 9:30 Uhr
Sonntag: 9:30 Uhr

Das Problem beim Lärm ist ja oft, dass man nicht weiß, woher er kommt. Der Lärm ist ein Hund, hat ein Installateur einmal gesagt, den ich gerufen habe, weil ich in meiner Wohnung das Geräusch von fließendem Wasser gehört habe. Immer wenn ich das Geräusch gehört habe, habe ich mit der Faust gegen die Wand getrommelt, mit dem Ergebnis, dass sich meine Nachbarn bei der Hausverwaltung über mich beschwert haben. Ich habe mir schon überlegt, ein Saxophon zu kaufen, aber das war mir zu teuer. Da hätte ich dann stundenlang üben können. Nach langem Suchen hat der Installateur festgestellt, dass das Geräusch aus dem Keller kam, wo ein Ventil verstopft war, wodurch das Wasser umgeleitet wurde. So ungefähr jedenfalls. Er konnte das Ventil zwar reinigen, genützt hat es aber nichts, weil ich das Wasser immer noch höre. Es klingt zwar anders, was aber nichts daran ändert, dass es mich jedes Mal zur Weißglut treibt. Letztendlich bin ich machtlos gegen diese Geräusche. Früher hatte ich eine Steinschleuder, mit der habe ich auf die gurrenden Tauben geschossen, aber meistens nur die Fensterscheiben getroffen.

Die Hitze macht mir heute wieder schwer zu schaffen. Ich habe ein paar Mal versucht abzunehmen, aber es hat nie geklappt. Ein Arzt hat einmal gemeint, ich würde nicht nur zu viel essen, sondern generell zu ungesund leben. Zu viel Junk Food, zu viel Fast Food. Aber was soll ich machen, wenn ich nur eine Notstandshilfe von 745 Euro bekomme? Kochen kann ich auch nicht, und außerdem schmeckt mir das Dosenfutter. Vor einigen Jahren habe ich eine Burger-Diät gemacht. Nur Burger und Cola. Nach drei Monaten hatte ich tatsächlich zwanzig Kilo abgenommen, daraufhin habe ich so viel gefressen, dass ich sofort wieder zugenommen habe. Pornos, Burger und Cola. Das war meine Diät. Alles Schwachsinn. So elendiglich zugrunde gehen wie meine Mutter möchte ich nicht. Ist doch egal, ob ich mit vierzig oder mit sechzig abkratze. Wen kümmert's? Aber wenigstens bekomme ich noch ein paar schöne Schlagzeilen. Über das Motiv können sie sich ihre Köpfe zerbrechen, bis sie schwarz werden. Es gibt nämlich keines, außer dass ich ein StG 77 besitze und freie Sicht auf den Pausenhof einer Schule habe.

06.

Philip Hoffmann lässt das Display seines Handys nicht mehr aus den Augen. Bei jeder eingehenden Nachricht reagiert er panisch. Aber noch hat Lena ihre Drohung, *die Bombe platzen zu lassen,* nicht wahr gemacht, weil sich sonst seine Frau schon längst gemeldet hätte. Aber welche Bombe wollte Lena überhaupt platzen lassen? Entweder meinte sie damit, dass sie diese verdammten Schwanzfotos an seine Frau schicken würde, oder, und das wäre die viel größere Katastrophe, dass er sie geschwängert hat. Hoffmann wird bei dieser Vorstellung richtiggehend übel, und er erinnert sich an einen Einsatz, den er sein Leben lang nicht vergessen wird: Eine hochschwangere Frau war von ihrem Liebhaber in der Badewanne erstochen worden. Hoffmann und Maher waren als Erste am Tatort eingetroffen, wo sich ihnen ein grauenhaftes Bild bot. Der Täter, der offenbar ganz gezielt auch das Baby töten wollte, hatte der Frau ein Küchenmesser mehrmals in den Bauch gerammt und das Messer einfach stecken lassen. Später stellte sich heraus, dass der Mann nicht nur verheiratet war, sondern gleichzeitig ein Verhältnis mit zwei Frauen hatte, die beide ein Kind von ihm erwarteten.

Dann fällt ihm ein anderes Verbrechen an einer Schwangeren ein, das er aber nur aus Erzählungen von Kollegen kennt. Ein junger Mann hatte während einer Autofahrt seiner schwangeren Lebensgefährtin ins Lenkrad gegriffen, woraufhin das Fahrzeug von der Fahrbahn abkam und in einem Straßengraben landete. Anschließend hatte der Mann die Frau gewürgt und so lange auf ihren Bauch eingeschlagen, bis das Ungeborene tot war. »Erweiterter Femizid« haben sie es in den Nachrichten genannt.

Während Maher den Streifenwagen vor einem Fußgängerübergang anhält, den eine junge Frau überquert, stellt sich Hoffmann vor, wie er Lena über den Haufen fährt und dann einfach flüchtet. Er weiß, dass diese Idee schwachsinnig ist, trotzdem beruhigt ihn die Vorstellung, Lena tot und blutüberströmt auf der Straße liegen zu sehen.

Maher setzt zur Weiterfahrt an. »Ich habe Hunger. Magst du auch etwas?«

Hoffmann schüttelt den Kopf. »Nein, passt schon, ich muss noch ein paar Mails beantworten.«

Maher wundert sich über seinen heute so wortkargen Kollegen, sagt aber nichts. Er drosselt das Tempo und fährt auf den Parkplatz einer Tankstelle. »Ich hole mir schnell etwas.«

»Ja, ja«, antwortet Hoffmann abwesend und verscheucht eine vermeintliche Wespe, die durch das offene Fenster ins Wageninnere geflogen ist. Das brummende Insekt fliegt wieder nach draußen und bleibt auf der Windschutzscheibe sitzen, genau dort, wo seine beiden toten Artgenossen kleben. Hoffmann wirft einen Blick auf das Insekt und wundert sich. Das ist keine Wespe, denkt er, für eine Wespe ist die viel zu groß, das ist eine Hornisse. Er vergisst die Hornisse gleich wieder und scrollt mit zitternden Fingern zu Lenas neuester Nachricht:

ich wollte dir nicht drohen. sorry – hab HerzSchmerz.

leg mich nun 1 h hin, denke intensiv an dich u. versuch von dir zu träumen ...

du hast mich verletzt. ach – alles sooo schrecklich ... I'm standing here naked.

hab ich mit SoundHound gefunden. Naked.

Hoffmann kennt das Lied nicht, trotzdem ist er erleichtert, dass Lena nun offenbar doch noch zum Einlenken bereit ist. Ich muss jetzt taktisch klug vorgehen und darf sie keinesfalls provozieren oder ihr das Gefühl geben, sie endgültig verlassen zu wollen. Das Wichtigste ist jetzt, Zeit zu gewinnen. Also antwortet er:

Lena, du weißt, dass ich dich nicht verletzen wollte, und mir tut das alles sehr, sehr leid ...

Sie schreibt umgehend zurück:

wann sehen wir uns? ich MUSS dich sehen. ich habe dir etwas SEHR WICHTIGES zu sagen, ich denke, du weißt ... bin sprachlos.

hab ich mit SoundHound gefunden. Speechless.

Hoffmanns Magen krampft sich zusammen, seine Verdauung spielt verrückt. Das Rumoren in seinen Gedärmen wird wilder. Er weiß, er wird sich in die Hosen scheißen, wenn er nicht sofort handelt. Er läuft zum WC auf der Rückseite der Tankstelle und steht vor einer verschlossenen Tür. *Schlüssel an der Kasse* steht auf einem Schild. Maher zahlt gerade, als Hoffmann die Kassenfrau unterbricht und mit Nachdruck um den Schlüssel bittet. »Es ist dringend.« Mit kaltem Schweiß auf der Stirn rennt er auf die rettende Toilette zu und reißt die Tür auf. Er setzt sich auf die verdreckte Klobrille und entleert seinen Darm. Er fühlt sich hundeelend, am liebsten würde er heulen. Und kotzen.

Seine schlimmsten Befürchtungen schienen sich zu bewahrheiten. Warum kann ich nicht die Zeit zurückdrehen und alles ungeschehen machen?, denkt er voll Selbstmitleid. Sein Leben ist ruiniert, und das alles nur, weil er unbedingt mit Lena ficken wollte. Mit dem nächsten Magenkrampf erwacht wieder sein Verlangen, Lena Gewalt anzutun. Er malt sich aus, wie er ihr von hinten eine Kugel in den Kopf jagt oder wie er sie in der Badewanne ertränkt. Dabei hat er noch nie einen Menschen getötet und immer gehofft, nie von seiner Schusswaffe Gebrauch machen zu müssen. Natürlich kann er das niemandem sagen, genauso wenig, wie er niemandem sagen kann, dass er nur Polizist geworden ist, weil sein Vater ebenfalls bei der Polizei war und er nicht einmal versucht hat, sich gegen den Berufswunsch seiner Eltern zu wehren. Einmal hat sein Vater einen Bankräuber erschossen, und Hoffmann erinnert sich, dass sein Vater danach monatelang an Depressionen litt. Als Kind konnte er das nicht verstehen, schließlich gehörte es ja zu den Aufgaben der Polizei, Bankräuber zu erschießen.

»Philip, passt alles?«, fragt Stefan Maher mit vollem Mund durch die geschlossene WC-Tür.

»Ja, ja, mir ist nur ein bisschen schlecht, ist aber nichts Schlimmes. Ich bin gleich fertig.«

»Kein Problem, lass dir Zeit.«

Er hört, wie sich Maher entfernt. *ich habe dir etwas SEHR WICHTIGES zu sagen, ich denke, du weißt* ... Der Satz hat sich in sein Gehirn eingebrannt. Nach Dienstschluss muss ich sofort zu Lena fahren. Vielleicht kann ich sie ja zu einer Abtreibung überreden, dann wäre die Sache ein für alle Mal erledigt. Ein bisschen Geld könnte ich ihr auch geben. Wie er das anstellen soll, ohne Margots Misstrauen zu wecken, weiß Hoffmann allerdings nicht. Schließlich gehört ihr nicht nur die Wohnung, sondern auch der Großteil des Geldes, das sie besitzen. Sein Gehalt reicht gerade einmal, um die monatlichen Fixkosten zu decken.

Er wischt sich den Schweiß von der Stirn und betätigt die WC-Spülung. Im fleckigen Spiegel betrachtet er sein Gesicht: Merkt man mir an, dass ich gerade bis zum Hals in der Scheiße stecke? Hoffmann atmet den fauligen Gestank seiner Exkremente ein und verlässt angeekelt das WC. Den Schlüssel lässt er stecken.

»Ist alles okay mit dir?« Maher wirft seinem Kollegen einen skeptischen Blick zu.

»Ja, ja. War nur eine kleine Magenverstimmung.«

»Drehen wir eine Gürtelrunde und schauen einmal, was es Neues bei den Drogisten gibt. Die Sozialarbeiter lassen sich auch immer seltener blicken. Na ja, kein Wunder bei diesem Gesocks.« Maher rülpst und startet den Wagen. Er schaltet die Scheibenwaschanlage ein, um die
toten Insekten zu entfernen.

Hoffmann holt sein Handy hervor. Drei neue Nachrichten von Lena:

... hab dauer-teenie-herzrasen (sowie alle möglichen zustände), wenn ich an dich denk. oje, was ist da wieder los? ich bin verwirrt.

denk an blood-honey-moon und sternschnuppen-nächte. I believe – we are magic.

wish U were here ...

Hoffmann verzieht das Gesicht, weil er nicht weiß, was er mit dem Hinweis auf *blood-honey-moon und sternschnuppen-nächte* anfangen soll. Wahrscheinlich irgendeine esoterische Anspielung, die er nicht versteht. Aber das ist jetzt gleichgültig.

ich hatte gerade den heißesten Traum mit dir.

wiederum verwirrt & kribbeln im bauch – ich spürte dich derart intensiv & schrie ...

gehe mit rambo in den hundepark – zur abkühlung.

Hoffmann schüttelt angewidert den Kopf. Er fühlt sich ausgelaugt und leer. Ich stehe vor den Trümmern meiner Existenz, denkt er verzweifelt. Wo ist seine Faszination für Lenas Unbekümmertheit geblieben? An einer Hauswand entdeckt er ein Graffiti: *Now you can kill the bride.* Ist das eine geheime Botschaft an ihn? Aber von wem?

I'm (still) alive – and standing!

Es gibt keinen Zweifel mehr: Lena ist schwanger und macht sich jetzt auch noch über ihn lustig. Hass steigt in ihm auf, und er legt die Hand auf seine Glock 17. Wenn er Lena tötet, wird er ihr nicht in die Augen sehen. Es müsste alles so schnell gehen, dass sie gar nicht mitbekommt, was gerade passiert. Und dann? Dann würde es höchstens einen Tag dauern, bis man ihn als Täter überführt hätte. Der Plan ist absolut idiotisch, das weiß er, aber es tut gut, sich vorzustellen, wie Lena in ihrer verdreckten Wohnung in einer Blutlache liegt. Und den Pit Bull, der aus Rache in seinen Schuh gepinkelt hat, würde er gleich mit erledigen.

»Schau dir diese Typen an. Fahren fette Autos, haben alle dieselben Frisuren, ihre Frauen sind wie Nutten geschminkt und tragen schicke Kopftücher. Aber wenn wir diese Arschlöcher kontrollieren, heißt es gleich wieder, wir sind Rassisten und praktizieren racial profiling. Und wenn wir bei einer Personenkontrolle bei ihren Frauen Leibesvisitationen durchführen, bekommen wir ein Disziplinarverfahren.« Stefan Maher lacht dreckig.

»Bist du eigentlich schon einmal fremdgegangen?« Hoffmanns Frage kommt auch für ihn überraschend, denn so gut kennt er Maher gar nicht, dass er mit ihm je über Privatangelegenheiten gesprochen hätte.

Maher wirft seinem Kollegen einen erstaunten Blick zu. »Warum fragst du? Hast du vielleicht gerade eine Affäre? Ist das der Grund, weshalb du so nervös bist?«

Hoffmann fühlt sich ertappt. Er weiß, dass er ein schlechter Schauspieler ist, umso mehr wundert es ihn, dass Margot bisher noch nichts gemerkt hat. Wahrscheinlich war sie zu sehr mit sich selbst und ihrer Schwangerschaft beschäftigt. »Na ja, Affäre ist total übertrieben. Ich würde sagen, es ist ein kleiner Flirt, aber es ist nichts Ernstes und eigentlich ist auch noch gar nichts passiert.«

»Ich hatte einmal ein Verhältnis mit einer Kollegin, lustigerweise auch zu der Zeit, als Barbara gerade schwanger war. Hat aber nur zwei Monate gedauert, dann war alles wieder vorbei. Die Kollegin hat sich zum Glück versetzen lassen.«

»Kenne ich sie?«

»Nein.«

»Und Barbara hat davon nichts mitbekommen?«

Maher zuckt mit den Schultern. »Nein, wie gesagt, es war keine große Sache. Ich habe die Frau ein paar Mal getroffen, wir haben gevögelt, und fertig.«

»Und wenn sie von dir schwanger geworden wäre?«

»Was? Ich habe natürlich aufgepasst.«

Das einsetzende Schweigen empfindet Hoffmann als bedrohlich.

»Heißt das, dass –.« Stefan Maher lässt die Worte in der Luft hängen.

Hoffmann schüttelt vehement den Kopf. »Nein, Blödsinn, natürlich nicht. Ich habe mir nur überlegt, wie es wäre, wenn. Vergiss es.«

»Wenn du Hilfe brauchst –.«

»Nein, brauche ich nicht«, antwortet Hoffmann gereizt. Er ärgert sich über seine Unachtsamkeit. Was, wenn Stefan Maher seiner Frau etwas erzählt? Oder wenn er nur den Verdacht äußert, dass Hoffmann ein Verhältnis haben könnte? Ich muss mir eine Ausrede einfallen lassen, um die Einladung zum Grillen am Wochenende abzusagen. Das Risiko ist einfach zu groß, dass eine falsche Bemerkung den Abend oder mein Leben ruiniert. »Wie gesagt, alles kein Problem.« Er versucht, einen versöhnlichen Ton anzuschlagen. »Margot geht es schon wieder besser. Jedenfalls freut sie sich riesig auf das Baby. Ich mich natürlich auch.«

»Wird es ein Mädchen oder ein Bub?«

»Es wird ein Mädchen, aber wegen des Namens sind wir uns noch nicht sicher. Margot gefällt Laura gut, ich möchte mir aber die Kleine erst einmal ansehen, bevor ich mich für einen Namen entscheide. Vielleicht Lena, äh, Anna meine ich.« Hoffmann beißt sich auf die Lippen. »Wenn es ein Bub geworden wäre, hätten wir ihn Ben getauft.«

Stefan Maher wirft Hoffmann einen kurzen Blick zu und allein aufgrund des verzweifelten Gesichtsausdrucks seines Kollegen weiß er, dass dieser in der Klemme steckt.

Mit zitternden Fingern wischt Hoffmann über das Display.

warum antwortest du nicht? wo bist du? versteckst du dich? musst du nicht.

Er überlegt fieberhaft, was er Lena antworten soll.

Können wir uns heute um 17 Uhr treffen? Ich kann bei dir vorbeikommen. Wir MÜSSEN reden.

Wenige Sekunden später kommt ihre Antwort:

bereit, wenn sie es sind ...

Er hat keine Ahnung, was sie ihm mit diesem dummen Spruch sagen will. Sie hat ihn schon öfter zitiert und ihm erklärt, dass er aus einem bekannten Hollywood-Film stamme. Hoffmann hat vergessen, welcher Film es war. Oder meint sie, dass sie schon wieder bereit ist, mit ihm zu vögeln? Hoffmann merkt, wie ihm der Schweiß ausbricht. Er zieht seine Uniformjacke aus und fragt sich, weshalb sein Schweiß so eigenartig riecht. Irgendwie fremd. Hoffmann schaltet die Klimaanlage ein. »Scheißhitze«, murmelt er. Er schließt die Augen und stellt sich vor, wie er mit Margot und der kleinen Laura Urlaub am Meer macht und wie sie als glückliche Familie lachend den Strand entlangspazieren und anschließend in einem netten Lokal einkehren, wo Margot und er gebratenen Fisch essen, während Laura ausnahmsweise Pommes frites und Ketchup bekommt.

Hoffmann hat die Orientierung verloren. Er fühlt sich, als würden seine letzten Kraftreserven schwinden. Am schrecklichsten aber ist die Erkenntnis, dass alles seine Schuld ist. Niemand hat ihn gezwungen zu tun, was er getan hat. Die Spirale dreht sich unweigerlich nach unten, und er ist machtlos dagegen. Lena hat die Kontrolle übernommen, und es gibt nur ein Mittel, um dieses Problem zu lösen: Gewalt.

Er erinnert sich an den Fall eines Kollegen, der vor einigen Jahren einen Arzt erschossen hat, den er für den tödlich verlaufenen Eingriff an seiner Frau verantwortlich machte. Nach Auskunft des Arztes sollte die künstliche Befruchtung bloß eine routinemäßige Angelegenheit sein, obwohl sich später herausstellte, dass die zweifelhaften Behandlungsmethoden des Gynäkologen bereits Gegenstand von Untersuchungen waren. Als der Arzt trotz erdrückender Beweise freigesprochen wurde, griff der Polizist zur Selbstjustiz. Er wurde wegen Mordes zu zehn Jahren Haft verurteilt.

Hoffmann überlegt, dass er im Falle einer Verurteilung bei seiner Freilassung bereits fünfundvierzig oder vielleicht sogar fünfzig sein würde. Eine grauenhafte Vorstellung. Und das alles nur wegen einer Affäre, die er am liebsten ungeschehen gemacht hätte. Aber das Leben verfügt über keinen Delete-Button.

Er nimmt seine Kappe ab und wischt sich mit einem Papiertaschentuch über das schweißnasse Gesicht. Dann tippt er in sein Handy:

Was soll das heißen: »bereit, wenn sie es sind.« Wir müssen reden. Und zwar sofort. Ich kann so nicht mehr weitermachen.

Lenas Antwort kommt wenige Sekunden später:

hab ich mit SoundHound gefunden. Just Give Me A Reason.

Dreht Lena jetzt vollkommen durch, oder will sie ihn endgültig fertigmachen? *Just give me a reason.* Wofür soll er ihr einen Grund geben? Für die Abtreibung? Er wird immer wütender.

Was willst du von mir?

Lenas Antwort lässt nicht lange auf sich warten:

hab ich mit SoundHound gefunden. I See Fire.

Hoffmann verzieht das Gesicht. Ich bringe sie um, ich schwöre bei Gott, ich bringe sie um.

Lena, das war's. Ich will dich nie wiedersehen. Lass mich in Ruhe. Und wenn du es genau wissen willst: Meine Frau ist schwanger, und ich werde sie wegen dir sicher nicht verlassen.

Er weiß, dass er wahrscheinlich gerade einen großen Fehler gemacht hat. Es dauert nicht lange, bis sich seine Annahme bestätigt:

gratuliere. dann wirst du bald vater von zwei kindern. wie machen wir es wegen der alimente? klären wir das unter vier augen oder soll ich dir die telefonnummer von meinem anwalt schicken? es stimmt also: liebe macht blind ...

Die Wörter verschwimmen vor seinen Augen. Am liebsten würde er schreien, und wäre Lena in seiner Nähe, er würde sie erschlagen. Er hält inne. Was, wenn ihn Lena reinlegen wollte? Plötzlich ist er sich sicher, dass sie blufft, und er fühlt sich schlagartig besser.

Du kannst mich am Arsch lecken.

Aber schon im selben Augenblick bereut er diese Nachricht. Auch wenn Lena nicht von ihm schwanger ist, besitzt sie immer noch seine Chat-Nachrichten, inklusive der Dickpics. Und wieder sitzt er in der Falle. Sofort schreibt er eine neue Nachricht:

Tut mir leid, ich sitze im Streifenwagen und bin im Stress. Können wir reden???

Lenas Antwort kommt prompt:

worüber willst du mit mir reden?

hab ich mit SoundHound gefunden. Mad World.

Er kennt das Lied nicht und er hat keine Ahnung, warum ihm Lena ständig Links zu irgendwelchen Popsongs schickt. Dass die Welt verrückt ist, weiß er auch so, dazu braucht er keine Popsongs.

Ich möchte mit dir reden. Lena, wir müssen eine Lösung finden. Bitte.

Hoffmann starrt auf das Display. Keine Antwort. Obwohl es heiß und stickig im Wagen ist, fröstelt ihn. Er kann nicht mehr klar denken. Was, wenn Lena jetzt seine Frau kontaktiert? Dann ist alles verloren. Es ist jetzt 13 Uhr. In drei Stunden ist sein Dienst zu Ende, dann wird er sofort zu Lena fahren und mit ihr reden. Oder sie töten. Zuerst müsste sie ihm aber beweisen, dass sie tatsächlich von ihm schwanger ist. Bei diesem Gedanken wird Hoffmann richtiggehend übel, und er überlegt, wie er Lena dazu bringen könnte, das Kind wegzumachen. Und wenn sie sich weigert? Ich könnte ihr einen Stoß versetzen, damit sie stürzt und dabei das Kind verliert. Nein, das ist ein kompletter Unsinn. Wieder stellt er sich vor, wie er Lena ein Messer in den Bauch rammt. Nein, nein, es ist aussichtslos. Seine einzige Chance besteht darin, Lena wieder auf seine Seite zu ziehen. Er wird ihr versprechen, sich nicht von ihr zu trennen und alles zu tun, was sie von ihm verlangt. Bei diesem Gedanken hellt sich Hoffmanns Miene wieder auf, und er sieht plötzlich Licht am Ende des Tunnels. Er versteht gar nicht, weshalb er die ganze Zeit so verzweifelt war.

07.

In der Pause sitzt Franziska Steinbrenner im Lehrerzimmer und beschließt, wegen Novaks Schlagring nicht zum Direktor zu gehen. Sie wird den Ring, der sich in ihrem Rucksack befindet, später einfach verschwinden lassen. Sie ist immer noch nervös, weil sie nicht weiß, wie ihr Ex-Mann auf die Entscheidung des Gerichts reagieren wird. Am liebsten würde sie Sophia sofort nach dem Unterricht vom Kindergarten abholen, aber um 15 Uhr wird ein Kamerateam in die Schule kommen, um Aufnahmen für einen Dokumentarfilm zu machen. Ihre Schülerinnen und Schüler waren von der Idee natürlich begeistert, weil sie sich bereits als Filmstars auf dem Sprung nach Hollywood sahen.

Franziska Steinbrenner liest sich noch einmal das Konzept durch, das ihr die Regisseurin Edina Damjanović geschickt hat:

In unserem Film geht es nicht um Zahlen, sondern um die Menschen, die hinter diesen Zahlen stehen. Im konkreten Fall um jene jungen Menschen, die aus der Türkei, aus Serbien, Albanien, Tschetschenien, Marokko, dem Kosovo, Syrien, dem Irak, Nigeria und vielen anderen Ländern nach Österreich gekommen sind, um hier ein neues, besseres Leben zu beginnen.

In den nächsten zwei Wochen wird das Filmteam in der Schule ein- und ausgehen. Der Direktor war anfangs alles andere als begeistert, musste er doch die Genehmigungen der Eltern und der zuständigen Behörden einholen. Als er dann erfuhr, dass weder er noch die anderen Lehrerinnen und Lehrer vor der Kamera stehen würden, war er kurz wütend geworden, konnte aber keinen Rückzieher mehr machen.

Im Zentrum des Films stehen die Schülerinnen und Schüler. In der Tradition des »cinema direct« zeigen wir die Dinge so, wie sie sind. Deshalb werden wir auch auf jeden Off-Kommentar verzichten.

Eines der größten Probleme unserer Gesellschaft ist die Abschottung, und zwar nicht nur die Abschottung nach außen – Stichwort »Festung Europa« –, sondern auch die Abschottung nach innen, indem wir »das Fremde« als Störung unserer symbolischen Ordnung empfinden.

Dass diese »Angst vor dem Fremden« meist irrational ist, wissen oder ahnen wir, das hält uns aber trotzdem nicht davon ab, an dieser Angst – mit all ihren fatalen Konsequenzen – festzuhalten.

Würden wir mehr voneinander wissen, hätten wir weniger Angst voreinander. Wenn wir weniger Angst vor unserer Angst hätten, wüssten wir vermutlich genauer, was uns wirklich ängstigt.

Die Schule als lebendiger und dynamischer Mikrokosmos bietet die einzigartige Chance, aktuelle gesellschaftliche Probleme wie in einem Brennglas zu betrachten.

Franziska Steinbrenner hofft, dass sich die filmische Auseinandersetzung mit Themen wie Integration, kulturelle Identität, Ausländerfeindlichkeit und Ausgrenzung positiv auf ihre Schülerinnen und Schüler auswirken wird. Sie legt das Regiekonzept zur Seite. »Den Kindern eine Stimme geben«, hallt es in ihrem Kopf nach. Gleichzeitig hat sie Angst, dass Zlatko und seine Freunde das Vorhaben sabotieren könnten.

Sie geht auf die Toilette für das Lehrpersonal und überzeugt sich, dass sie alleine ist. Sie schließt die WC-Kabine hinter sich und nimmt einen kräftigen Schluck aus dem Flachmann. Der Alkohol entspannt sie, sie nimmt gleich noch einen Schluck. Dann verstaut sie den Flachmann in ihrer Handtasche und steckt sich einen Kaugummi in den Mund. Bevor sie das WC verlässt, dreht sie noch die Klopapierrolle um, damit das Papier nach vorne abrollt.

Sie geht zurück ins Lehrerzimmer. Es ist stickig und es riecht nach Wurstbroten und Apfelspalten aus der Tupperwaredose. Sie setzt sich an ihren Platz und ordnet die Schulhefte. Sophia kommt ihr wieder in den Sinn. Sie denkt an das morgendliche Gespräch mit ihrer Tochter und muss lächeln:

»Warum bist du größer als ich?«, fragte Sophia, während sie am Küchentisch ihren Kakao kalt werden ließ.

»Weil ich älter bin als du. Wenn du einmal so alt bist wie ich, wirst du auch so groß sein.«

»Wie alt bist du?«

»Sechsunddreißig.«

»Ist das mehr als unendlich?«

»Nein, das ist weniger als unendlich.« Franziska Steinbrenner warf einen Blick auf die Uhr. »Komm, Schatz, beeil dich, wir müssen gleich los.«

Aber Sophia war mit ihren Gedanken ganz woanders: »Wenn du tot bist, sagst du mir dann, ob es wehtut?«

»Wenn ich tot bin, kann ich nicht mehr mit dir sprechen.«

»Aber deine Seele kann es mir sagen?«

»Meine Seele? Wie meinst du das?«

»Sie kann von den Wolken herunterkommen und mir sagen, ob es wehtut, wenn man tot ist.« Sophia biss ein kleines Stück von ihrem Butterbrot ab und kaute lustlos. Und noch bevor ihrer Mutter eine halbwegs plausible Antwort einfiel, stellte Sophia bereits die nächste Frage: »Wenn Gott alles gemacht hat, wer hat dann Gott gemacht?«

»Puh, das ist eine komplizierte Frage.«

»Ist Gott auch in meinem Kakao?«, bohrte Sophia weiter.

»Nein, natürlich nicht,« antwortete sie ungeduldig. »Aber auch, wenn Gott nicht in deinem Kakao ist, solltest du ihn austrinken. Komm jetzt, wir sind schon spät dran. Und du hast wieder nichts zum Frühstück gegessen.«

»Weißt du, wo Gott wohnt und wie er aussieht?«

»Nein, ich weiß nicht, wie Gott aussieht.«

»Hat er wirklich einen langen Bart?«

»Schatz, bitte steh jetzt auf, wir können heute Nachmittag darüber reden, wenn ich dich vom Kindergarten abhole. In Ordnung?«

Sophia zuckte mit den Schultern. »Ich frage Melanie. Vielleicht weiß sie ja, wie Gott aussieht.«

»Ja, frag sie, und dann erzählst du mir, was sie gesagt hat.« Sie lächelte und gab ihrer Tochter einen Kuss auf die Stirn.

Das war heute Morgen. Jetzt hofft Franziska Steinbrenner, dass Sophia ihre Fragen über Gott und die Welt bis zum Nachmittag vergessen haben wird. Gleichzeitig weiß sie aber, dass ihre Tochter hartnäckig ist und wahrscheinlich noch mehr Fragen stellen wird: »Warum haben wir noch nie das Sloss des Elfenkönigs besucht? Warum sind Elfen unsichtbar? Warum müssen Elfen nicht sterben, Menschen aber schon?«

Franziska Steinbrenner ist nervös und kritzelt abstrakte Figuren auf ein Blatt Papier. Ein dumpfes Gefühl macht sich wieder in ihr breit. Sie überlegt, ob sie im Kindergarten anrufen soll, ob mit Sophia alles in Ordnung ist, verwirft den Gedanken aber gleich wieder. Eigentlich sollte sie sich ja freuen, aber sie hat auch Angst, weil ihr Ex-Mann heute ebenfalls über die Entscheidung des Gerichts informiert worden ist. Sie nimmt sich vor, nach dem Wochenende mit Jürgen zu sprechen. Zuerst möchte sie aber noch zwei unbeschwerte Tage mit Sophia verbringen. Vielleicht wendet sich ja doch noch alles zum Guten. Sie fragt sich, ob Jürgens Depressionen schlimmer geworden sind oder ob es ihm besser geht. In diesem Fall wäre sie sogar bereit, ihm zumindest ein eingeschränktes Besuchsrecht zu gewähren. Ihr fällt eine Passage aus dem Brief ein, den sie in einer Schachtel gefunden hat, nachdem ihr Mann von zu Hause ausgezogen ist. Der Brief stammte von seiner Ex-Freundin Anita:

Seit heute morgen bin ich wieder so wütend auf dich. Und gleichzeitig mutlos. Es hat ohnehin keinen Sinn mehr. Dein zerstörerisches Schweigen, das alles und jeden neben dir zum Nichts werden lässt.

Trotz dieser harschen Vorwürfe hat Anita Jürgen nicht verlassen, sondern war mit ihm nach Griechenland in den Urlaub gefahren, wo sie dann auf tragische Weise ums Leben kam. Mehr weiß Franziska nicht.

Eine Traumsequenz von letzter Nacht dringt in ihr Bewusstsein. Sie befand sich alleine in einem Aufzug, der in rasender Geschwindigkeit nach oben fuhr. Der letzte Stock war längst erreicht, trotzdem fuhr der Aufzug weiter und weiter. Panische Angst überkam sie, weil sie wusste, dass der Aufzug entweder für immer weiterfahren oder aber abstürzen würde. Mit pochendem Herzen war sie aufgewacht und hatte lange gebraucht, um sich von diesem Albtraum zu erholen.

Ihr fällt es schwer, sich zu konzentrieren, und sie schwitzt, weil die Klimaanlage im Lehrerzimmer immer noch defekt ist. Fast ein halbes Jahr hat der Streit um das Sorgerecht für Sophia gedauert. In dieser Zeit war sie wie in einem Schwebezustand gefangen gewesen. Und jetzt, wo alles vorbei ist, beschleicht sie fast ein wenig Angst. Angst vor dem Ungewissen. Viele Entscheidungen, die sie in den letzten Monaten hinausgezögert hat, stehen jetzt an.

Sie wischt sich mit dem Handrücken über die feuchte Stirn. Sie hört, wie sich zwei ältere Kollegen über ihre baldige Pensionierung unterhalten. »Wir kaufen uns ein Wohnmobil und fahren ein Jahr lang quer durch Europa«, sagt der eine. Und der andere: »Meine Frau und ich werden als Erstes den Jakobsweg bis nach Santiago de Compostela gehen. Oder wir machen die Tour mit unseren E-Bikes. Auf diese möchten wir nicht mehr verzichten.«

Franziska Steinbrenner weiß nicht, ob sie die beiden Kollegen beneiden oder bedauern soll. Sie hat noch keine Sekunde an den Gedanken verschwendet, was sie nach ihrer Pensionierung in vierundzwanzig Jahren machen wird. Sophia ist dann neunundzwanzig, und wahrscheinlich muss sie sich dann ohnehin um die ersten Enkelkinder kümmern. Eine absurde Vorstellung.

»Franziska, entschuldige, nur eine kurze Frage.« Sie hat den Direktor, der plötzlich neben ihr steht, gar nicht bemerkt. Sie erschrickt, weil sie befürchtet, dass er wegen Novaks Schlagring gekommen ist.

»Äh, ja, was gibt es denn?«

»Es geht um diesen Mann, der in dem Haus gegenüber wohnt. Der seine Fenster mit Zeitungspapier zugeklebt hat.«

»Ach so, ja.« Franziska Steinbrenner ist erleichtert.

»Ich habe das Foto, das du mir geschickt hast, an die Polizei weitergeleitet. Der Beamte hat zwar gemeint, dass es nicht strafbar ist, jemanden durch einen Feldstecher zu beobachten, aber weil es sich um eine Schule handelt, werden sie sich darum kümmern.«

»Ich hoffe, dass ich den Mann nicht zu Unrecht verdächtigt habe«, sagt Franziska Steinbrenner, während sie das Foto auf ihrem Handy öffnet. Das Foto ist leicht unscharf. Sie zoomt auf das Gesicht des Mannes, kann aber nicht viel erkennen, außer dass er ziemlich dick ist und ein Doppelkinn hat. Und ungepflegte Haare. Auch sein T-Shirt sieht ungewaschen und schmuddelig aus. Wahrscheinlich ein alleinstehender Mann, der in einer dreckigen Wohnung haust und arbeitslos ist, denkt sie. Sie kommt sich vor wie ein Spitzel. »Irgendwie habe ich ein komisches Gefühl. Was denkst du?«

Der Direktor zuckt mit den Schultern. »Ich weiß nicht, aber ich glaube, dass es besser ist, wenn sich die Polizei um die Angelegenheit kümmert. Vielleicht finden sie heraus, warum er das macht. Einige Schülerinnen und Schüler haben mir gesagt, dass sie ihn schon öfter mit dem Feldstecher gesehen haben. Na ja, wird schon nichts Schlimmes sein.«

»Ja, das hoffe ich auch. Übrigens beginnen heute um 15 Uhr die Dreharbeiten zu diesem Dokumentarfilm. Wir treffen uns im Schulhof, und ich fände es gut, wenn du ein paar Worte an die Schülerinnen und Schüler richten könntest.«

»Okay, kann ich machen. Aber ich werde nicht lange bleiben, ich fahre nämlich mit meiner Frau und den Kindern übers Wochenende weg. Also, bis dann.«

»Ja, danke, bis dann. Äh, noch etwas. Im Schulhof ist heute ein Schwarm Hornissen gesichtet worden. Vielleicht können die Schulwarte die im Auge behalten.«

»Ja, kein Problem, ich werde mit ihnen reden. Bis später.«

Einige ihrer Kollegen kauen an Sandwiches, stochern mit Plastikgabeln in Tupperwaredosen oder trinken Kaffee aus Pappbechern. Franziska Steinbrenner hat keinen Appetit. Sie holt den Roman »Zähe Zeiten« aus ihrer Tasche und liest an der Stelle weiter, die sie mit einem Lesezeichen markiert hat.

Anika teilte mir in dem Brief mit, dass ihr Baby – das ja auch mein Baby war – eine Woche nach der Geburt gestorben war. Die Wörter bohrten sich wie ein Messer in mein Herz.

Franziska Steinbrenner schlägt das Buch sofort wieder zu. Sie stellt sich vor, wie es gewesen wäre, wenn Sophia eine Woche nach der Geburt gestorben wäre. Ihre Kehle wird trocken, und sie muss gegen die aufkommenden Tränen ankämpfen.

08.

130

Warum muss ich heute ständig an Bianka denken? Dabei ist es doch schon so lange her. Wahrscheinlich weil sie mir immer zugehört hat, wenn ich bei ihr einkaufen war. Ich habe ja gewusst, wann am wenigstens los war und sie Zeit hatte. Einmal hat sie mir sogar faschierte Laibchen geschenkt, die waren zwar schon abgelaufen, trotzdem habe ich mich darüber gefreut. Für Bianka war das nicht ungefährlich, weil es für Supermarktangestellte ja strengstens verboten ist, Waren zu verschenken. Auch wenn sie bereits abgelaufen sind. Mir war das egal, weil das ja auch so ein Verkaufstrick der Lebensmittelindustrie ist. Die setzen das Ablaufdatum grundsätzlich früher an als notwendig, damit die Leute die Sachen nicht zu lange aufbewahren und ständig in die Supermärkte rennen. Aber bei den faschierten Laibchen hat das mit dem Ablaufdatum leider gestimmt. Schon beim Auspacken hatte ich das Gefühl, dass sie so komisch riechen. Außerdem hatten sie einen Rotstich und waren an der Oberfläche klebrig. Ich habe Bianka vertraut, also habe ich sie gegessen, was ein Fehler war. Zwei Tage lang bin ich kotzend auf dem Klo gesessen, mir ist es so dreckig gegangen, dass ich gedacht habe, ich sterbe. Ich hatte Fieber und fürchterliche Kopfschmerzen. Arzt konnte ich keinen holen, weil ich ja nicht versichert war. Dass Bianka das mit den faschierten Laibchen absichtlich gemacht hat, kann ich mir nicht vorstellen. Sonst wäre sie ja nicht zu mir in die Wohnung gekommen.

Einmal haben wir uns auch über Avocados unterhalten, obwohl Bianka in der Wurstabteilung gearbeitet hat. Damals sind Avocados wegen ihrer vielen Vitamine gerade modern geworden. Es gab da so eine Sorte, die hat Hass geheißen, deshalb habe ich die Avocados ja überhaupt gekauft. Mir hat das gefallen: Hass. Auf dem Etikett ist gestanden: Herkunft Mexiko oder Peru. Darüber habe ich mit Bianka gesprochen, weil ich das nicht verstanden habe. Entweder ist eine Avocado aus Mexiko oder aus Peru. Die beiden Länder liegen mindestens viertausend Kilometer auseinander, da kann es doch nicht so schwer sein, klipp und klar zu sagen, woher eine Avocado kommt.

Zu Hause habe ich nachgeforscht, ob eine Avocado gesünder ist als Leberkäse. Ich habe wirklich Erstaunliches herausgefunden und bin am nächsten Tag mit einer Liste in den Supermarkt gegangen: 100 Gramm Avocado haben 217 Kalorien und 23,50 Gramm Fett, während

100 Gramm Leberkäse 298 Kalorien und 12,50 Gramm Fett haben. Der Leberkäse hat also fast um die Hälfte weniger Fett als eine Avocado. Ich war sehr erleichtert, weil ich weiterhin ohne schlechtes Gewissen meine Leberkäsesemmeln bei Bianka bestellen konnte.

Ich hätte mich mit Bianka auch gerne über Tantra und bewusste Ernährung unterhalten, aber jedes Mal, wenn ich damit anfangen wollte, ist ein Kunde gekommen und hat zwanzig Deka Extrawurst oder drei Knacker oder eine Sulz bestellt. Ich wollte testen, ob Bianka für so etwas überhaupt empfänglich ist. Das Buch *Das Tantra der Liebe* habe ich in einer Kiste gefunden, die vor einer Buchhandlung gestanden ist. Wie sie mich dann besucht hat, habe ich das Buch auf den Kopfpolster gelegt. Es war zwar schon ein bisschen zerfleddert, aber es war ohnehin dunkel im Schlafzimmer. Nur die Kerze hat gebrannt. Die wichtigsten Stellen hatte ich mit Lesezeichen markiert:

Der mehrfache Orgasmus der Frau.

Die tantrische Vagina.

Die tantrische Orgie.

Die Inderinnen und Inder, die auf den alten Zeichnungen abgebildet sind, sind ja eher schlank, um nicht zu sagen dürr. Im Gegensatz zu Bianka und mir. Auf einigen Bildern pudert ein Mann gleich mehrere Frauen. Da hätte Bianka sicher nicht mitgemacht. Auch die Verrenkungen, die die Inder beim Sex machen, hätten wir nicht geschafft. Aber warum die Inder selbst bei einer tantrischen Orgie einen Turban tragen, verstehe ich nicht. Um diese Stellungen zu schaffen, hätte ich zwanzig Kilo abnehmen müssen. Und Bianka auch. Meine Idee war ja, dass mir Bianka etwas vorliest und dann so geil wird, dass sie es sich mit dem Dildo gleich selbst besorgt, während ich ihr den anderen Dildo in den Arsch stecke. Aber sie wollte nicht. Selber schuld. Was wäre denn schon dabeigewesen, verdammt noch einmal. Das mit den Handschellen war vielleicht wirklich zu viel für den Anfang.

Das darf doch nicht wahr sein. Jetzt bohrt wieder jemand ein Loch in die Wand. Oder ist das am Ende ein Presslufthammer? Ich muss ganz ruhig bleiben. Ich darf mich jetzt von den Geräuschen nicht verrückt machen lassen. Die Geräusche dürfen keine Macht mehr über mich haben. Nicht einmal das Brummen des Kühlschranks, das ich noch nie so laut wahrgenommen habe wie heute. Obwohl ich den Kühlschrank früher oft ausschalten musste, weil ich es nicht mehr ausgehalten habe. Ich habe Decken zwischen die Wand und den Kühlschrank gestopft, ohne dass das Brummen leiser geworden wäre. Wie ich beim Kundendienst angerufen habe, hat mir eine Frau mit einem ganz eigenartigen Dialekt gesagt, dass man da nichts machen könne. Zwanzig Minuten habe ich mir Musik von einem ausgeleierten Tonband anhören müssen. Es war die reinste Folter. Ich habe mich gefühlt wie ein Hamster im Laufrad. Dann hat die Frau am Telefon gesagt, ich solle mir einen neuen Kühlschrank kaufen. Ist billiger als eine

Reparatur. Ich habe daraufhin ihren Vorgesetzten verlangt, aber sie hat nur gelacht. »Sähnse, isch sitze hier in Leipzsch und do gibtz keen Vorgesetztn.« Die saß in Leipzig, das muss man sich einmal vorstellen.

Mit dem Bett war es das Gleiche. Um mir unnötige Telefongespräche zu ersparen, bin ich gleich direkt ins Möbelgeschäft gefahren. Ohne Bett natürlich. Das war in irgendeiner Shopping City am Stadtrand, Süd, Nord, Ost, was weiß ich. Wie ich denen mein Problem geschildert habe, haben sie nur blöd geschaut und gemeint, dass sie ohne Rechnung nichts machen können. Aber ich habe nicht lockergelassen und ihnen ganz genau erklärt, wo mein Bett quietscht. Ich habe mich im Schauraum auf ein Bett gelegt und mich hin und her gewälzt. Blöderweise hat das Bett dort nicht gequietscht. Irgendwann ist der Geschäftsführer gekommen und hat gesagt, ich soll sofort verschwinden, weil er sonst die Polizei holt. Im Vorbeigehen hat der Trottel dann noch gemeint, dass das Quietschen vielleicht mit meinem Gewicht zusammenhängt und dass ich abnehmen soll. Blöd gegrinst hat er auch noch. Zu Hause habe ich dann das Bett zerlegt und Stofffetzen zwischen Bettrahmen und Lattenrost geklemmt. Das hat zumindest eine Zeit lang geholfen. Wahrscheinlich war auch das Bett schuld, dass ich jahrelang Rückenschmerzen hatte. Ich habe mich zwar ein paarmal massieren lassen, aber besser ist es davon auch nicht geworden. Na ja, der Masseur war ja auch blind. Ein blinder Pole. Zuerst wollten sie mich ja nicht nehmen, weil ich nicht versichert war. Ich habe dann der Chefin erzählt, dass ich immer Pech im Leben hatte und dass ich als Waise aufgewachsen bin und so weiter, der übliche Quatsch halt, bei dem die meisten älteren Frauen schwach werden. Aber mehr als ein blinder Pole hat dabei auch nicht rausgeschaut.

Jetzt heult schon wieder der Hund im Innenhof. Ein Wahnsinn, der bellt nicht, der heult wie ein geisteskranker Wolf. Den Hundebesitzer sollte man einsperren. Alle Hundebesitzer sollte man einsperren. Oder erschießen. Einer der Hunde im Nachbarhaus ist einmal eingegangen. Dabei hat mir mein Vertrauensmann von der Taubenabwehr geholfen. Der war auch ein Hundehasser und hat mir das Gift besorgt. Das war der einzige Mensch, mit dem ich mich vernünftig über Tauben und Hunde unterhalten konnte. Wir haben da eigentlich die gleiche Meinung gehabt und er hat mich einmal sogar gefragt, ob ich nicht Lust hätte, hin und wieder ein bisschen auszuhelfen. Aber das wäre mir zu anstrengend gewesen. Offiziell hätten wir natürlich kein Gift ausstreuen dürfen.

Im Massageinstitut habe ich immer warten müssen, bis der blinde Pole Zeit für mich hatte. Irgendwann hat es mir gereicht, und ich habe mir einen Werbespruch ausgedacht:

Wer nicht kommt zur rechten Zeit,
muss warten auf den Termin, der übrig bleibt.

Den habe ich der Chefin gezeigt und ihr erzählt, dass ich früher in der Werbebranche tätig war. Sehr begeistert war sie nicht, aber sie hat den Spruch dann doch auf einem mit Blumen verzierten Pappkarton im Warteraum aufgehängt. Der blinde Pole war ein Hammer. Ich habe ihn gefragt, wie er als Blinder überhaupt weiß, wie und wo er massieren muss. »Ich kennen genau die Kerper von die Menschen«, war seine Antwort. Der hat natürlich einen riesigen Vorteil, wenn er eine junge Frau massiert und sich zufällig ein bisschen vergreift. Vielleicht war das mit der Blindheit ja nur ein Trick. Nach der ersten Massage hat er zu mir gesagt: »Sie sind zu dick, Sie missen abnehmen, ist besser für den Kreuz.« Das hätte er sich sparen können. Eine Masseuse wäre mir natürlich lieber gewesen als ein blinder Pole. Sie hätte von mir aus auch blind sein können, aber das Leben ist nun mal kein Wunschkonzert. Hat meine Mutter auch immer gesagt, wenn ich etwas von ihr wollte. Und meistens hat sie mir dann noch ein paar Ohrfeigen gegeben.

Ich hasse Kinder. Wenn ich nur an die Kinder hier im Haus denke, bekomme ich schon einen Tobsuchtsanfall. Die bringen alles durcheinander. Das war auch der Grund, weshalb ich mich von meiner Frau getrennt habe. Na ja, eigentlich hat sie die Scheidung eingereicht, aber sie ist mir nur zuvorgekommen. Am Anfang ist alles halbwegs gut gegangen. Bis sie gesagt hat, dass sie gerne ein Kind hätte. Die wäre doch niemals in der Lage gewesen, ein Kind großzuziehen. Wie meine Mutter. Eine Katastrophe. Außerdem hat sie mindestens genauso viel getrunken wie ich. Bier, Wein, Schnaps. Sie hat das Bier lieber aus der Flasche als aus der Dose getrunken, obwohl ich ihr hundert Mal gesagt habe, dass ich in der Wohnung keine Bierflaschen sehen will, weil ich ständig über leere Flaschen gestolpert bin und überall die Scherben herumlagen. Sie hat gedacht, ich mache Spaß, aber als ich ihr eine geknallt habe, ist ihr ganz schnell klar geworden, dass ich es ernst meine.

Dann war noch das mit dem Ketchup. Ich bin mit einer Tube viel länger ausgekommen als sie. Und warum? Weil ich die Tube aufgeschnitten habe, um auch den letzten Rest Ketchup auszuschlecken. Ich wollte sie damit ärgern und ihr zeigen, was für ein Trampel sie ist. Ihr habe ich gesagt, dass ich das mache, um Geld zu sparen, was natürlich ein völliger Blödsinn war. Ich habe ihr vorgerechnet, dass wir auf diese Weise eine Ketchupflasche pro Jahr weniger verbrauchen. Wie ich das im Detail berechnet habe, weiß ich jetzt nicht mehr. Ist auch egal. Irgendwann ist ihr der Kragen geplatzt, und sie hat gesagt, dass ich statt einem Gehirn Ketchup im Kopf habe. Sie hat das lustig gefunden, bis ich ihr eine aufgelegt habe und sie drei Tage im Bett liegen musste.

Ist doch alles vollkommen egal. Meine Frau ist schon längst weg und ich kann mich nicht mal mehr erinnern, wie sie ausgesehen hat. Die Fotos von ihr habe ich nach der Scheidung weggeworfen. Oder sie sind bei der Delogierung verloren gegangen. Komisch, dass ich gerade heute an die alten Zeiten denken muss. An Bianka, an meine Ex-Frau, an meine Mutter. Alles keine schönen Erinnerungen. Aber so ist das Leben. Einmal habe ich gelesen, dass der Sinn des Lebens darin besteht, so zu leben, dass man immer schöne Erinnerungen hat. Wenn das stimmt, dann hat mein Leben keinen Sinn gehabt.

Oder soll ich mich daran erinnern, wie mich meine Mutter beim Heurigen einfach vergessen hat? Es war an meinem fünften Geburtstag, da hat sie mich zum Heurigen mitgeschleppt. Ich dachte, das wäre mein Geschenk. Sie hat sich dort mit Bekannten getroffen und war bald so betrunken, dass sie meine Anwesenheit einfach vergessen hat. Ich habe ihr gesagt, dass ich nach Hause möchte, aber sie hat mich gar nicht wahrgenommen. Irgendwann bin ich dann gegangen, ich wollte nur noch weg. In den Weinbergen habe ich mich verlaufen, ich wusste nicht mehr, wo ich war. Ich habe panische Angst bekommen und bin vor lauter Erschöpfung eingeschlafen. Eine Polizistin hat mich gefunden, und weil meine Mutter nicht ansprechbar war, musste ich mit ihr die Nacht in einer Ausnüchterungszelle verbringen. Die Polizisten haben nur den Kopf geschüttelt, aber meiner Mutter war das egal. Wie wir dann zu Hause waren, hat sie mich angeschrien, was für ein saublödes Kind ich bin und dass es besser gewesen wäre, sie hätte mich nie geboren. Eine Zeit lang konnte ich nichts essen, ohne nicht sofort alles wieder herauszukotzen. Später habe ich dann alles in mich hineingefressen.

Ein anderes Mal ist sie ein paar Tage nicht nach Hause gekommen, weil sie mit irgendeinem Typen um die Häuser gezogen ist. Am ersten Tag habe ich mir noch nicht viel dabei gedacht und habe mir ein Stück Brot und ein Stück Wurst in die Schule mitgenommen. Am zweiten Tag war aber der Kühlschrank leer und Geld hatte ich auch keines, also habe ich gehungert. Am dritten Tag habe ich bei der Nachbarin geläutet und geheult, weil ich Hunger hatte und nicht wusste, was ich tun sollte. Die Nachbarin war zwar nicht besonders freundlich, aber wenigstens hat sie mir etwas zu essen gegeben. Am vierten Tag ist meine Mutter endlich aufgetaucht und hat mich zur Sau gemacht, weil ich nicht in der Lage war, mich selbst zu versorgen. Sechs Jahre alt war ich damals.

Später, wenn es mir zu Hause zu viel geworden ist, bin ich mit ein paar windigen Typen aus der Nachbarschaft herumgezogen. Wir haben geraucht und getrunken und Mädchen ausgegriffen. Von denen gab es genug in den Hinterhöfen und Parks. Wenn es kalt war, sind wir in die Keller gegangen, da hat uns niemand gestört. Romantisch ist es nicht gewesen, aber das war uns egal. Einmal hat eine gesagt, dass ich stinke und mich waschen soll, weil sie sich sonst nicht mehr von mir ausgreifen lässt. So eine blöde Sau. Du stinkst ja selbst, habe ich gesagt. In der Nacht habe ich dann geduscht. Unsere Dusche stand mitten in der Küche, und plötzlich hat meine Mutter den Plastikvorhang zur Seite gezogen und so komisch geschaut. Sie war wieder einmal betrunken und hat gesagt, dass sie mich einseifen möchte. Ich habe geglaubt, ich spinne. Meine eigene Mutter! Sie wollte tatsächlich meinen Pimmel anfassen, da habe ich ihr einen Stoß versetzt, dass sie hingefallen ist. Am nächsten Tag hatte sie überall blaue Flecken, aber gesagt hat sie nichts.

Schöne Erinnerungen.

Wenn ich an all diese Dinge denke, werde ich so wütend, dass es mir fast leid tut, dass meine Mutter schon tot ist und ich sie heute nicht ebenfalls über den Haufen schießen kann. Jetzt habe ich wieder Herzrasen und bekomme Schweißausbrüche. Früher hatte ich in solchen Situationen meinen Frustrationsabsorbtionskatalysator. Das war meine eigene Erfindung. Auf zwei kleinen Holzböcken habe ich mit Reißnägeln Gratiszeitungen befestigt, die eine gespannte Fläche bildeten. Auf diese Zeitungen habe ich dann so lange eingedroschen, bis nur noch Papierfetzen herunterhingen. Dabei schrie ich wie ein Kung-Fu-Kämpfer, der mit bloßen Händen eine ganze Ziegelwand zertrümmert. Der Vorteil bei diesem Gerät war, dass es nichts gekostet hat und jederzeit neu bespannt werden konnte. Wenn man sich ansieht, mit welchem Schwachsinn die Leute heutzutage ihr Geld verdienen, wäre das sicher eine erstklassige Gelegenheit gewesen, auf einen Schlag reich zu werden. Vielleicht hätte ich den Frustrationsabsorbtionskatalysator als Patent anmelden sollen. Aber jetzt ist es zu spät.

09.

»Sonderruf an alle Einheiten, die sich in der Nähe des Tiefauwiesenwegs befinden. Ich wiederhole: Sonderruf an alle Einheiten. Verdacht auf Suizid im Tiefauwiesenweg 32, männliche Leiche.«

Bei der Erwähnung der Adresse zuckt Philip Hoffmann zusammen. Tiefauwiesenweg? Das ist doch die Straße, in der Lena wohnt. Sofort greift er nach dem Funkgerät.

»Wagen 39 hier, wir übernehmen das.«

Stefan Maher wirft seinem Kollegen einen überraschten Blick zu.

»Bitte Standort durchgeben«, kommt es aus der Zentrale.

Hoffmann deutet Maher, das Blaulicht einzuschalten und loszufahren.

»Wir sind in zehn Minuten dort. Welche Informationen habt ihr?«

»Angerufen hat eine Frau Potocan, die nach eigenen Angaben die Nachbarin des Toten ist. Die Rettung und die polizeiliche Kommission sind bereits verständigt. Tiefauwiesenweg 32, Tür Nummer sechs.«

»Okay, wir beeilen uns. Ende.«

»Ende.«

Maher, der Blaulicht und Sirene eingeschaltet hat, schüttelt den Kopf. »Stefan, was ist los? Warum willst du unbedingt zu einem Selbstmörder? Kennst du die Adresse?«

»Ja, neben der Tiefauwiese ist doch der Hundepark, wo wir diese Anzeige wegen der beiden Kampfhunde aufgenommen haben. Erinnerst du dich nicht mehr?«

»Nein.«

»Na ja, ich weiß nicht, vielleicht gibt es einen Zusammenhang.«

»Einen Zusammenhang womit?« Maher ist verwirrt. »Ich verstehe kein Wort.«

»Ist doch egal«, antwortet Hoffmann gereizt. »Wir sind in der Nähe, da können wir uns das doch ansehen.«

Stefan Maher ist hörbar ungehalten, will jetzt aber keinen Streit anfangen. Also wechselt er das Thema, während er Richtung Tiefauwiesenweg rast. »Übrigens hat sich ein Vertreter der serbischen Botschaft bei der LPD beschwert, dass wir heute Früh den Sohn eines serbischen Diplomaten rassistisch beschimpft haben sollen.«

»Was? Woher weißt du das?«

»Die Dienststelle hat angerufen, während du vorhin auf dem Klo warst. Ist keine große Sache. Der Fahrer hat ja die Strafe sofort bezahlt, ohne zu protestieren. Aber die LPD verlangt eine Stellungnahme von uns.«

»So eine Scheiße«, murmelt Hoffmann.

»Kein Grund zur Aufregung, es wird schon nichts passieren.«

»Hurensöhne.«

Zehn Minuten später haben sie den vierstöckigen Wohnblock am Ende der Reihenhaussiedlung erreicht. Vor dem Haus ist niemand zu sehen, was darauf schließen lässt, dass sich der Suizid noch nicht herumgesprochen hat. In dem Augenblick, in dem der Streifenwagen parkt, zeigen sich aber die ersten Schatten hinter den Fenstern.

Die Wohnung mit der Türnummer sechs liegt im zweiten Stock. Stefan Maher und Philip Hoffmann streifen ihre Vinylhandschuhe über und öffnen die angelehnte Tür. Im Gang empfängt sie eine ältere Frau, die vor Aufregung zittert. »Dort hängt er«, sagt sie mit kaum hörbarer Stimme und deutet in Richtung einer offenen Tür.

»Sind Sie die Nachbarin, die die Leiche gefunden hat?«, fragt Stefan Maher.

Die Frau nickt. »Ja, ja, Anna Potocan. Potocan mit c.«

Maher und Hoffmann betreten den Raum, in dem es nach Desinfektionsmittel riecht. Die Luft ist stickig, und Hoffmann wird sofort übel.

Die Nachbarin bleibt in der Tür stehen. »Beim Weggehen habe ich gesehen, dass die Wohnungstür angelehnt war. Als ich vom Einkaufen zurückkam und die Tür immer noch offen stand, habe ich gefragt, ob Herr Allinger vielleicht vergessen hätte abzuschließen.«

»Allinger?«, fragt Stefan Maher.

»Ja, Christoph Allinger.«

Maher notiert sich den Namen.

»Wir haben uns nur vom Sehen gekannt«, fährt die Nachbarin fort. »Ab und zu haben wir ein paar Worte miteinander gewechselt. Nachdem Herr Allinger nicht geantwortet hat, bin ich reingegangen und habe noch einmal nach ihm gerufen. Dann habe ich ihn gefunden. Grauenhaft.«

Die Leiche hängt an einem Lusterhaken, das dünne Nylonseil hat sich durch das Körpergewicht gedehnt, die Füße berühren fast den Boden. Ein umgestoßener Schemel liegt daneben. Hoffmann schätzt das Alter des Toten auf etwa vierzig Jahre. »Warum riecht es hier so stark nach Desinfektionsmittel?«, fragt er.

Stefan Maher deutet auf einen nassen Fleck, der sich direkt unter der Leiche gebildet hat. »Keine Ahnung, vielleicht hatte er Angst, dass sein Urin zu sehr stinken würde.« Er verzieht das Gesicht.

»Ich glaube, dass er sich nicht nur angepinkelt hat.« Stefan Maher öffnet einen Fensterflügel.

»Hat Herr Allinger alleine hier gewohnt?«

»Ich glaube schon, aber mit Sicherheit kann ich es nicht sagen.« Die Stimme der Nachbarin zittert immer noch.

Erst jetzt entdeckt Hoffmann die Kamera, die auf einem Stapel Bücher liegt und deren Objektiv auf die Leiche gerichtet ist. Das blinkende Licht bedeutet, dass die Kamera immer noch läuft. Hoffmann schüttelt den Kopf.

»Schau dir das an.«

»Um Gottes willen«, entfährt es Frau Potocan.

Hoffmann greift nach der Kamera, die auf einem Buch von Richard Yates liegt. »Eine letzte Liebschaft.« Hoffmann stutzt. Moment, das ist doch derselbe Schriftsteller, dessen Bücher er bei Lena gesehen hat. Was für ein merkwürdiger Zufall, denkt er.

»Entschuldigen Sie«, sagt Stefan Maher, »aber dürfen wir Sie jetzt bitten, so lange in der Küche Platz zu nehmen, bis wir mit der Amtshandlung hier fertig sind.«

»Ja, ja«, murmelt die Nachbarin.

»Noch etwas«, ruft ihr Maher nach: »Ich hoffe, Sie haben keine Handyfotos von der Leiche oder dem Tatort gemacht, weil das strafrechtliche Konsequenzen nach sich ziehen würde.«

»Nein, natürlich nicht.« Frau Potocan ist hörbar verängstigt.

Hoffmann schaltet die Kamera aus. »Die ist über eine Stunde lang gelaufen. Der hat seinen Suizid gefilmt.«

»Wahnsinn, wie krank ist denn das?« Maher schüttelt den Kopf.

Hoffmann überlegt kurz, dann drückt er auf Rewind.

Maher wirft seinem Kollegen einen fragenden Blick zu. »Philip, ich finde, das ist keine gute Idee.«

Aber Hoffmann hört gar nicht hin. Maher geht zu ihm und wartet, bis Hoffmann zuerst auf Stop und dann auf Play gedrückt hat.

»Ach, du Scheiße«, sagt Maher, als er die Bilder sieht. »Mach das bitte sofort wieder aus. Das ist ja grauenhaft.«

»Ja«, antwortet Hoffmann sichtlich mitgenommen. »Ich spule wieder vor. Kein Wort zu niemandem.«

»Nein, natürlich nicht.« Stefan Maher sieht auf die Uhr und zückt seinen Block. Er muss sich auf seinen Job konzentrieren und notiert sich die Stichworte für die Sachverhaltsdarstellung an die Landespolizeidirektion.

Obwohl ihm immer noch übel ist, fotografiert Philip Hoffmann die Leiche von verschiedenen Seiten. Er muss immer wieder Pausen einlegen, weil er den Anblick des Toten nicht erträgt.

Maher steckt seinen Notizblock ein und wendet sich an Hoffmann. »Ich glaube, wir können ihn jetzt abschneiden.« Er klappt sein Messer auf und stellt sich auf den Schemel, auf dem kurz zuvor noch Allinger gestanden ist. »Kannst du ihn halten?«

»Können wir nicht warten, bis die Kommission da ist?« Hoffmann ist vom Vorschlag seines Kollegen wenig begeistert.

»Komm schon, Philip, ich möchte keine Probleme bekommen. Den Tod muss der Amtsarzt feststellen, das ist nicht unsere Angelegenheit. Aber wir sind verpflichtet, die Leiche abzunehmen.«

Widerwillig greift Philip Hoffmann dem Toten von hinten unter die Arme und legt ihn vorsichtig auf den Boden. Er sieht sich im Zimmer um, geht zum Schreibtisch und bleibt wie vom Blitz getroffen stehen. Warum liegt dort die Hundezeitschrift mit dem aufgeschlagenen Artikel über Lena Konrady und ihren Pit Bull? Hoffmann greift nach der Zeitschrift und traut seinen Augen nicht. Der Artikel stammte von Christoph Allinger. Die beiden kannten einander. Erst jetzt sieht er, dass auf dem Schreibtisch Dutzende weitere Ausgaben der Hundezeitschrift liegen. Hoffmann ist geschockt.

»Hast du etwas gefunden? Einen Abschiedsbrief?«, fragt Stefan Maher.

»Nein, doch, warte.« Neben der aufgeschlagenen Zeitschrift liegen zwei offene Kuverts. Auf dem einen steht: *An meine Eltern.* Auf dem anderen: *An Lena Konrady.* Hoffmanns Herz schlägt bis zum Hals. Warum schrieb Christoph Allinger einen Abschiedsbrief an Lena Konrady?

Mit zitternden Fingern holt er den Brief an Lena aus dem Kuvert. Er schwitzt in seinen Vinylhandschuhen. Er beginnt zu lesen, vor seinen Augen verschwimmen die Buchstaben. Christoph Allinger machte in seinem Abschiedsbrief in drastischen Worten Lena Konrady für seinen Suizid verantwortlich. Hoffmann liest die Worte *Sadismus, Gemeinheit* und *Quälerei.* Aber ein Satz trifft ihn wie ein Faustschlag: *Und dann brüstest du dich auch noch damit, dass du mich mit einem Polizisten betrügst. Ich ertrage es nicht mehr länger, wie du mich behandelst. Ich hoffe, dass dir die Polizei das Video zeigt, damit du siehst, was du mir angetan hast.*

Hoffmann wird schwarz vor Augen. Er atmet tief durch. »Ein Wahnsinn, der möchte, dass wir das Video der Frau zeigen, die er für seinen Suizid verantwortlich macht.«

»Zeig her.« Maher greift nach dem Brief und liest ihn kopfschüttelnd. »Puh, das ist ja brutal. Die hat ihn mit einem Polizisten betrogen. Absurd. Na ja, das geht uns nichts mehr an, aber dass die Staatsanwaltschaft das Video freigibt, ist praktisch ausgeschlossen. Das hätte er sich sparen können. Die Einzigen, die sich darüber freuen werden, sind die Pathologen. Da müssen sie nicht lange spekulieren, ob Fremdverschulden infrage kommt.«

Maher zieht den zweiten Brief aus dem Kuvert:
Liebe Mama, lieber Papa, es tut mir sehr leid, es geht nicht mehr. Grüße an alle, euer Sohn Chris.

Und auf einem beigelegten Notizzettel steht:

»›Bitte geh nicht weg. Ich brauche dich, ich brauche …‹ Er hatte die beiden Dinge getan, die er sich geschworen hatte, nicht zu tun – er hatte geschrien und gebettelt –, und jetzt war nichts mehr übrig.« (Richard Yates)

»Richard Yates? Wer ist Richard Yates?«, fragt Stefan Maher.

»Ein Schriftsteller«, antwortet Hoffmann. »Ein Buch von ihm liegt auf dem Stapel dort.«

»Traurig, traurig, wenn Eltern so etwas lesen müssen.« Maher wirft einen Blick auf das erwähnte Buch. »›Eine letzte Liebschaft‹, komisch. Die beiden Kuverts mit den Abschiedsbriefen kommen zu den Sicherstellungen. Sollen wir das Buch auch dazunehmen? Glaubst du, es ist wichtig?«

Hoffmann zuckt mit den Schultern.

Maher greift nach der Hundezeitschrift mit dem aufgeschlagenen Artikel. »Die kommt mir irgendwie bekannt vor mit ihrem Kampfhund.« Er macht eine Pause. »Sag einmal, das ist doch die Frau, die wir vor ein paar Wochen auf der Hundewiese zu diesem Fall mit den verletzten Hunden befragt haben. Du erinnerst dich doch an den Rottweiler und den Amstaff, die sich gegenseitig fast totgebissen haben.« Er sieht Hoffmann an. »Philip, kanntest du diesen Allinger?«

»Sag einmal, spinnst du?«, antwortet Hoffmann wütend. »Woher sollte ich ihn kennen?«

»Und die Frau?«

»Jetzt reicht es mir. Nein, ich kenne weder den Allinger noch die Frau.«

»Ist okay, ist okay, beruhige dich. Die Kommission kann jeden Augenblick eintreffen.«

Maher überfliegt den Artikel.

Hoffmann überlegt fieberhaft, welche Konsequenzen Christoph Allingers Abschiedsbrief für ihn haben könnte.

Er hat Glück, dass sein Name nicht genannt wird, trotzdem dreht es ihm bei der Vorstellung, dass ihn Lena Konrady bei einem Verhör verraten könnte, den Magen um. Natürlich werden die Beamten den Namen des Polizisten wissen wollen, und dass Lena ihn schützen wird, ist angesichts der verfahrenen Situation mehr als unwahrscheinlich. Wenn er an das Videomaterial herankäme, könnte er Lena damit erpressen, aber das ist ein Ding der Unmöglichkeit. Diesen Plan kann er vergessen. Hoffmann fühlt sich wie auf einer steilen Rutschbahn, und er hat nicht die geringste Chance, die rasante Fahrt in den Abgrund zu stoppen. Was ihn am Ende dieser Rutschbahn erwartet, stellt er sich lieber erst gar nicht vor. Wie wird Lena reagieren, wenn sie von Christoph Allingers Suizid erfährt? Wird sie betroffen sein? Oder ist ihr das alles gleichgültig?

Hoffmann fragt sich, was der Auslöser für Christoph Allingers Suizid gewesen sein könnte. Vielleicht fühlte er sich von Lena in die Enge getrieben und sah einfach keinen Ausweg mehr. Hoffmann kann das nachvollziehen, schließlich befindet er sich ja in einer ähnlichen Situation. Wenn bei der Befragung Lenas durch die Kripo herauskommt, dass er der im Abschiedsbrief erwähnte Polizist ist, wird er wahrscheinlich ein Disziplinarverfahren bekommen. Noch schlimmer wäre aber, dass die Bekanntgabe seines Namens das endgültige Aus seiner Ehe bedeuten würde. Während seine Gedanken rotieren, betreten der Notarzt und ein Sanitäter das Zimmer.

»Doktor Pilat«, stellt sich der Arzt vor. »Suizid?«, fragt er mit Blick auf die Leiche.

»Ja«, antwortet Stefan Maher. »Der Tote hat seinen Suizid gefilmt.«

»Tatsächlich? Das sind ja ausnahmsweise einmal interessante Neuigkeiten.«

Stefan Maher zeigt auf die Kamera. »Aber wir haben das Material noch nicht gesichtet.«

Dr. Pilat macht eine kurze Pause. »Wonach riecht es denn hier?«

»Desinfektionsmittel.«

»Aha, na dann schauen wir einmal.« Der Arzt kniet sich hin und drückt drei Finger gegen die Halsschlagader des Toten. Anschließend horcht er mit dem Stethoskop Allingers Herz ab. »Da ist nichts mehr zu machen.« Er bewegt den Kopf des Toten vorsichtig nach vorne. »Genickbruch«, murmelt er. »Wir schicken den Bericht an die LPD. Ich brauche noch seinen Namen.«

»Allinger, Christoph«, sagt Maher.

Der Arzt macht sich eine Notiz und wirft einen Blick auf die Namensschilder der beiden Polizisten. »Inspektor Maher und Inspektor Hoffmann.«

Die beiden nicken.

»Gibt es Angehörige? Wegen der Rechnung.«

»Das wissen wir noch nicht. Aber sobald wir Näheres in Erfahrung gebracht haben, wird es einen entsprechenden Aktenvermerk geben.«

»In Ordnung. Schönen Tag noch.« Dr. Pilat wendet sich an den Sanitäter. »Komm, wir fahren.«

»Die Wohnungstür bitte angelehnt lassen, wir warten noch auf die Kommission«, ruft ihnen Stefan Maher nach. »Auf zur nächsten Leiche«, murmelt er.

Hoffmann zuckt mit den Schultern. »Man gewöhnt sich an alles. Ich schwitze wie eine Sau. Ich brauche ein Glas Wasser.«

»In der Küche wartet diese Frau Potocan«, sagt Maher. »Willst du mit ihr reden? Dann mache ich in der Zwischenzeit das Sicherstellungsprotokoll.«

»In Ordnung.« Hoffmann ist immer noch aufgewühlt. Er geht in die Küche, wo Frau Potocan am Tisch sitzt und nervös mit den Fingern auf die Platte klopft. Das Fenster steht offen, irgendwo bellt ein Hund, und Hoffmann fragt sich, ob es möglicherweise Lenas Pit Bull ist.

»Wissen Sie schon, warum er das getan hat? Hat er einen Abschiedsbrief hinterlassen?« Frau Potocan ist immer noch geschockt.

»Darüber darf ich keine Auskunft geben.« Hoffmann holt ein Glas aus der Anrichte. Dabei bleibt sein Blick an einer Korktafel an der Wand hängen. Er geht näher ran und sieht, dass dort zwei Fotos mit Reißnägeln befestigt sind. Es sind zwei Selfies von Lena. Ihm stockt der Atem. Auf dem einen Foto hat Lena ihre Bluse so weit geöffnet, dass man den Ansatz ihrer Brüste erkennen kann. Sie lächelt lasziv in die Kamera, so als würde sie den Betrachter auffordern näherzukommen. Auf dem anderen sitzt sie mit ihrem Pit Bull auf der Couch in ihrem Wohnzimmer. Dieses Luder, denkt Hoffmann wütend. Er will sich gerade umdrehen, als ihm die Rechnung eines Baumarkts ins Auge sticht. Es ist ein Kassazettel über den Kauf eines drei Meter langen Kernmantelseils mit neun Millimeter Durchmesser. Die Rechnung stammt vom Vortag. Philip Hoffmann ist sprachlos. Das Seil hat 10,70 Euro gekostet, sogar der Name des Kundenberaters steht auf der Rechnung. Dass Christoph Allinger die Rechnung für das Seil, mit dem er sich erhängte, neben die beiden Selfies von Lena geheftet hat, findet Hoffmann gespenstisch. Er geht zur Spüle, füllt das Glas mit Wasser und leert es in einem Zug, ohne sich besser zu fühlen. Er zückt seinen Notizblock. »Sie sind also die Nachbarin von Herrn Allinger und wohnen auf Tür Nummer?«

»Fünf«, antwortet Frau Potocan, während sie weiterhin mit den Fingern auf die Tischplatte klopft.

»Wie gut kannten Sie Herrn Allinger?«

»Nicht sehr gut. Wir haben ab und zu miteinander gesprochen, wenn wir uns am Gang begegnet sind. Mehr nicht.«

»Wissen Sie, ob Herr Allinger alleine hier gewohnt hat?«

»Ich glaube schon, ich habe jedenfalls nie jemanden gesehen.«

»Auch keine Frau mit einem Hund?«

»Wie bitte?«

»Ach nichts.« Hoffmann hat den Faden verloren. »Danke, das reicht fürs Erste. Eventuell hat die Kriminalpolizei noch Fragen an Sie. Die Kommission müsste eigentlich jeden Augenblick eintreffen.«

»Die Kriminalpolizei?«, fragt die Nachbarin erschrocken.

»Reine Routine.«

Hoffmann steckt den Notizblock ein und trifft im Vorraum auf die Mitglieder der Kommission.

»Magistra Salzer«, stellt sich eine resolute Beamtin vor und drückt Hoffmann entschlossen die Hand. »Das sind Kollege Kratochwil von der Kripo und Frau Doktor Renner, die Amtsärztin.«

»Inspektor Hoffmann. Der Tote liegt in diesem Zimmer da.«

Als sie eintreten, nickt ihnen Maher zu. »Inspektor Maher.«

»Wie sieht es mit Sicherstellungen aus?« Magistra Salzer sieht sich im Zimmer um. Sie schnuppert und verzieht das Gesicht.

»Wir haben zwei Abschiedsbriefe gefunden und die Kamera, mit der Herr Allinger seinen Suizid gefilmt hat.« Stefan Maher deutet auf die Kamera und die beiden Briefe auf dem Schreibtisch.

»Herr Allinger hat seinen Suizid gefilmt?« Magistra Salzer runzelt die Stirn.

»Ja, und er möchte, dass das Video jener Frau gezeigt wird, wegen der er sich laut seinen eigenen Aussagen umgebracht hat. So steht es in einem der Briefe.«

»Zeigen Sie her.« Magistra Salzer überfliegt den Brief. »Diese Lena Konrady muss auf jeden Fall auch befragt werden. Das soll die Kripo übernehmen.«

»Ich kümmere mich darum«, antwortet der Kripobeamte Kratochwil.

»In der Küche wartet übrigens die Nachbarin, eine Frau Potocan, die die Leiche gefunden hat«, erklärt Stefan Maher.

»Ich übernehme das.« Der Kripobeamte verlässt den Raum.

»Fragen Sie sie, ob wir jemanden von der Krisenintervention schicken sollen«, ruft ihm Magistra Salzer nach.

»Mach ich.«

»Fremdverschulden ist auszuschließen?«, fragt Magistra Salzer in Richtung Amtsärztin.

Dr. Renner nickt. »Absolut.« Sie spricht ihre Befundaufnahme in ein Diktiergerät. »Genickbruch. Im Halsbereich sind dunkle Verfärbungen zu erkennen …«

»Sind die Angehörigen bereits verständigt?« Magistra Salzer blickt auf das Display ihres Handys. »Ich muss gleich los.«

Stefan Maher schüttelt den Kopf. »Nein, wir haben diesbezüglich noch keine Informationen.«

»Dann schauen Sie im Melderegister nach, vielleicht finden Sie dort etwas.«

»In Ordnung.«

»Gut, dann wär's das für uns. Ich kläre mit Kollegen Kratochwil noch ein paar Details, dann sind wir auch schon wieder weg. Ich habe noch einen sehr wichtigen Termin. Ach ja, bevor ich es vergesse: Bitte unbedingt die verderblichen Lebensmittel aus der Küche und dem Kühlschrank entfernen, bevor Sie den Strom abschalten. Kürzlich haben Beamte darauf vergessen. Erst drei Wochen später sind die Angehörigen in die Wohnung gekommen. Den fürchterlichen Gestank können Sie sich ja vorstellen. Schönen Tag noch.«

»Auf Wiedersehen«, murmelt Stefan Maher und wartet, bis die Mitglieder der Kommission die Wohnung verlassen haben. »Philip, ruf bitte bei der Bestattung an, damit sie die Leiche abholen.«

»Ja, mach ich.«

»Sie sollen sich aber beeilen, ich habe keine Lust, den ganzen Nachmittag hier zu verbringen. Ich sage dieser Frau Potocan, dass sie gehen kann.«

Philip Hoffmann fühlt sich, als hätte man ihn gerade durch einen Fleischwolf gedreht.

10.

Nach dem Frühstück hat Jürgen S. eine *Cipralex* genommen. Ohne Rücksprache mit seiner Ärztin hat er die Dosis von fünf auf zwanzig Milligramm erhöht, aber er fühlt sich immer noch, als wäre er in Watte gepackt. Es fällt ihm schwer, die Umwelt als etwas Reales wahrzunehmen. Die dritte Nacht in Folge hat er kaum geschlafen, und er spürt, wie sich eine ungeheure Müdigkeit in seinem Körper ausbreitet. Außerdem hat er Kopfschmerzen, und ihm ist übel.

Er steht vor dem Aquarium mit dem blauen Hintergrund, in dem sich die Kanonenkugel-Quallen nach einer geheimnisvollen Choreographie bewegen. Schwerelos schweben die gallertartigen Tierchen im Wasser und bilden bizarre Formationen. Er hält seine fünfjährige Tochter Sophia an der Hand und versucht, wenigstens auf diese Weise einen Kontakt zu ihr herzustellen, was ihm aber nicht gelingt. Er hätte nicht einmal sagen können, ob es seine oder ihre Hand ist, die schwitzt. Unbeteiligt verfolgt er den Tanz der Nesseltiere und fragt sich, warum er nicht als Qualle geboren wurde.

Sophia verzieht das Gesicht. »Sind die giftig?«

Jürgen S. wirft einen Blick auf den Monitor, der neben dem Aquarium an der Wand hängt. »Nein, in Asien werden diese Quallen sogar gegessen, und in der Medizin verwendet man sie gegen Bluthochdruck, Bronchitis und Arthritis.«

Sophia ist verwirrt. »Waaas?« Sie zieht das a in die Länge, um zu unterstreichen, dass sie von Bluthochdruck, Bronchitis und Arthritis keine Ahnung hat. »Ich möchte die nicht essen, die sehen so slabberig aus.« Nach einer kurzen Pause fragt sie: »Ist das Wasser auch aus Sternenstaub?«

»Was?«

»Ist das Wasser auch aus Sternenstaub?«

»Aus Sternenstaub?«

»Ja, alles ist aus Sternenstaub. Ich bin auch aus Sternenstaub. Und du auch. Wenn alles aus Sternenstaub ist, muss das Wasser auch aus Sternenstaub sein.«

Jürgen S. zuckt ratlos mit den Schultern. »Das weiß ich nicht. Wer hat dir das erzählt, dass alles aus Sternenstaub ist?«

»Melanie. Die hat es in einem Film gesehen. Komm, gehen wir zur großen Sildkröte.« Sophia zieht ihren Vater weg vom Aquarium, bleibt aber gleich wieder stehen, als ein Buggy an ihnen vorbeigeschoben wird. Gebannt starrt sie in den Wagen, in dem ein Baby schläft. Jürgen S. hätte gerne gewusst, weshalb seine Tochter so fasziniert von Babys ist, aber wahrscheinlich ist das normal für Mädchen in ihrem Alter. Jetzt fällt ihm ein, dass sie Sophias Puppe im Auto vergessen haben.

Er kann kaum noch die Augen offen halten und spürt, dass sein Herz viel zu schnell schlägt. Ein deutliches Anzeichen dafür, dass wieder eine der gefürchteten Panikattacken im Anmarsch ist. Sein Handy klingelt; erschrocken holt er es aus seiner Hosentasche. Er sieht, dass es eine unbekannte Nummer ist, und schaltet es aus. Wahrscheinlich wollte sich die Leiterin des Kindergartens erkundigen, ob mit Sophia alles in Ordnung ist.

Eigentlich hätte er seine Tochter ja gar nicht abholen dürfen, aber nachdem er in der Früh erfahren hatte, dass seiner Ex-Frau das alleinige Sorgerecht für Sophia zugesprochen worden war, wollte er mit seiner Tochter noch einmal alleine sein. Also war er auf gut Glück zum Kindergarten gefahren, und tatsächlich hatte die neue Kindergärtnerin nichts dagegen einzuwenden gehabt, dass er Sophia abholte. Warum auch, schließlich war er ihr Vater.

Nachdem sie im Aqua-Terra-Zoo die elektronische Eingangskontrolle passiert hatten, wollte Sophia als Erstes in den Souvenirshop, um sich die Plüschversion einer Schildkröte zu kaufen. Aber Jürgen S. hatte keine Lust, Geld für ein überteuertes ausgestopftes Stoffteil auszugeben, nur weil es die Form einer lächelnden Schildkröte hatte. Die Plastikschlangen wären billiger gewesen, allerdings bezweifelte er, dass sich seine Tochter darüber gefreut hätte. Stattdessen kaufte er einen Radiergummi in Form eines Haifischs, aber Sophia schüttelte nur den Kopf.

Ein Jahr lang war Jürgen S. im Aqua-Terra-Zoo ein und aus gegangen, nachdem das Architekturbüro, in dem er bis vor Kurzem gearbeitet hat, mit der Neugestaltung der Fassade und des Obergeschoßes beauftragt worden war. Das ist auch der Grund, weshalb er immer noch die Schlüsselkarte besitzt, die er eigentlich schon längst hätte abgeben müssen. Jürgen S. hofft, keinem der Angestellten zu begegnen. Jedes Gespräch wäre ihm heute schwergefallen.

»Komm, gehen wir«, sagt er müde zu seiner Tochter. »Die Schildkröte wartet.«

Sophia hätte dem schlafenden Baby gerne noch länger zugesehen, aber nach kurzem Zögern folgt sie dann doch ihrem Vater. Sie greift nach seiner Hand und schmiegt sich wegen der vielen Menschen enger an ihn. Jürgen S. bekommt eine Gänsehaut, weil er die Nähe seiner Tochter nicht mehr gewohnt ist. Überhaupt hat er schon lange keinen körperlichen Kontakt mehr gespürt. Auf einem Monitor liest er, dass die Fütterung der Haifische um 15:30 Uhr stattfindet. So lange wird er nicht durchhalten.

Vor dem Terrarium mit drei riesigen Anakondas bleiben sie stehen. Eine der Schlangen hat ihren massigen

Körper gegen das Glas gedrückt, und ein paar Kinder machen sich einen Spaß daraus, ihre Hände ebenfalls gegen das Glas zu drücken. »Igitt, ist das eklig«, kreischt eine junge Mutter, »hoffentlich bricht das Glas nicht, dann würden euch die Schlangen nämlich auffressen.« Sophia wirft ihrem Vater einen fragenden Blick zu. Jürgen S. zuckt bloß mit den Schultern.

Im Sekundentakt werden Handyfotos von den Schlangen gemacht. Argwöhnisch beobachtet Sophia die erstaunlich dicken Anakondas, die regungslos in ihrem Gefängnis verharren. Jürgen S. weiß nicht, wie viel Platz Anakondas in ihrer natürlichen Umgebung haben, und er fragt sich, ob den Tieren überhaupt bewusst ist, dass sie für immer eingesperrt sind.

Ein interessierter Vater liest seiner Frau und den beiden Kindern die Informationen über die Schlangen vom Monitor ab:

»Eunectes zeigen ein einzigartiges Paarungsverhalten. Mehrere Männchen umschlingen das sehr viel größere Weibchen und bilden ein Paarungsknäuel. Solch ein Knäuel kann bis zu vier Wochen bestehen. Nach einer Tragzeit von sechs bis acht Monaten kommen bis zu einhundert fertig entwickelte Jungtiere lebend zur Welt. Sie sind bei der Geburt bis zu neunzig Zentimeter lang und vierhundert Gramm schwer. Es kommt häufig vor, dass das geschwächte Weibchen einige Jungtiere frisst.«

»Geh, das ist aber gruselig«, sagt die Frau mit gespieltem Entsetzen und verzieht das Gesicht. Dabei führen ihre Haare, die zu einer schlampigen Assi-Palme gebunden sind, einen eigenartigen Tanz auf.

»Waaas?« Sophia sieht ihren Vater mit ihren verträumten Augen an.

»Ach, nichts. Komm, gehen wir weiter.«

»Ich seh, ich seh, was du nicht siehst, und das ist grün.«

Jürgen S. ist kurz irritiert, erinnert sich dann aber wieder an das Spiel, das er mit Sophia früher oft gespielt hat. »Äh.« Er blickt sich um. »Die Pflanzen im Terrarium mit den Anakondas.«

Sophia schüttelt triumphierend den Kopf.

Jürgen S. senkt seine Stimme und beugt sich zu seiner Tochter. »Die Sandalen der Frau, die vor dem Terrarium mit den Geckos steht.«

Wieder schüttelt Sophia den Kopf.

»Dann musst du es mir sagen. Ich komme nicht drauf.«

»Deine Augen!«

»Meine Augen? Sind die überhaupt grün? Und wie soll ich meine eigenen Augen sehen?«

»Im Spiegel. Und jetzt du.«

»Nein, ich möchte nicht spielen.«

Sophia nimmt die Antwort ihres Vaters kommentarlos zur Kenntnis und ist bereits wieder bei einem anderen Thema. »Ich wünse mir zum Geburtstag eine Toniebox. Melanie hat auch eine von ihrem Vater bekommen.«

»Eine Toniebox? Was ist eine Toniebox?«

»Da kann man Gesichten hören und auch Musik spielen.«

»In Ordnung, ich werde es mir überlegen.«

In einer durchsichtigen Kunststoffröhre, die in Augenhöhe an den Gangwänden angebracht ist und über mehrere Stockwerke des Aqua-Terra-Zoos verläuft, schleppen Ameisen unermüdlich Materialien zu einem Bau, der sich in einem anderen Teil des Gebäudes befinden muss. Gibt es diese Röhre schon länger? Während der Umbauzeit ist sie ihm jedenfalls nicht aufgefallen.

Sie betreten einen abgedunkelten Raum, in dem in schummrigen Terrarien verschiedene Spinnen ihr trauriges Dasein fristen. Bei der riesigen Vogelspinne ist sich Jürgen S. nicht sicher, ob das Tier echt ist oder ob es sich um ein Präparat handelt. Lange starrt er die pelzige Spinne an, die entweder schläft, sich tot stellt oder eine Leihgabe des Naturhistorischen Museums ist. Totstellen wäre auch eine Lösung, denkt er. »Möchtest du die Krokodile sehen?«, fragt er, um seiner Tochter zu signalisieren, dass er den Ausflug mit ihr ernst nimmt.

»Vor Krokodilen habe ich Angst«, antwortet Sophia.

Wenn es nur die Krokodile wären, denkt Jürgen S., dessen Herz immer heftiger schlägt. Er atmet tief durch, ohne dass sich sein Zustand dadurch bessern würde. »Treiben Sie regelmäßig Sport; sorgen Sie für ausreichend Schlaf; essen Sie kleinere Mahlzeiten und meiden Sie Koffein, Nikotin und psychoaktive Drogen«, hat ihm seine Psychiaterin geraten. Die machten es sich leicht, die Ärzte.

»Papa, sau, was ist denn das für ein hässliches Tier?«

Das Wort Papa lässt Jürgen S. zusammenzucken. Er hat es schon lange nicht mehr gehört. Sophia deutet auf einen Chinesischen Riesensalamander, der in der Tat abschreckend aussieht. Jürgen S. ist während der Zeit des Umbaus oft vor dem Aquarium gestanden und hat sich gefragt, weshalb dieses Tier, das in China in Bächen und Flüssen lebt, überhaupt bejagt wird. Essen die Chinesen tatsächlich solche Riesensalamander, die bis zu zwei Meter lang werden? Bei der Vorstellung, Salamanderfleisch essen zu müssen, wird ihm so übel, dass ihm fast das Frühstück hochkommt. Zum Glück hat er am Morgen kaum etwas gegessen.

Noch bevor sein Architekturbüro den Auftrag für den Umbau des Aqua-Terra-Zoos erhalten hatte, waren Diskussionen darüber aufgeflammt, ob es überhaupt vertretbar sei, einen Zoo in einem Flakturm unterzubringen. Immerhin waren die Flaktürme in Wien auf Befehl Adolf Hitlers erbaut worden, und noch 1955 hatte der Architekt der Türme festgestellt, »dass in den Flaktürmen der militärische Auftrag am stärksten zu einer plastischen Gesamtform gediehen sei«. Jürgen S. dachte oft mit einem mulmigen Gefühl daran, dass dort, wo jetzt bunte Meeresfische schwimmen, während der Nazi-Zeit Tausende Fremd- und Zwangsarbeiter schufteten, von denen Hunderte dabei den Tod fanden.

»Das ist ein Chinesischer Riesensalamander, der ist harmlos.«

»Aber der ist größer als ich. Kann mich der fressen?

Jürgen S. versucht zu lächeln. »Nein, der ernährt sich von Fischen und Krebsen.«

»Ich mag zur großen Sildkröte«, quengelt Sophia und zieht ihren Vater weg vom Riesensalamander. »Flora hat zwei Sildkröten und darf sie sogar streicheln. Warum bekomme ich keine Sildkröten?«

»Da musst du Mama fragen«, antwortet Jürgen S. nüchtern.

»Aber Mama sagt immer, dass Sildkröten oft krank sind und dass sie dann zum Tierarzt müssen.«

»Das weiß ich nicht, ich kenne mich mit Schildkröten nicht aus.«

Sophia scheint über die Antwort ihres Vaters nachzudenken.

»Komm, fahren wir mit dem Aufzug.« Zum Treppensteigen ist er zu müde.

In der Liftkabine riecht es nach Fast Food und Putzmittel. Jürgen S. lehnt sich an die Kabinenwand und schließt die Augen. Er ist froh, dass sie alleine sind.

»Bist du müde?«, fragt Sophia.

»Nur ein bisschen.«

Sophia sieht ihren Vater an. »Stirbst du zuerst oder die Mama?«

Jürgen S. öffnet verwirrt die Augen. »Warum fragst du?«

»Weil du älter bist. Und wer alt ist, stirbt.«

»Na ja, nicht nur jeder, der alt ist, stirbt. Es sterben auch junge Menschen.«

»Auch Kinder?«

»Ja, auch Kinder.«

»Aber warum?«

Der Aufzug stoppt, sie steigen aus.

»Weil, ja, weil, weil auch Kinder krank werden können und dann sterben.« Er hasst sich für diese Antwort, aber ihm fällt nichts anderes ein, auch wenn die Wahrheit wehtut und vielleicht nicht kindgerecht ist.

»Ich möchte aber nicht sterben.« Sophia ist den Tränen nahe.

»Du wirst nicht sterben. Komm, gehen wir.«

Vor dem riesigen Aquarium mit der Rifflandschaft drängt sich ein Pulk von Kindern, von denen eines einen herzförmigen Luftballon mit der Aufschrift HAPPY BIRTHDAY in der Hand hält. Die Kinder tragen Pappkronen eines Fast-Food-Restaurants. Viele von ihnen sind übergewichtig und wahrscheinlich jetzt schon zuckerkrank, oder werden es in naher Zukunft sein. Neben dem Mädchen mit dem Luftballon steht eine Mitarbeiterin des Aqua-Terra-Zoos.

»Schau dir diesen Rochen an, sein Schwanz ist giftig, wenn der dich sticht, stirbst du«, klärt ein Vater seinen Sohn auf, der nicht zur Geburtstagsgruppe gehört. Aber statt seinem Vater zuzuhören, blickt der Junge neidisch auf das Mädchen mit dem Luftballon. »Dort, siehst du, zwischen den Felsen, da schaut eine Muräne heraus. Von der möchte ich nicht gebissen werden.« Und nachdem er einen Blick auf den Monitor geworfen hat, fügt er hinzu: »Es ist eine Grüne Muräne, die kann bis zu zwei Meter fünfzig lang werden.«

»He, schau, dieser fette Fisch, wie heißt der?«, fragt ein dicker Junge aus der Geburtstagsgruppe.

»Das ist ein Riesenzackenbarsch«, antwortet die Betreuerin mit einem selbstzufriedenen Lächeln.

»Ist der gefährlich?«

»Nein, natürlich nicht.« Die Frau klatscht in die Hände. »So, nachdem sich Betty zu ihrem Geburtstag einen Besuch bei unserer berühmten Schildkröte gewünscht hat, werde ich euch jetzt etwas über ihr Leben erzählen.«

Sophia sieht ihren Vater an, der ihr aufmunternd zunickt, woraufhin sie sich unter die Gruppe mischt. Ein Junge in der Gruppe wirft Sophia wegen ihrer fehlenden Pappkrone einen abfälligen Blick zu.

»Nicht nur ihr, sondern auch unsere Riesenschildkröte hat einen Namen. Und zwar heißt sie Puppi. Wer von euch hat schon einmal eine Riesenschildkröte gesehen?«

Die Frage verhallt ungehört im Raum, weil die Kinder entweder ins Aquarium starren oder zu schüchtern sind, um zu antworten.

»Dort ist sie«, ruft ein Mädchen, und tatsächlich taucht in diesem Augenblick die Schildkröte auf und schnappt nach etwas Essbarem, das wie ein Büschel Gras aussieht.

Ein paar Kinder machen Handyfotos, dann verschwindet die Schildkröte wieder hinter einer Felsformation.

Jürgen S. hat sich in der Zwischenzeit von der Gruppe entfernt und sich auf einen Stuhl neben einem Kaffeeautomaten gesetzt. Er versucht ruhig zu atmen, aber die Angst lässt sich nicht abschütteln. Sie scheint sich in seinem Inneren festgekrallt zu haben. Er kratzt sich am Unterarm und fixiert einen Punkt an der Wand. Wenn er allein gewesen wäre, hätte er sich jetzt einfach auf den Boden gelegt und geschlafen. Reflexartig holt er sein Handy hervor und schaltet es ein. Fünf Anrufe in Abwesenheit. Alle von dieser ihm unbekannten Nummer. Wahrscheinlich der Kindergarten. Er schaltet das Handy wieder aus und geht zur Geburtstagsgruppe zurück.

»… die Frau zahlte einen Dollar für die winzige Baby-Schildkröte, die sie damit vor dem sicheren Tod rettete. In ihrer Handtasche schmuggelte sie Puppi nach Wien, wo sie ein eigenes Aquarium bekam und sich gleich wie zu Hause fühlte.«

Jürgen S. kommt sich vor wie in einer Märchenstunde. Während die Betreuerin weitererzählt, beobachtet er die Riffhaie und die Riesenzackenbarsche, die unaufhörlich ihre Runden drehen. Für sie gibt es kein Entkommen, genau wie für ihn. Es ist jetzt 14 Uhr. In eineinhalb Stunden beginnt die Fütterung der Haifische. Ich muss raus hier, aber Sophia scheint von Puppis Lebensgeschichte ganz begeistert zu sein.

»Eines Tages bekam Puppi sogar eine Lungenentzündung, konnte zum Glück aber durch die Verabreichung von Hühner-Antibiotika wieder geheilt werden.«

»Wie alt ist denn Puppi jetzt? Ich habe gelesen, dass Schildkröten einhundert Jahre alt werden können.« Die Frage kommt von dem Jungen, der neben Sophia steht und sie triumphierend ansieht.

»Puppi ist jetzt 44 Jahre alt und hat bald Geburtstag, da bekommt sie dann immer ein Leckerli.«

Jürgen S. reicht es. Er nimmt Sophia an der Hand. »Komm, gehen wir«, flüstert er ihr zu, weil er kein Aufsehen erregen möchte.

Aber Sophia reißt sich los. »Nein, ich möchte nicht gehen. Ich möchte mir noch die Gesichte von Puppi anhören. Und ich möchte auch endlich eine Sildkröte haben.«

»Psst«, ermahnt sie der Junge neben ihr, der sich in der Rolle des Aufpassers sichtlich wohlfühlt.

»Unsere Puppi ist eine richtige Persönlichkeit, die Gefühle hat und die sogar traurig sein kann …«

Jürgen S. macht ein paar Schritte Richtung Treppe und greift in seine Hosentasche, in der sich neben seinem Mobiltelefon auch die Schlüsselkarte befindet. Er geht die Stufen bis zum nächsten Stockwerk hoch und bleibt vor der Tür mit der Aufschrift *Technikraum – Haibecken. Zutritt nur für Berechtigte* stehen. Von hier gelangt man zu einer Plattform, von der aus Techniker, Biologen und Fischkundler einen direkten Zugang zum Wasser haben. Ohne lange zu überlegen, öffnet er mit seiner Schlüsselkarte die Tür. Die Salzaufbereitungsanlage arbeitet auf Hochtouren, aber das nimmt Jürgen S. gar nicht mehr wahr. Nachdem er die Plattform erreicht hat, hält er für einen Augenblick inne, bevor er sich wie in Trance bis auf seine Boxershorts auszieht.

Das Wasser ist glasklar so wie das Meer an jenem Tag, an dem sein Leben plötzlich stillstand. Er war mit Anita nach Griechenland gefahren, um das Ende seines Architekturstudiums zu feiern. In einem kleinen Dorf an der Südküste Kretas verbrachten sie zwei unbeschwerte Wochen. Nach einer Zeit ständiger Streitereien fühlte sich Jürgen beflügelt. Ein Boot wollte er chartern, um mit ihr den letzten Urlaubstag in einer einsamen Bucht zu verbringen. Der Bootsvermieter hatte ihn vor dem Sturm gewarnt, aber der Himmel war wolkenlos. Das Meer windstill. Sie waren alleine in der Bucht, sie tranken Wein, sie liebten sich, und er schlief mit der Gewissheit ein, dass sie zusammenbleiben würden. Dann kam der Wind. Es ging alles so schnell. Der Himmel verdunkelte sich, auf halbem Weg zum Hafen war der Wellengang bereits so hoch, dass Jürgen den Felsen übersah. Durch den Aufprall wurde Anita aus dem Boot geschleudert und kam dabei mit einer Hand in die Schiffsschraube. Erst nach mehreren Versuchen gelang es Jürgen, den Motor auszuschalten. Das Boot wurde sofort abgetrieben, Anita schrie verzweifelt um Hilfe. Als er das Boot wieder in ihre Richtung manövrierte, war sie bereits in den dunkelgrauen Wellen versunken. Ihr Leichnam wurde mit demselben Flugzeug transportiert, mit dem auch er nach Hause flog. Zu seinem Entsetzen musste er nach der Landung mitansehen, wie der Sarg noch vor dem Gepäck aus dem Frachtraum geholt wurde. Seither nagen die Schuldgefühle an ihm wie eine Ratte.

Jürgen S. stellt sich an den Rand der Plattform, atmet tief ein und landet mit einem Kopfsprung im Haifischbecken. Das Wasser brennt in seinen Augen. Mit kräftigen Tempi taucht er nach unten, und schon nach wenigen Sekunden sieht er hinter dem Glas leicht verzerrt die Kindergruppe. Ein Mädchen mit einer Papierkrone auf dem Kopf deutet aufgeregt in seine Richtung. Sofort sind alle Handys auf ihn gerichtet. Blitzlichter zucken, und für einen kurzen Moment kann er auch die Mitarbeiterin des Aqua-Terra-Zoos erkennen, die ihn mit offenem Mund anstarrt. Er merkt, wie ihm langsam die Luft wegbleibt und es ihm immer schwerer fällt, gegen den Auftrieb anzukämpfen. Sophia hat sich nach vorne gekämpft und stemmt ihre kleinen Hände gegen das Glas, so als würde sie versuchen, die Barriere zu durchstoßen, die sie von ihrem Vater trennt. Tränen laufen über ihre Wangen, aber Jürgen S. weiß, dass es kein Zurück mehr gibt. Mit letzter Kraft hält er sich an den gezackten Steinen des Riffs fest und blickt Sophia tief in die Augen. In seinen Ohren dröhnt es, und auch wenn seine Lungen zu platzen drohen, lässt er die Steine nicht mehr los. Der Schmerz in seinem Körper wird immer unerträglicher, und er beginnt Wasser zu schlucken.

Die Haifische kommen langsam näher und umkreisen ihn. Plötzlich steuert der größte Hai auf ihn zu und verbeißt sich in den Oberarm des Eindringlings. Bevor es um ihn herum dunkel wird, sieht Jürgen S. noch, wie seine Tochter mit ihren winzigen Fäusten verzweifelt gegen das Glas des Aquariums trommelt. Dann färbt sich das Wasser langsam blutrot.

11.

»Haniya, kannst du bitte deinen Aufsatz über die Vereinten Nationen vorlesen?« Franziska Steinbrenner ist nervös und hat keine Lust, sich über Todor, Dejan oder Zlatko zu ärgern, die ihre Hausaufgaben nur widerwillig machen und nicht bereit sind, sich ernsthaft mit einem Thema auseinanderzusetzen. Sobald Haniya aufsteht und nach vorne geht, wird es im Klassenraum wieder laut, weil alle die Gelegenheit nützen, entweder einen Blick auf ihre Handys zu werfen oder die Pausengespräche fortzusetzen. Franziska Steinbrenner klopft auf den Tisch: »Ruhe, bitte!«

»Hasanan. Okay.« Haniya räuspert sich und beginnt zu lesen: »Du und deine Eltern leben in Frieden. Du hast genug zu essen, und wenn du krank bist, kannst du zum Arzt gehen. Du kannst eine Schule besuchen und einen Beruf erlernen. Aber weißt du, dass die Hälfte der Menschheit nicht genug zu essen hat und nicht schreiben und lesen kann?«

»Ich geh Mäci, wenn ich will snacken«, feixt Dejan und lacht.

»Dejan, bitte!« Am liebsten würde Franziska Steinbrenner schreiend davonlaufen.

Haniya lässt sich vom Zwischenruf ihres Klassenkameraden nicht aus der Ruhe bringen. »Und weißt du, Dejan, dass viele Menschen sterben, weil ihnen der Zugang zu ärztlicher Versorgung fehlt?«

»Nein, Habibi, weiß ich nicht«, spöttelt Dejan. »Aber ich weiß genau, wo Doktor seine Mordination hat.« Er schaut zu Zlatko und hofft, dessen Anerkennung zu bekommen.

»Du meinst: Ordination«, korrigiert ihn die Lehrerin.

»Mordi, Ordi, ist doch lame.« Dejan fühlt sich in seiner Rolle als Provokateur sichtlich wohl.

Franziska Steinbrenner schüttelt entnervt den Kopf.

»Dejan, hör zu!«, sagt Haniya.

»Geht klar, Süßmo«, setzt Dejan nach und schnalzt mit der Zunge. Seine Freunde kichern, um zu signalisieren, dass Dejan ihr Bro ist. Auch Zlatko kichert, was Dejan doppelt freut.

»Verdammt nochmal –.« Franziska Steinbrenner platzt vor Wut gleich der Kragen, gleichzeitig weiß sie, dass sie Dejan nicht in die Falle tappen darf. Aber der Whiskey, den sie in der Pause getrunken hat, hat ihre Streitlust angefacht. Trotzdem reißt sie sich zusammen. »Haniya, bitte mach weiter.«

Nach kurzem Zögern fährt Haniya fort: »Die meisten Menschen fürchten sich vor dem Krieg, weil dieser Hunger, Obdachlosigkeit und Tod bedeutet. Um Kriege zu verhindern, wurden 1945 die Vereinten Nationen mit dem Ziel gegründet, den Frieden durch Verständnis zu fördern. Um deinen Nachbarn zu verstehen, musst du mit ihm sprechen. Die Menschheit benötigt die Vereinten Nationen.«

Die Lehrerin nickt Haniya anerkennend zu. Woher hat Haniya all ihr Wissen? Ungewöhnlich ist dieses Mädchen, das mit vier Geschwistern und einer überforderten Mutter in einer viel zu kleinen Wohnung lebt und sich trotzdem aktiv am Unterricht beteiligt.

»Danke Haniya, das waren sehr interessante Überlegungen. Gibt es Wortmeldungen zu diesem Thema?«

In der Klasse bleibt es ruhig, und die meisten tun nicht einmal so, als würden sie nachdenken. Franziska Steinbrenner sieht auf die Uhr und ist froh, dass der Unterricht in einer Minute vorbei ist. »Wir sehen einander nach meiner Sprechstunde wieder. Wenn jemand Fragen hat, ihr wisst ja, wo ihr mich findet.« Sie packt ihre Sachen zusammen und verlässt das Klassenzimmer.

Im Sprechzimmer, wo sie alleine ist, wirft sie sofort einen Blick auf das Display ihres Handys. Sie will es sich nicht eingestehen, aber eigentlich hat sie gehofft, dass ihr Ex-Mann anruft, um mit ihr die weitere Vorgehensweise wegen Sophia zu besprechen. Das Gericht hat zwar zu ihren Gunsten entschieden, aber sie hat keine Ahnung, wie Jürgen das Urteil aufnehmen wird. Wird er es akzeptieren? Wird er es bekämpfen? Wird er ihr den Krieg erklären? Was passiert mit Sophia? Nervös klopft sie mit den Fingern auf die Tischplatte, und wieder beschleicht sie das unangenehme Gefühl, dass Sophia etwas zugestoßen sein könnte. Ihr Herz schlägt so heftig, dass es fast wehtut. Es ist nicht das erste Mal, dass sie das Gefühl hat, mit ihrem Herzen stimmt etwas nicht. Ob sie nicht doch im Kindergarten anrufen soll? Sie hat dort schon viel zu oft angerufen, und bestimmt würde man sie für hysterisch halten. Also steckt sie ihr Handy wieder ein. Ihr ist heiß, und ihre Haut ist von einem feuchten Film überzogen. Sie fächelt sich Luft zu und öffnet ein Fenster. Wenn sie sich hinausbeugen und nach links schauen würde, könnte sie unter Umständen das Fenster des Mannes sehen, der sie heute mit dem Feldstecher beobachtet hat. Aber sie hat Angst, dass er sie entdeckt. Und was, wenn ihm die Polizei bereits einen Besuch abgestattet hat? Dann weiß er wahrscheinlich auch, wer ihn angezeigt hat. Sie hört das Brummen eines Insekts, kann es aber nicht lokalisieren. Von den Hornissen ist jedenfalls nichts mehr zu sehen.

Franziska Steinbrenner spürt ein leichtes Ziehen im Unterleib und setzt sich wieder. Wahrscheinlich haben die Anspannungen und Verunsicherungen der letzten Monate dazu geführt, dass sie ihre Periode nicht mehr regelmäßig bekommt. Alles in ihrem Leben ist durcheinandergekommen. Sie greift nach dem Flachmann, zögert, nimmt einen tiefen Schluck und steckt ihn in die Tasche.

Sie erinnert sich wieder an den Traum von letzter Nacht, der nicht und nicht enden wollte. Sie wartete mit Sophia vor einem großen Fahrstuhl, der sie mit anderen Reisenden zu einem Flugzeug bringen sollte. Ein Aufseher achtete darauf, dass immer nur eine bestimmte Anzahl von Menschen den Fahrstuhl betrat. Franziska empfand die Situation als bedrohlich, weil sie nicht wusste, wohin die Reise gehen sollte, und die Wartenden nicht miteinander sprachen. Die Menschen blickten stumm zu Boden und schienen zu überlegen, ob sie nicht doch lieber umkehren sollten. Franziska drückte Sophia fest an sich, weil sie Angst hatte, dass das Flugzeug abstürzen könnte. Als ihr bewusst wurde, dass es kein Zurück mehr gab, drängte sich ein kleiner Junge neben sie und griff nach ihrer Hand. Dann wurden sie in den Fahrstuhl geschoben, in dem es sehr dunkel war, und als sich die Türe schloss, wusste sie, dass sie sterben würden.

Franziska denkt über ihre Angst vor dem Tod nach, die sie seit frühester Kindheit begleitet. Wenn sie als Kind nachts im Bett lag und sich vorstellte, dass ihre Eltern plötzlich tot wären, erstarrte sie vor Schreck, und ihre Bettdecke wurde so schwer, dass sie dachte, von ihr erdrückt zu werden. Wenn ihre Mutter einkaufen ging, wartete sie ängstlich auf ihre Rückkehr, und wenn ihr Vater nicht pünktlich zum Abendessen erschien, sah sie ihn schon tot auf der Straße liegen. Wenn ihre Eltern ins Kino gingen oder Bekannte besuchten, was ohnehin selten genug vorkam, stand sie am Fenster und starrte mit klopfendem Herzen in die Finsternis. Und als ihre Mutter einmal ins Krankenhaus musste, wurde Franziska so panisch, dass sie hyperventilierte und sogar in Ohnmacht fiel.

Nachdem sie von zu Hause ausgezogen war, verflog die Angst vor dem Tod für ein paar Jahre, um während ihrer ersten Schwangerschaft umso heftiger zurückzukehren. In dieser Zeit hatte Franziska oft das Gefühl, als hätte sich die Todesangst wie ein Frettchen in ihrem Inneren festgebissen. Vielleicht war das auch der Grund, weshalb ihre erste Schwangerschaft nur zwei Monate dauerte. Mit Schaudern denkt Franziska immer wieder an die Zeit zurück, als sie vor lauter Panik kaum mehr schlafen konnte und sich alle möglichen Schreckensszenarien ausmalte, bis sie eines Tages tatsächlich einen Blutklumpen in der Toilette entdeckte. In das schwarze Loch, das sie dann statt des Embryos auf dem Ultraschall sah, war sie anschließend gefallen.

Trotz aller Trauer und Ängste wurde sie nach einem halben Jahr wieder schwanger, um ein weiteres Mal durch die Schwangerschaftshölle zu gehen. Je näher der Geburtstermin kam, desto absurder wurden ihre Angstfantasien. Tagelang verließ sie ihr Bett nicht, weil sie befürchtete, auf dem Weg ins Badezimmer zu stürzen und dabei das Baby zu verlieren. Lieber verrichtete sie ihre Notdurft in einer Leibschüssel als das Risiko eines Unfalls auf sich zu nehmen. Anfangs versuchte sie ihr Mann noch davon zu überzeugen, dass ihre Ängste unbegründet wären. Doch die Furcht war größer als die Vernunft. Irgendwann gab Jürgen auf und zog sich zurück, was Franziska aber gar nicht wahrnahm, weil sie nur noch auf sich und das Baby konzentriert war.

Nach Sophias Geburt blieb die Angst. Wohin Franziska auch blickte, überall lauerten Gefahren. Am schlimmsten war die Furcht, dass Sophia am plötzlichen Kindstod sterben könnte. Und je mehr sie darüber las, desto panischer wurde sie. Nächtelang fand sie keine Ruhe, und immer wieder musste sie sich davon überzeugen, dass Sophia noch atmete. Regelmäßig kontrollierte sie die Temperatur im Schlafzimmer und achtete darauf, dass das Baby in der richtigen Haltung schlief. Nachdem das erste Jahr überstanden war und Sophia endlich die ersten Schritte machte, musste die Wohnung so adaptiert werden, dass dem Kind nichts passieren konnte. Die Fenster wurden mit Schlössern ausgestattet, die Türen so gesichert, dass sie durch einen plötzlichen Luftzug nicht zuschlagen konnten, an Küchenschränken wurden spezielle Vorrichtungen angebracht, und die Steckdosen wurden mit Klappdeckeln geschützt.

Jedes Spielzeug wurde überprüft, ob nicht doch Teile davon verschluckt werden könnten. Spül- und Waschmittel wurden so verstaut, dass sie für Sophia unerreichbar waren. Kernobst wurde aus der Küche verbannt, weil das Mädchen ja einen Kern hätte schlucken können. Sobald Sophia krabbeln konnte, bestand die Gefahr, dass sie die Treppen hinunterpurzelte und sich das Genick brach. Ein besonders gefährlicher Ort war der Spielplatz mit seinen Klettergerüsten, Schaukeln und Wippen. Auf dem Gehsteig nahm sie ihre Tochter immer an der Hand und achtete darauf, dass das Mädchen nicht auf der Straßenseite ging.

Erst viel später war Franziska Steinbrenner in den Sinn gekommen, dass womöglich ihr ängstliches Verhalten zumindest einen Anteil am Scheitern ihrer Ehe hatte. Als dann bei Jürgen eine Depression diagnostiziert wurde, verdrängte sie diesen Gedanken gleich wieder. Schließlich

reichte ja einer in der Familie mit psychischen Problemen.

Ein Klopfen holt Franziska Steinbrenner zurück in die Gegenwart. »Ja, bitte«, ruft sie, und nimmt eine aufrechte Haltung ein. Es ist Halime, die zögernd das Sprechzimmer betritt. »Guten Tag«, murmelt das Mädchen und schließt die Tür. Halime bleibt stehen und schaut auf den Boden.

»Hallo Halime. Was kann ich für dich tun?«

Halime presst verlegen die Lippen aufeinander und zupft an ihrem Kopftuch.

»Halime, möchtest du dich nicht setzen?« Nach einer kurzen Pause fragt sie: »Was führt dich zu mir?« Franziska Steinbrenner weiß, dass Halime immer wieder Probleme mit ihren Eltern hat, weil ihr Vater als Verfechter einer autoritären und streng religiösen Erziehung seiner

Tochter jede weitere Ausbildung verbietet, obwohl Halime unbedingt eine Lehre machen möchte. Einmal musste sogar das Jugendamt eingeschaltet werden, weil Halime von ihrem Vater mit Hausarrest bestraft wurde. Der Grund: Halime soll im Park mit einem Jungen geflirtet haben.

»Danke«, sagt Halime und nimmt Platz.

»Also, was kann ich für dich tun?«

»Es ist –.« Halime zögert und fixiert einen Punkt an der Wand. »Ich habe meine erste Blutung bekommen und weiß nicht –.«

»Okay, okay.« Franziska Steinbrenner schlägt einen vertraulichen Ton an. »Halime, das ist ein ganz natürlicher Vorgang, und du bist nicht die Einzige, die verwirrt ist, wenn sie ihre erste Regelblutung bekommt. Bei mir war das genauso. Es gibt absolut keinen Grund, sich deswegen zu schämen.«

Halime zieht die Schultern nach oben. »Ich weiß, aber mein Vater –.« Sie stockt.

»Was ist mit deinem Vater? Weiß dein Vater, dass deine Periode eingesetzt hat?«

»Nein, aber er wird es erfahren, wenn er im Badezimmer diese, diese –.« Halime hat Hemmungen, das Wort auszusprechen.

»Du meinst, Tampons?«

Halime nickt verlegen. »Ja, aber diese – darf ich gar nicht verwenden, weil ich dadurch meine Jungfräulichkeit verlieren könnte.«

»Halime, also erstens kannst du statt Tampons auch Binden verwenden und zweitens stimmt es nicht, dass du durch die Verwendung von Tampons deine Jungfräulichkeit verlierst.«

»Ja, das hat Haniya auch gesagt, aber Azra hat behauptet, dass Tampons gefährlich sind und dass die Frau während der Blutung als unrein gilt.«

Franziska Steinbrenner schüttelt den Kopf. Sie weiß, dass Azra aus einer strenggläubigen muslimischen Familie kommt und deshalb auch den Hidschab trägt. Genau wie Halime.

»Das ist Unsinn, was Azra da sagt. Die Menstruation ist etwas ganz Natürliches, die bei jeder Frau ab einem gewissen Alter einmal im Monat einsetzt; deshalb wird sie ja auch Regelblutung genannt.« Franziska Steinbrenner kommt sich vor wie im Aufklärungsunterricht. »Ich weiß, dass die erste Periode für jedes Mädchen eine große Belastung ist, aber ich möchte dir nur sagen, dass es absolut normal ist, wenn eine Frau blutet. Und welche Hygieneartikel du verwendest, entscheidest nur du alleine.«

»Aber was soll ich meinem Vater sagen, wenn er weiß, dass ich zum ersten Mal meine Blutung bekommen habe?«

»Hast du schon mit deiner Mutter darüber gesprochen? Es wäre doch vernünftiger, wenn zuerst deine Mutter mit deinem Vater darüber sprechen würde.«

Halime nickt. »Ja, meine Mutter hat aber auch gesagt, dass ich jetzt religionsmündig bin und damit meine Verantwortung vor Allah trage.«

»Das hat sie gesagt?«

»Ja, so ungefähr. Ich habe mir die genauen Worte nicht gemerkt.«

»Religionsmündigkeit bedeutet, dass du selbst bestimmen kannst, welchen Glauben du praktizierst. Ich meinte aber, ob deine Mutter mit deinem Vater darüber gesprochen hat, dass du deine erste Periode bekommen hast?«

Halime zuckt mit den Schultern. »Das weiß ich nicht. Meine Mutter hat gesagt, dass es wichtig ist, dass ich mir meine Jungfräulichkeit bis zur Ehe bewahre. Und dass ich deshalb keine Tampons verwenden darf.«

Franziska Steinbrenner merkt, wie sie innerlich immer wütender wird. Sie fragt sich, was passieren muss, bis auch muslimische Mädchen von ihren Eltern als vollwertige Menschen respektiert werden, die selbst über ihren Körper entscheiden können. Dabei gibt es auch an ihrer Schule immer noch Mädchen, die wegen der muslimischen Sittlichkeitsgebote nicht einmal am Schwimmunterricht teilnehmen dürfen. Seit zehn Jahren unterrichtet Franziska Steinbrenner an dieser Schule, und sie hat nicht das Gefühl, dass sich in dieser Zeit die Situation für muslimische Mädchen verbessert hätte. Ganz im Gegenteil. »Halime, noch einmal, kein Mädchen hat jemals durch Tampons ihre Jungfräulichkeit verloren! Und ob du vor deiner Ehe sexuell aktiv bist, ist auch alleine deine Entscheidung.«

Halime wird rot und wendet ihren Blick von ihrer Lehrerin ab. »Haniya hat das auch gesagt«, murmelt sie. »Aber Azra –.«

»Hör in dieser Angelegenheit nicht auf Azra. Es ist dein Körper.« Nach einer kurzen Pause sagt sie: »Du bist doch mit Haniya befreundet. Frag doch sie, ob sie dir zeigt, wie man Tampons richtig verwendet. Und wenn du statt Tampons lieber Binden nehmen möchtest, kann sie dir das sicher auch zeigen.«

Franziska Steinbrenner sieht Halime an und erschrickt bei dem Gedanken, dass ihre Tochter in acht Jahren vor denselben Problemen stehen wird. Im Gegensatz zu Halime wird Sophia aber ohne Druck von außen über ihren Körper entscheiden können. Das hofft sie zumindest. Gleichzeitig bekommt sie bei der Vorstellung, dass Sophia mit vierzehn oder fünfzehn zum ersten Mal Sex hat, Angst.

»Meine Mutter hat auch gesagt, dass ich vor der Ehe keinen Freund haben darf, weil ich dadurch beschmutzt werde und das eine Schande für die Familienehre ist. Mein Vater würde das auch nicht dulden.«

Franziska Steinbrenner kann nicht verstehen, warum Mädchen wie Halime mit ihrer Unsicherheit und ihren Zweifeln von ihren Eltern so alleine gelassen werden. Sie öffnet die unterste Schublade des Tisches und holt eine Packung Tampons hervor. »Hier, die kannst du mitnehmen.«

Halime schüttelt den Kopf. »Ich habe bereits welche gekauft.«

»Dann ist es ja gut. Und wenn du zu Hause wegen deiner Periode tatsächlich Probleme bekommst, dann sagst du es mir. Ja?«

Halime steht auf, ohne zu antworten.

»Du kannst jederzeit zu mir kommen, wenn du Hilfe brauchst. In Ordnung?«

»Ja, danke«, murmelt Halime und verlässt mit hängenden Schultern das Sprechzimmer.

Franziska Steinbrenner holt den Flachmann aus ihrer Tasche und nimmt einen kräftigen Schluck. Sie stellt sich ans offene Fenster und atmet tief durch. Das Gespräch mit Halime hat sie erschöpft, obwohl sie mit Mädchen aus konservativen muslimischen Familien schon Dutzende ähnliche Gespräche geführt hat. Sie kann Halimes Eltern nicht verstehen, die schon so lange in Österreich leben, aber immer noch Traditionen anhängen, die ihrer Tochter jede Chance auf eine bessere Zukunft nehmen. In zwanzig Minuten beginnt die neue Unterrichtsstunde, aber am liebsten würde sie Sophia sofort vom Kindergarten abholen und mit ihr wegfahren. Wohin, ist egal, einfach weg. Sie kann sich gar nicht mehr erinnern, wann sie zum letzten Mal in einem Hotel übernachtet hat. Es muss schon ewig her sein.

Ein Piepton signalisiert, dass der Akku ihres Handys fast leer ist. Sie sucht in ihrer Handtasche, kann das Aufladekabel aber nicht finden. Als sie aufsteht, meldet ihr Handy den Eingang einer Kurznachricht. Ihr Herz klopft, weil sie befürchtet, dass sich Jürgen gemeldet hat, aber die Nachricht ist von ihrer Schwester: *Bin schon am Friedhof gewesen. LG Uli.* Sofort bekommt Franziska Schuldgefühle, weil sie wieder einmal den Todestag ihrer Mutter vergessen hat. Oder hat sie ihn nur verdrängt?

Ihre Mutter war im Krankenhaus an einem Herzinfarkt gestorben. In ihrer Anwesenheit. Und Franziska hatte das gar nicht mitbekommen. Sie hatte nach der Krankenschwester geläutet, als es schon zu spät war. Franziska war auf den Tod ihrer Mutter nicht vorbereitet gewesen. Mit flehenden Augen hatte sie ihre Mutter angesehen und sich an ihrem Unterarm festgekrallt. Dann begann ihre Mutter zu röcheln, es war ein krampfartiges Luftholen, das wie ein Fauchen klang. Schnappatmung. Erst als die Pausen zwischen den Atemzügen immer länger wurden, dämmerte es ihr, dass gerade etwas Schreckliches passierte. »Wie geht es dir?«, hatte sie ihre Mutter zuvor noch gefragt, die kaum hörbar antwortete: »Miserabel.« Das war das letzte Wort, das ihre Mutter gesagt hatte: miserabel.

Franziska Steinbrenner verlässt das Sprechzimmer. Was werden einmal ihre letzten Worte sein?

12.

Am schlimmsten ist das Warten. Jahrelang geht das schon so. Ich sitze da und warte auf das nächste Geräusch. Ich weiß ja nie, wann die Attacken kommen. Ich muss ständig bereit sein. Wenn es dann so weit ist, verkrampft sich alles in mir. Ich bekomme Herzrasen und Schweißausbrüche, balle die Hände zu Fäusten und kann nicht mehr klar denken. Besonders schlimm ist es in der Nacht, wenn ich wach im Bett liege und die Geräusche doppelt so laut sind wie am Tag. Oder das erste Gurren der Tauben bei Sonnenaufgang. Die Tauben sind ein eigenes Kapitel. Und zwar ein schreckliches Kapitel. Ich hasse diese Tiere. Und wie ich sie hasse. Die Pornos waren meine Ablenkung.

Bianka ist schon lange weg. Leider. Sie hätte mir sicher geholfen. Oder auch nicht. Sie hat immer gelacht, wenn ich eine Semmel mit schwachen fünf Deka Extrawurst bestellt habe. Sie war die einzige Verkäuferin, die meinen

Wunsch akzeptiert hat. Die anderen haben sich gedacht, was will denn diese fette Sau mit schwachen fünf Deka, und haben mir einfach zehn Deka in die Semmel reingetan. »Darf's ein bisserl mehr sein?«, haben die Wurstverkäuferinnen scheinheilig gefragt, obwohl das natürlich Absicht war. Sie haben ja von oben den Auftrag, immer mehr Wurst aufzuschneiden, als der Kunde verlangt.

Die Rechnung ist ganz einfach: Gibt jede Verkäuferin in Österreich sieben statt fünf Deka Wurst in eine Semmel, verdienen die Wursthersteller alleine dadurch ein Vermögen. Bei geschätzten 350.000 Wurstsemmeln, die in Österreich täglich verkauft werden, sind das zusätzlich sieben Tonnen Wurst, die die Leute konsumieren. Das muss man sich einmal vorstellen. Bei einem Extrawurst-Kilopreis von zehn Euro sind das 70.000 Euro Zusatzverdienst pro Tag, den die Extrawursthersteller einstreifen. Ich kenne mich da aus, weil ich ja in dieser Branche tätig war. Also nicht in der Extrawurstbranche, sondern in der Werbebranche. Das Arbeitsamt hat mich nämlich im Rahmen einer dieser vielen Aktionen an eine Firma für mobile WC-Anlagen vermittelt, die ich nichts gekostet habe. Tippi-Toppi-Klo haben diese hässlichen Boxen geheißen. Für zwei Monate sollte ich die Werbeprospekte mitgestalten, aber ich bin nur zwei Wochen geblieben.

Seither weiß ich, wie man die Leute ködert. Ich habe mir ja auch die Slogans für die Kabinentüren ausgedacht. Also zumindest habe ich die Grundideen dafür geliefert.

Der berühmte Werbespruch »Wir halten's zusammen«, der stammt von mir. Obwohl ich an diesen Satz gar nicht denken darf, ohne sofort wütend zu werden.

Klopft da wieder jemand? Oder was ist das? Ist das die Müllabfuhr? Nein, heute kommt die Müllabfuhr ja gar nicht, weil heute Freitag ist. Ich weiß natürlich ganz genau, wann die Müllabfuhr kommt. Und auch, wann die Altpapiercontainer abgeholt werden. Es klingt, als würde jemand ein Absperrgitter über ein Kopfsteinpflaster schleifen. Ein fürchterliches Geräusch. Ich hatte also den Auftrag bekommen, einen Werbespruch zu erfinden. Etwas Dynamisches sollte es sein. Ich habe mir eine Woche lang den Kopf zerbrochen, bis ich eines Nachts aufgewacht bin – ich glaube, es war wegen eines Hundegebells – nein, jetzt erinnere ich mich wieder, es war eine Frau, die geschrien hat, entweder weil sie von ihrem Mann geschlagen wurde oder weil sie einen Orgasmus hatte –, ich habe mich jedenfalls fürchterlich aufgeregt und habe beim Fenster hinausgeschrien: »Haltets eure Goschen, ihr verdammten Idioten!« Daraufhin hat einer zurückgeplärrt: »Halt's z'amm, du Arschloch!« Das war's. Der perfekte Werbespruch. Kurz, dynamisch, erotisch. Für den Slogan sollte ich tausend Euro bekommen. Aber dem war nicht so, weil sie einen anderen Spruch genommen haben: »Tippi-Toppi-Klos: agil, mobil, schön wie das Leben.«

Schön wie das Leben? Dass ich nicht lache. Pornofilme sind schön. Vor allem arabische. Ein Wahnsinn, die

Frauen sind alle verschleiert, aber trotzdem wird gepudert, was das Zeug hält. Sogar arabische Lesbenpornos gibt es. Aber leider sind die alle unscharf. Nicht einmal bei arabischen Pornos spüre ich noch etwas. Früher habe ich die Pornodarsteller gehasst, weil sie Sachen gemacht haben, von denen ich nur träumen konnte. Franz Eder, Jimmy Durano, Jonathan de Falco oder wie sie alle hießen. Zwei Männer mit einer Frau, zwei Frauen mit einem Mann, drei Männer und ein Hund mit vier Frauen, was weiß ich. Ich war ja schon damals viel zu fett. Diese verdammten Schweine, habe ich mir immer gedacht, am liebsten würde ich euch alle umbringen.

Wie die Beamten von der Pfändung. Vor denen habe

ich alles versteckt, was irgendwie wertvoll war. Blöderweise habe ich dann selbst die Sachen nicht mehr gefunden, weil ich wegen der vielen Kisten den Überblick verloren hatte. Vor ein paar Tagen sind sie erneut vor der Tür gestanden. Aber ich habe ihnen nicht aufgemacht. Am Montag werden sie mir den Strom abdrehen. Von mir aus. Ich brauche keinen Strom mehr.

Einmal sind sie angerückt wegen einer Fliesenrechnung, obwohl ich mit dieser Rechnung gar nichts zu tun hatte, das war Sache des Eigentümers. Ist ja schließlich seine Wohnung. Der Fliesenleger hat mich geklagt, weil ich seine Arbeit nicht bezahlt habe. Lächerlich. Schuld war dieses Geräusch, das so klang, als wäre ein Abfluss verstopft. Oder als würde im Boden irgendein furzendes

Ungeheuer hausen. Das war nicht zum Aushalten. Ich bin fast wahnsinnig geworden. Stundenlang bin ich auf dem Fliesenboden im Badezimmer gelegen und habe gehorcht. Mein Ohr hat schon wehgetan. Es war wirklich schlimm.

Irgendwann habe ich Angst bekommen. Nein, also nicht direkt Angst. Sagen wir so: Ich bin wütend geworden und habe mir den größten Hammer aus meinem Werkzeugkasten geholt. Damit habe ich an der Stelle, wo ich das furzende Ungeheuer vermutet habe, die Fliesen zertrümmert. Ich musste ja schauen, was da los war. Offenbar habe ich aber in meiner Wut so fest zugeschlagen, dass nicht nur die Fliesen zerbrochen sind, sondern auch das Abflussrohr leck geworden ist. Blöderweise ist dann das Wasser durch die Decke in die Wohnung unter mir gesickert, und es hat einen ziemlichen Ärger mit der Hausverwaltung gegeben. Alle waren plötzlich gegen mich. Die alte Frau, die sowieso nichts mehr gehört hat, und die Hausverwaltung, die mir mit der Zwangsräumung gedroht hat, weil ich angeblich mit der Miete im Rückstand war. Dabei war das mit dem Wasserrohrbruch gar nicht meine Schuld.

»Agil, mobil, schön wie das Leben.« Das ist natürlich völliger Unsinn. Für meine Mutter war das Leben auch nicht schön. »Die Männer sind alles Hurentreiber«, hat sie immer gesagt, wenn einer nach ein paar Tagen wieder abgehauen ist. Aber sie hat nichts Besseres verdient.

Meine Mutter ist auch im Badezimmer auf dem Boden gelegen, als ich sie gefunden habe. Kurz vor ihrem Tod hat sie eine neue Wohnung bekommen. Also neu war sie nicht, aber immerhin hatte sie ein Badezimmer. Da ist sie gelegen, und ich habe mir nur gedacht: Recht geschieht dir, du Sau. Vielleicht hat sie sogar noch gelebt. Das weiß ich nicht mehr, weil ich ziemlich zugedröhnt war. In diesem Zustand konnte ich natürlich nicht die Rettung rufen. Also habe ich mich auf die Couch gelegt, und nach ein paar Stunden, als ich wieder halbwegs klar im Kopf war, habe ich im Badezimmer nachgesehen. Da war sie dann wirklich tot. Aber sie hat von all dem ohnehin nichts mehr mitbekommen. Alzheimer. In ihrem Wahn hat sie die Fenster mit Zeitungspapier zugeklebt, weil sie überzeugt war, dass ständig jemand beim Fenster hereinschaut. Dabei war das nur ihr eigenes Spiegelbild, das sie gesehen hat. Den Spiegel hat sie auch zugeklebt. Geerbt habe ich nichts, außer dass ich die Fenster in meiner Wohnung auch mit Zeitungspapier zugeklebt habe. Geld für einen Grabstein gab es auch keines, also haben sie ihre Leiche in einem Armengrab verscharrt. Ist mir vollkommen egal. Ich bin nicht einmal zu ihrem Begräbnis gegangen. Wozu auch? Getrauert habe ich nie um meine Mutter.

Aber im Bad, wie sie so dagelegen ist, da ist alles wieder hochgekommen. Ich weiß auch nicht, wieso. Dass sie mich kein einziges Mal im Krankenhaus besucht hat, als sie mir als Kind den Blinddarm entfernt haben und ich vor lauter

Angst fast gestorben wäre. Eine Krankenschwester hat sich um mich gekümmert und dafür gesorgt, dass ich mit der Rettung nach Hause gebracht wurde, weil meine Mutter einfach nicht erreichbar war. Das war ihr alles scheißegal.

Wenn ich das der Frau Doktor erzählen würde, müsste ich natürlich ordentlich auf die Tränendrüse drücken und das verwahrloste Kind raushängen lassen, das ohne Vater aufgewachsen ist, und den ganzen Schwachsinn. Dass sie mich zum ersten Mal erwischt haben, war reines Pech. Die Jugos und Türken im Jugendgefängnis haben gar nicht verstanden, warum ich so sauer war. »Ist doch gut hier, Bruder«, haben sie immer gesagt, weil sie froh waren, nicht drei Mal am Tag vergewaltigt zu werden, wie bei ihnen zu Hause. Wenn mich damals einer angegriffen hätte, hätte ich ihn umgebracht. Ich hatte Glück und bin nach vier Monaten wieder entlassen worden. Letztendlich haben sie mir geglaubt, dass nicht ich zugestochen habe, sondern der rabiate Viktor. Der hatte nicht umsonst diesen Spitznamen. Ich war nur der Aufpasser. Na gut, einen Tritt habe ich ihm schon gegeben. Aber warum ist er nicht gleich mit dem Stoff herausgerückt? Selber schuld.

Während meiner Zeit beim Bundesheer hätte ich noch mehr Waffen mitgehen lassen können. Die Kontrollen waren derart schlampig, dass das niemandem aufgefallen wäre. Kontrollen waren das ja gar nicht, ab und zu hat ein Offizier nachgefragt, das war's. Das Sturmgewehr 77 und eine Pistole habe ich mir behalten, ein Gewehr habe ich verkauft. Ich wollte immer eine Waffe haben, und jetzt weiß ich, warum ich das StG 77 damals mitgenommen habe. Hat alles einen tieferen Sinn. 42 Schuss, Halbautomatik.

Reingelegt haben sie mich. Alle. Und alle haben sich gegen mich verschworen. »Ich werde Ihnen helfen, wenn Sie ehrlich zu mir sind«, hat die Psychologin gesagt. In Wirklichkeit hat sie sich über mich lustig gemacht. Diese Schweine. Wahrscheinlich hat sie am Abend bei einem Glas Wein ihrem Mann von mir erzählt und sich dabei vor Lachen geschüttelt. Aber wie heißt es so schön: Wer zuletzt lacht, lacht am besten. Und heute werde ich als Letzter lachen. Meine Bewährungsstrafe haben sie also widerrufen, und ich bekomme ein neues Verfahren. Was dabei herauskommt, weiß ich jetzt schon. Und das alles wegen –. Hat jetzt wieder jemand eine Wohnungstür zugeknallt? Seit ein paar Wochen wohnen irgendwelche Studenten im Haus, die zu blöd sind, eine Wohnungstür ordentlich zuzumachen. Idioten in Reinkultur. Einer von ihnen trägt sogar Holzschuhe, wie die Japanerin damals.

Sie haben also meine Bewährungsstrafe widerrufen. Und das alles wegen eines lächerlichen Ladendiebstahls. Zwei Knacker und eine Tube Ketchup. Warum habe ich nicht aufgepasst, verdammt noch einmal. Ich habe mich zu sicher gefühlt. Aber das spielt jetzt alles keine Rolle mehr. Das StG 77 wird das letzte Wort haben. Einige werden dafür bezahlen. Gerechtigkeit? Ich scheiße darauf.

Noch ist der Pausenhof leer, aber um fünfzehn Uhr wird er sich füllen. Wie jeden Freitag. 42 Schuss. Diese eingebildeten Hurensöhne mit ihren Handys und ihren grauenhaften Frisuren und die Mädchen, die sich wie Nutten schminken und glauben, dass sie etwas Besseres sind. Genau wie ihre Lehrer, lauter Huren und Schlappschwänze.

Ich bin in der Hauptschule noch geschlagen worden, wenn ich die Aufgaben nicht gemacht habe oder wenn ich mich im Unterricht mit meinem Sitznachbarn unterhalten habe. Einmal habe ich einem Lehrer, der mich an den Haaren gezogen hat, gesagt, dass ich ihn umbringe, wenn er das noch einmal macht. Daraufhin haben sie mich in die Sonderschule versetzt. Aber auch diese Schule habe ich überstanden, weil ich gleich die richtigen Freunde –.

Eine Flex? Das gibt es ja nicht. Eines der schlimmsten Geräusche. Wo wird da geflext, verdammt nochmal. Eigenartig, dass ich immer noch so ruhig bin. Ich habe mir immer gedacht, dass ich aufgewühlt sein werde, dass ich hin und herlaufen werde wie ein Tiger im Käfig. Aber ich bin ganz ruhig und sehe alles klar vor mir. Peng. Wie fühlt es sich wohl an, wenn man getroffen wird? Bekommt man überhaupt etwas mit? Ich glaube nicht. Ich bin ein guter Schütze, da kann nichts schiefgehen. Die haben sich beim Bundesheer ja gewundert, dass ich so gut schieße. Waffen geben mir ein Gefühl von Kontrolle, ein Gefühl von Überlegenheit. Jahrelang haben sie mich kontrolliert, jetzt kontrolliere ich sie. Wie in der Sonderschule, da haben wir auch sofort die Kontrolle übernommen. Ich hatte ja meine Kontakte, und bald wussten alle in der Schule, wo es Gras zu kaufen gibt. Eine Lehrerin hat mich einmal beim Dealen erwischt, aber sie hat mich nicht verraten, weil ich ihr gesagt habe, dass ich sonst ins Erziehungsheim komme. Komisch, dass mir das jetzt alles wieder einfällt. Man sagt ja, dass im Augenblick des Todes das ganze Leben an einem vorbeizieht. Kann ich mir nicht vorstellen, und will ich mir auch gar nicht vorstellen. Mir hat genügt, dass ich mein Leben einmal gelebt habe, ein zweites Mal muss ich das nicht mehr haben.

Meine Mutter ist mit fünfzig gestorben, da war ich fünfundzwanzig und schon groß im Geschäft. Jetzt bin ich vierzig, worauf soll ich noch warten? Ein paar falsche Freunde und ein paar falsche Entscheidungen haben genügt, und alles ist den Bach runtergegangen. Dann bin ich allein im Regen gestanden. Jahrelang habe ich Notstandshilfe bekommen. Zum Leben zu wenig und zum Sterben zu viel. Die Schlinge hat sich immer weiter zugezogen. Geholfen hat mir niemand. Wenn ich zum Arzt gegangen bin und ihm das mit den Geräuschen erzählt habe, hat er mir irgendwelche Tabletten verschrieben. Und natürlich hat er gesagt, ich soll weniger essen und weniger trinken. Dabei trinke ich schon lange keinen Alkohol mehr. Brauche ich nicht. Die Pornofilme waren meine Droge, die aber nicht mehr wirkt. Hat mir der Schuldirektor geholfen? Oder die Hausverwaltung? Oder die von der Krankenkasse? Bianka hat mir auch nicht geholfen, die ist einfach verschwunden. Wie die Japanerin. Mir ist es egal, wenn sie die Kisten öffnen, sollen die Zeitungen schreiben, was sie wollen. In einer Stunde ist alles vorbei. Da ist der Pausenhof voll, und ich hoffe, dass die beiden Typen, die mich als »Fettsack« und »fette Sau« beschimpft haben, auch da sein werden. Denen schieße ich die Eier weg, dann gibt es keinen Fettsack mehr und keine fette Sau.

13.

Stefan Maher und Philip Hoffmann sitzen schweigend im Streifenwagen. Vor einer roten Ampel halten sie an. »Was ist denn los mit dir? Hat dich der Suizid von diesem Allinger so mitgenommen?«, fragt Maher.

Hoffmann schüttelt energisch den Kopf. »Nein, überhaupt nicht.«

»Oder ist es wegen dieser Frau?«

»Welche Frau?« Hoffmann fühlt sich ertappt.

»Von der du mir vor ein paar Stunden erzählt hast.«

»Blödsinn«, antwortet Hoffmann gereizt und wechselt sofort das Thema. »Das Telefonat mit Allingers Mutter war schon sehr hart. Ich hasse es, Todesnachrichten zu überbringen. Das ist jedes Mal eine Tortur für mich. Da helfen auch die Gespräche mit dem Polizeipsychologen nicht viel.«

Stefan Maher zuckt mit den Schultern. Er ist eingeschnappt, weil er weiß, dass ihm Hoffmann etwas verheimlicht. Aber sie fahren gemeinsam auf Streife, also will er keinen Streit anfangen. »Na ja, aber irgendjemand muss die schlechten Nachrichten ja überbringen. Besser wir als diese Magistra Salzer, die eine Bürokratin in Reinkultur ist. Typisch, dass solche Leute die Karriereleiter hochklettern. Wie hat sie denn reagiert?«

»Wer jetzt?«

»Na, die Mutter vom Allinger.«

»Geschockt, wie alle. Zuerst wollte sie es nicht glauben und hat gesagt, dass sie sofort ihren Sohn anrufen wird. Dabei habe ich keinen Zweifel daran gelassen, dass er tot ist. Das habe ich mir von der Schulung gemerkt: Überbringen Sie die Todesnachricht so, dass die Angehörigen wirklich verstehen, was passiert ist. Lassen Sie keinen Zweifel an der Tatsache aufkommen, dass die Person, um die es sich handelt, tot ist.«

Hoffmann lässt das Gespräch mit Allingers Mutter revue passieren:

»Guten Tag, Polizeiinspektor Hoffmann. Spreche ich mit Frau Allinger?«

»Ja, warum? Ist etwas passiert?« Die Angst in ihrer Stimme war unüberhörbar. »Frau Allinger, ich muss Ihnen leider mitteilen, dass Ihr Sohn Christoph tot ist. Er hat sich heute in seiner Wohnung erhängt.« Es folgte eine kurze Stille, dann ein schweres Atmen. »Das kann nicht sein, hier muss es sich um einen Irrtum handeln.«

»Es tut mir leid, Frau Allinger, aber Ihr Sohn Christoph ist tot. Er hat Suizid begangen. Er wurde von einer Nachbarin gefunden, nachdem die Tür zu seiner Wohnung nur angelehnt war.«

»Nein, nein, ich werde ihn sofort anrufen.«

»Frau Allinger, Sie können Ihren Sohn nicht anrufen. Ihr Sohn Christoph ist tot.«

Jetzt werden die Eltern vermutlich bereits in der Totenkammer der Bestattung eingetroffen sein und ungläubig auf die Leiche ihres Sohnes starren. Grauenhaft. Aber eigentlich geht ihn das alles nichts an, und schlagartig wird ihm wieder bewusst, dass die Bombe immer noch tickt.

»Können wir da vorne beim Park halten?« Hoffmanns Stimme klingt müde. »Ich brauche frische Luft, außerdem muss ich Margot anrufen.«

»Ja, klar. Sag ihr einen schönen Gruß von mir. Und frag sie auch gleich wegen der Grillerei morgen.«

»Ja, okay, mache ich.«

Stefan Maher parkt am Straßenrand. Hoffmann steigt aus und setzt sich auf eine Parkbank. Er holt sein Handy hervor und öffnet mit klopfendem Herzen seine Chats. Keine Nachrichten von Lena, und Margot hat sich auch nicht gemeldet. Ist das gut oder schlecht? Philip überlegt, ob er Lena über Christoph Allingers Suizid informieren soll. Allerdings würde er damit gegen die Dienstvorschriften verstoßen. Andererseits muss er unter allen Umständen verhindern, dass sie bei der Einvernahme durch die Kripo seinen Namen nennt.

Wir hatten gerade einen Einsatz in der Wohnung von Christoph Allinger, den du ja kennst. Er hat sich erhängt. Wegen dir, wie er in seinem Abschiedsbrief schreibt. Jemand von der Kriminalpolizei wird dich befragen. Ich hoffe, du erwähnst meinen Namen nicht. Wir MÜSSEN so schnell wie möglich reden und eine Lösung finden. Philip.

Er schickt die Message ab und wählt Margots Nummer. Er rechnet mit dem Schlimmsten und ist heilfroh, als er an ihrem Tonfall erkennt, dass noch alles beim Alten ist. Dass er gerade von einem Suizid-Einsatz kommt, erwähnt er nicht. Seine Frau würde sich nur unnötig aufregen. Ein paar Jugendliche, die in der Nähe Fußball spielen, ziehen sich bei seinem Anblick in einen anderen Teil des Parks zurück. Ballspielen im Park ist nämlich verboten. Dabei sind sie Hoffmann nicht einmal aufgefallen.

Er spürt, wie seine Kräfte langsam schwinden. Er starrt auf den Boden, und in diesem Moment kommt ihm zum ersten Mal der Gedanke, dass Lena ja auch von Christoph Allinger schwanger sein könnte. Wenn sie denn überhaupt schwanger ist. Vielleicht ist alles nur auf einer großen Lüge aufgebaut. Sein Handy meldet den Eingang einer Nachricht.

oh, das tut mir sehr leid. aber dass er sich wegen mir das leben genommen haben soll, kann ich mir beim besten willen nicht vor-

stellen. wir kannten einander ja kaum. deinen namen werde ich natürlich nicht erwähnen. wann möchtest du kommen?

Diese Frau ist eiskalt, denkt er, während er mit dem Fuß ein paar Tauben verscheucht, die vergeblich darauf warten, von ihm gefüttert zu werden. Um irgendetwas zu tun, steht er auf und macht ein paar Schritte. Wenn ich heute keine Lösung finde, drehe ich endgültig durch. Er hat das schreckliche Gefühl, dass Lena wie eine Spinne in seinem Gehirn sitzt und ihn mit ihrem Gift nach und nach lähmt.

Einer der Jugendlichen, die zuvor Fußball gespielt haben, kommt auf ihn zugelaufen. Keuchend bleibt er stehen. »Marko hat eine Riesenbiene gesticht«, sagt er. »Können Sie helfen?«

»Eine Riesenbiene? Gestochen?«

»Ja, er hat Angst, dass er gleich ist tot.«

»Wegen einer Biene stirbt man nicht. Wo ist dein Freund?«

»Dort hinten, er sitzen im Gras.«

Stefan Maher, der die Szene beobachtet hat, steigt aus dem Streifenwagen aus. »Was gibt es denn?«

»Ach, nichts. Ein Junge ist angeblich von einer Riesenbiene gestochen worden.«

»Sollen wir die Rettung holen?«, fragt Maher den Jungen.

Der Junge zuckt bloß mit den Schultern.

»Okay, Philip, warte hier, ich schau mir das schnell an.«

»In Ordnung.« Hoffmann setzt sich wieder auf die Bank, sein Blick ist leer.

Wenig später kommt Maher zurück. »Ist nichts Ernstes. Komm, wir fahren.«

Als sie wieder im Streifenwagen sitzen, sagt Maher: »Die LPD verlangt übrigens, dass wir noch heute einen Bericht schreiben. Nur weil der Vater dieses Kanaken ein Diplomat ist. So ein Schwachsinn.«

»Uns kann nichts passieren«, antwortet Hoffmann zerstreut.

»Das hoffe ich!« Mahers Handy piept. Er wischt über das Display und lächelt. »Super, ich habe gerade das Fußballtrikot von Pavel Nedvěd für 70 Euro verkauft. Du erinnerst dich doch noch an Pavel Nedvěd?«

»Was?« Hoffmann hat keine Ahnung, von wem Stefan Maher spricht.

»Na, Pavel Nedvěd, der geniale Mittelfeldspieler von Juventus Turin. Die haben einmal in Wien gespielt und sind im *Hotel Imperial* abgestiegen. Ich war für die Bewachung der Mannschaft verantwortlich und habe mir gleich ein Trikot von Nedvěd besorgt, auf das er mir ein Autogramm gegeben hat. Der war ganz unkompliziert. Von Fabio Capello habe ich auch eine Unterschrift bekommen, aber nur auf eine Serviette. Das war mein erster Einsatz. Ist schon einige Zeit her.«

»Sonderruf an alle Einheiten, die sich in der Nähe des Aqua-Terra-Zoos befinden. Ich wiederhole: Sonderruf an alle Einheiten in der Nähe des Aqua-Terra-Zoos. Schwerer Unfall im Aqua-Terra-Zoo mit einem Toten. Geben Sie Ihren Standort und die Entfernung zum Einsatzort bekannt.«

Widerwillig greift Stefan Maher nach dem Funkgerät. »Wagen 39, Stefan Maher hier, wir sind in der Nähe. Was gibt es denn, Fritz?«

»Wir haben gerade die Meldung hereinbekommen, dass im Haifischbecken des Aqua-Terra-Zoos ein Mann von Haifischen tödlich verletzt wurde. Ich weiß, das klingt absurd, aber Touristen und eine Schülergruppe, die vor Ort waren, haben Fotos und Videos vom Angriff bereits auf Facebook und Instagram gepostet. Verstärkung wurde angefordert, und der Amtsarzt ist auch bereits unterwegs.«

»Im Haifischbecken? Wie ist denn der da hineingekommen?«

»Wahrscheinlich ist er reingesprungen.«

»Bitte, was?« Stefan Maher glaubt, sich verhört zu haben. »Ist das ein Witz, Fritz?«

»Nein, das ist kein Witz. Bitte fahrt sofort zum Aqua-Terra-Zoo.«

»Na gut.« Stefan Maher schaltet das Blaulicht und das Folgetonhorn ein. »Wir sind schon unterwegs.« Er reicht seinem Kollegen das Funkgerät.

»Gebt Bescheid, sobald ihr vor Ort seid. Ende.«

»Ja, Ende.« Philip Hoffmann ist froh, zumindest für kurze Zeit von Lena abgelenkt zu sein. »Ich habe schon viel erlebt, aber dass in Wien jemand von einem Haifisch getötet wird, ist ja wohl das Absurdeste, was ich je gehört habe. Gibt es in diesem Aqua-Terra-Zoo überhaupt so große Haie, die Menschen töten können?«

»Keine Ahnung, ich war schon lange nicht mehr dort. Zuerst ein Suizid, jetzt eine Haiattacke. Was ist denn das für ein Scheißtag.« Maher fährt mit Blaulicht gegen eine Einbahn und kann im letzten Moment einen Zusammenstoß mit einem Radfahrer gerade noch verhindern. »Idiot, hau ab«, schimpft er. »Vielleicht hat der Haifisch ja Austria mit Australien verwechselt.«

»Australien?«, fragt Hoffmann verwirrt.

»Austria, Australia. Egal. Das Haifischbecken ist ziemlich groß, aber wie man da hineinkommt, weiß ich auch nicht. Es kann sich nur um einen Unfall handeln.«

Wenige Minuten später parkt Maher den Streifenwagen neben einem LKW, in dem gerade ein riesiges Terrarium mit kleinen Alligatoren verstaut wird. Die beiden Polizisten laufen zum Haupteingang, vor dem sich bereits ein paar Schaulustige eingefunden haben. Die Tür ist versperrt, aber dahinter wartet ein Wachmann, der den Polizisten sofort öffnet. »Das Haifischbecken liegt im dritten Stock. Der Lift ist dort hinten links. Es wartet bereits jemand von der Direktion auf Sie.«

»Okay, Verstärkung wird gleich kommen. Und die Rettung ist auch bereits angefordert. Sie warten am besten hier.«

»Jawohl, Kollegen.« Der Wachmann nickt stolz und ist froh, sich endlich einmal wichtigmachen zu können.

Maher und Hoffmann hasten am Souvenirshop vorbei zum Aufzug, wo eine Mitarbeiterin des Aqua-Terra-Zoos hektisch telefoniert. Ein Bein hat sie in die Liftkabine gestellt, damit die Tür offen bleibt. Sie beendet das Telefonat und winkt den beiden Polizisten zu. »Kommen Sie, rasch, es ist etwas Schreckliches passiert.« Während der Lift nach oben fährt, wischt sie sich nervös über den Mund und verschmiert ihren roten Lippenstift. Sie streckt Maher und Hoffmann die Hand entgegen. »Magistra Bernauer, ich bin für die Pressearbeit zuständig. Wir haben keine Ahnung, wie so etwas passieren konnte.« Sie nestelt an ihrem bunten Seidenschal und streicht den Rock ihres hellblauen Kostüms glatt. Die stickige Luft in der Kabine verstärkt den Geruch ihres Parfüms, der Hoffmann an den Wäscheschrank seiner Großmutter erinnert.

»Was genau ist denn passiert?«, fragt Stefan Maher. »Uns wurde gesagt, dass jemand von einem Haifisch getötet wurde.«

»Ja, anscheinend handelt es sich um einen Architekten, der am Umbau des Aqua-Terra-Zoos beteiligt war und seine Schlüsselkarte nicht abgegeben hat. Sonst hätte er sich ja keinen Zutritt zum Technikraum verschaffen können.«

»Technikraum?« Philip Hoffmann runzelt die Stirn. »Ich dachte, der Mann wäre im Haifischbecken getötet worden.«

»Ja, über den Technikraum hat man Zugang zum Aquarium.« Der Lift stoppt. »Kommen Sie, wir gehen zuerst in den Technikraum, wo der Tote liegt. Seine kleine Tochter haben wir ins Direktionszimmer gebracht. Die Kleine ist völlig aufgelöst. Sie musste ja mitansehen, wie ihr Vater von den Haifischen getötet wurde.«

Stefan Maher schüttelt den Kopf. »Seine Tochter hat das alles gesehen? Wie alt ist denn das Mädchen?«

»Etwa fünf. Dem armen Kind hat es im wahrsten Sinn des Wortes die Sprache verschlagen. Zum Glück war unter den Besuchern eine Ärztin, die sich gleich um das Mädchen gekümmert hat. Sie ist jetzt noch bei ihr. Die Rettung sollte jeden Augenblick eintreffen.«

»Aber vorher müssen wir noch unbedingt mit dem Mädchen reden.« Hoffmann versucht sich auf seinen Job zu konzentrieren, obwohl die Spinne in seinem Gehirn weiterhin Gift versprüht. Seine Gliedmaßen fühlen sich kalt und taub an.

»Natürlich, ich werde die Information sofort weitergeben.«

Im Technikraum stehen drei Männer und eine Frau um eine Leiche herum. Die Neoprenanzüge der beiden Techniker hinterlassen auf dem Boden nasse Spuren. Der Mann im Anzug streckt Maher die Hand entgegen. »Doktor Winkler, ich bin der Direktor des Aqua-Terra-Zoos, das ist meine Assistentin, Katharina Klinger.«

Maher wirft einen Blick auf die Leiche, die übel zugerichtet ist. Von den Oberarmen und Beinen hängen blutige Fleischfetzen, und im Halsbereich klafft eine tiefe Wunde. Maher verzieht das Gesicht. »Was genau ist denn passiert?«

»Wir wissen es nicht.« Direktor Winkler hebt verzweifelt die Hände. »Herr Steinbrenner muss sich über diesen Raum Zutritt verschafft haben und ins Haifischbecken gesprungen sein. Vielleicht wollte er seiner Tochter imponieren. Für uns ist das jedenfalls eine Katastrophe. Aber uns trifft keine Schuld, das möchte ich gleich vorwegschicken.«

»Sie kannten den Toten?«

»Ja, natürlich, Herr Steinbrenner war als Architekt am Umbau des Hauses beteiligt. Deshalb besaß er auch eine Schlüsselkarte. Wir haben oft miteinander gesprochen. Mir ist das ein Rätsel.« Der Direktor kommt ins Stocken. »Eigentlich hätte Herr Steinbrenner die Karte längst abgeben müssen, weil der Umbau ja schon seit zwei Monaten abgeschlossen ist.«

»Und warum hat er sie nicht zurückgegeben?«

Winkler zuckt kraftlos mit den Schultern und wirft einen sorgenvollen Blick auf die Leiche.

»Die Schülergruppe und die anderen Besucher, die diese Tragödie mitansehen mussten, haben wir übrigens ins Restaurant gebracht«, mischt sich die Assistentin ein, um ihrem Chef eine kurze Verschnaufpause zu gönnen. »Wir haben sie gebeten zu warten, weil Sie ja vielleicht noch Fragen an sie haben.«

Der Geruch nach Salz und das glasklare Wasser mit den Fischen erinnern Philip Hoffmann an seinen letzten Urlaub mit Margot. Das Meer in Istrien war azurblau, und beim Schnorcheln haben sie tatsächlich ein paar bunte Barsche gesehen. Er wäre jetzt gerne mit Margot Hand in Hand am Stand entlangspaziert. Stattdessen gehen ihm die Bilder von Christoph Allingers Leiche nicht mehr aus dem Kopf, und er denkt an den Abschiedsbrief, in dem der Tote Lena für seinen Suizid verantwortlich gemacht hat. Wieder läuft es ihm kalt über den Rücken. Aber Hoffmann weiß, dass er sich nicht gehen lassen darf, also fragt er routinemäßig: »Fremdverschulden ist also ausgeschlossen?«

»Auf jeden Fall.« Winkler räuspert sich, um seiner Stimme mehr Kraft zu verleihen. »Die Fotos und die Videos, die die Besucher vom Unfall gemacht haben, und die tragischerweise bereits im Internet kursieren, beweisen das eindeutig. Trotzdem verstehe ich das alles nicht.«

»Und Sie sehen ja, dass sich Herr Steinbrenner bis auf die Boxershorts ausgezogen hat, bevor er ins Becken gesprungen ist. Das war also eine ganz bewusst gesetzte Handlung.« Mit einem Blick zu ihrem Vorgesetzten vergewissert sich die Assistentin, dass ihre Bemerkungen in seinem Sinn sind.

»Tja, entweder war es ein Unfall oder –.« Stefan Maher überlegt einen Augenblick. »– oder Suizid.«

»Suizid?« Auf der Stirn des Direktors bilden sich tiefe Falten. »Das ist ja völlig –. Aber woher hätte Herr Steinbrenner überhaupt wissen können, dass ihn die Haifische angreifen würden?«

»Werden die Haifische täglich gefüttert?«, fragt Stefan Maher.

Der Direktor versteht die Frage nicht. »Nein, nur einmal in der Woche.« Der Direktor sieht auf die Uhr. »Die Fütterung wäre heute um 15:30 Uhr gewesen.«

»Normalerweise sind die Haifische nicht aggressiv«, meldet sich einer der Techniker zu Wort. In seinem Neoprenanzug sieht er aus wie ein Alien. »Aber natürlich, wenn sie hungrig sind und jemand in ihren Lebensbereich eindringt, dann kann es schon vorkommen, dass sie den Eindringling angreifen. Das ist ein normaler Reflex.« Sein Kollege nickt zustimmend.

»Aber Sie beide wurden nicht attackiert, als Sie die Leiche bargen?«, fragt Stefan Maher.

»Nein, die Haie verhielten sich ganz ruhig. Eigentlich wie immer.«

»Eigenartig.« Maher weiß zu wenig über das Verhalten von Haifischen in Gefangenschaft, um weitere Fragen zu stellen. Außerdem fällt das nicht in seinen Aufgabenbereich. »Sind die Angehörigen bereits verständigt?«

»Nein.« Direktor Winkler schüttelt resigniert den Kopf. »Wir haben keine Informationen über die Angehörigen von Herrn Steinbrenner. Mit seiner Tochter haben wir kurz gesprochen, aber sie konnte uns auch nicht weiterhelfen. Das Mädchen steht ja total unter Schock.« Nachdenklich wirft er einen Blick auf die Haie, die ruhig ihre Kreise ziehen.

»Philip, kannst du bitte die Sicherstellungen vornehmen?«

»Ja, ja.« Hoffmann hat Mühe, sich zu konzentrieren. Er durchsucht die Kleidung des Toten und holt aus einer der Hosentaschen ein Handy hervor. Er versucht es einzuschalten. »Das Handy ist gesperrt, das müssen sich unsere Techniker ansehen.«

»Was sollen wir den Besuchern sagen, die im Restaurant warten?«, fragt die Assistentin.

»Sie sollen noch warten.« Stefan Maher hofft, dass die Kollegen von der Spurensicherung bald eintreffen und sich die Kripo um alles weitere kümmert.

Das Handy der Pressesprecherin läutet. Sie hebt ab und dreht sich instinktiv zur Seite. »Okay, in Ordnung, werde ich ausrichten.« Nachdem sie das Gespräch beendet hat, sagt sie: »Das Kriseninterventionsteam vom Roten Kreuz ist soeben eingetroffen und hat seine Arbeit aufgenommen.«

»Ich gehe hinauf in das Restaurant«, sagt Maher. »Philip, kannst du die Tochter des Toten befragen? Damit wir zumindest die Angehörigen verständigen können. Doktor Winkler soll dich begleiten.«

Hoffmann nickt und ist froh, endlich diesen deprimierenden Ort verlassen zu können.

Im Direktionsbüro sitzt Sophia in einer Ecke in einem viel zu großen Ledersessel, von dem ihre dünnen Beine baumeln. Eine Frau kniet neben ihr und hält ihre Hand. Dabei flüstert sie dem Mädchen etwas ins Ohr und streicht ihm tröstend über die Haare. Beim Anblick des Polizisten beginnt Sophia zu schluchzen. »Mama, Mama, ich will zu meiner Mama.« Tränen fließen über ihre Wangen, und ihr Atem geht stoßweise.

»Es wird alles gut«, sagt die Frau und reicht Sophia ein Taschentuch, das die Kleine aber ablehnt. »Deine Mama wird gleich hier sein.« Die Frau steht auf und nickt dem Polizisten zu. »Doktor Haller, ich war mit meinem Sohn gerade in der Nähe des Haifischbeckens, als der Unfall passierte. Mein Sohn wartet im Nebenzimmer, er hat den Unfall zum Glück nicht mitansehen müssen.«

Wieder beginnt Sophia zu weinen.

Hoffmann wischt sich den Schweiß von der Stirn und deutet auf das Mädchen. »Ist sie die Tochter des –.«

»Ja«, antwortet Dr. Haller leise, »sie heißt Sophia und ist fünf Jahre alt. Sie geht noch in den Kindergarten, wo sie ihr Vater heute abgeholt hat. Mehr hat sie nicht gesagt. Kein Wunder nach allem, was sie mitansehen musste.«

Sophia streicht sich eine Haarsträhne aus dem Gesicht und nestelt an ihren Jeans herum, die an den Knien Löcher haben. Das T-Shirt mit einer Palme und der Aufschrift MIAMI ist ihr um mindestens eine Nummer zu groß und hängt schlaff an ihrem dünnen Körper.

Philip Hoffmann fühlt sich auf unerklärliche Weise zu dem zerbrechlichen Mädchen mit den langen Haaren und den dunklen Augen hingezogen.

»Kümmern Sie sich bitte um die Kleine?«, fragt Dr. Haller. »Ich möchte meinen Sohn nicht zu lange allein lassen.«

Hoffmann nickt. »Ich kann jemanden vom Kriseninterventionsteam anfordern, aber zuerst würde ich Sophia gerne ein paar Fragen stellen.« Er nimmt seine Dienstmütze ab und zieht einen Stuhl heran.

Die Ärztin verschwindet im Nebenzimmer.

Hoffmann hat wenig Erfahrung im Umgang mit Kindern und weiß nicht genau, wie er das Gespräch beginnen soll. Außerdem fühlt er sich vom Direktor beobachtet.
»Hallo Sophia, ich heiße Philip, und wie du an meiner Uniform sicher erkennen kannst, bin ich Polizist.«

Aus tränenverhangenen Augen wirft ihm Sophia einen skeptischen Blick zu. Dann zupft sie nervös an ihrem T-Shirt.

»Besitzt du schon ein Handy?«

Sophia schüttelt den Kopf.

»Kannst du mir sagen, wo deine Mama arbeitet oder hast du vielleicht irgendwo ihre Telefonnummer aufgeschrieben?«

»In der Sule«, antwortet Sophia kaum hörbar.

»Deine Mama arbeitet in einer Schule? Als Lehrerin?«

Sophia nickt.

»Weißt du auch, in welcher Schule?«

Das Mädchen blickt zu Boden, ohne zu antworten.

»Aber du kannst mir sicher sagen, wie deine Mama mit Vornamen heißt.«

Sophia zuckt mit den Schultern.

»Du heißt Sophia, ich heiße Philip und deine Mama heißt –?«

»Franziska«, antwortet Sophia argwöhnisch und beginnt im selben Augenblick wieder zu schluchzen. »Mama, Mama, ich will zu meiner Mama.« Sie schnappt nach Luft.

»Und deine Mama heißt Steinbrenner, genau wie dein Vater?«

Sophia denkt nach und wischt sich mit dem Handrücken über die Nase. Nach einer kurzen Pause nickt sie.

»Sehr gut.« Philip steht auf und macht ein paar Schritte weg von Sophia. Er wählt die Nummer seines Kommissariats: »Philip hier, könnt ihr bitte herausfinden, in welcher Schule eine gewisse Franziska Steinbrenner arbeitet. Es ist dringend, ich warte.« Hoffmann lächelt Sophia aufmunternd zu und verlässt den Raum.

Direktor Winkler, der die ganze Zeit mit seinem Mobiltelefon beschäftigt war, wendet sich kopfschüttelnd an seine Assistentin, die nicht von seiner Seite weicht. »Wir müssen sofort eine Aussendung machen und in den sozialen Medien aktiv werden. Da werden die wildesten Gerüchte verbreitet, und dummerweise haben die Leute massenhaft Fotos von dem –.« Er wirft einen Blick auf das kleine Mädchen im Ledersessel und hält inne. »Also, von dem Unfall, ins Netz gestellt. Wir müssen alles tun, damit es in der Presse nicht heißt, unser Haus sei für Besucher gefährlich. Du weißt, wie schnell sich solche Geschichten verselbstständigen. Vor allem unter diesen dramatischen Umständen. Mehr negative PR können wir uns nicht leisten, der Umbau war ohnehin teurer als geplant.«

Hoffmann kommt zurück, und noch in der offenen Tür sagt er: »Okay, ich habe versucht, Sophias Mutter zu erreichen, aber ihr Handy ist ausgeschaltet. Der Direktor hat mir gesagt, dass sie bis 14:30 Uhr Unterricht hat und um 15 Uhr in der Schule Dreharbeiten für einen Film beginnen, bei denen sie dabei sein wird.« Philip sieht auf die Uhr.

»Sie haben hoffentlich nicht gesagt, was passiert ist?«, fragt Dr. Winkler ängstlich.

»Nein, natürlich nicht. Ich werde mit meinem Kollegen zur Schule fahren und Sophia mitnehmen.«

»Wie geht es jetzt weiter?«

»Die Kollegen von der Spurensicherung und die Kripo übernehmen die weiteren Ermittlungen«, antwortet Philip.

14.

Lena Konrady sitzt auf ihrer abgewetzten Couch und dämpft ihre halbgerauchte Zigarette im überquellenden Aschenbecher aus. Zum wiederholten Mal liest sie Philip Hoffmanns letzte Nachricht und zündet sich eine neue Zigarette an. *Er hat sich erhängt. Wegen dir, wie er in seinem Abschiedsbrief schreibt. Jemand von der Kriminalpolizei wird dich befragen.* Sie steht auf und geht nervös im Wohnzimmer hin und her. Gedankenverloren bläst sie den Rauch seitlich aus dem Mund. Rambo beobachtet sie und scheint zu überlegen, ob er von seiner Decke aufstehen oder doch lieber liegenbleiben soll. Er entscheidet sich schließlich fürs Liegenbleiben. Lena lässt die Asche achtlos auf den Boden fallen und verreibt sie mit dem nackten Fuß im Teppichboden. Ein hellgrauer Fleck bleibt zurück.

Die Nachricht von Christoph Allingers Suizid hat sie mehr aufgewühlt, als sie sich eingestehen will. Sie hat mit ihm geschlafen, weil ihr langweilig war, aber er hat ihr nichts bedeutet. Und sie hat ihm auch klipp und klar gesagt, dass sie kein Interesse an einer Beziehung mit ihm habe. Sie spielte ihr Katz-und-Maus-Spiel mit ihm, weil sie wissen wollte, wie weit sie gehen konnte. Lena hat es Spaß gemacht, ihm dabei zuzusehen, wie er sich ihr gegenüber immer mehr öffnete und gleichzeitig damit haderte. Er war vorsichtig gewesen und auch ein bisschen scheu, aber sie wusste, dass sie ihn in der Hand hatte. Je mehr er sich zu Lena hingezogen fühlte, desto perfider wurden ihre Spielchen. Es war wie am Hundeabrichtplatz: Waren die Tierchen brav, wurden sie belohnt. Waren sie unfolgsam, gab es wirksame Strafen. Wenn ihr danach war, schrieb sie ihm ihre dirty Flirt-Messages, in denen sie ihm detailliert ihre sexuellen Phantasien beim Masturbieren schilderte. Dann meldete sie sich wieder tagelang gar nicht, und es dauerte nicht lange, bis er sie mit Nachrichten bombardierte, dass er es ohne sie nicht mehr aushalte. Der übliche Quatsch halt.

Christoph Allinger war ein labiler, einsamer junger Mann, der einen eintönigen, unterbezahlten Job als Journalist hatte und sich nach einer festen Beziehung sehnte. Dass Lena dafür die absolut falsche Frau war, hätte er wissen müssen, wenn er mehr Ahnung vom Leben gehabt hätte. Als er Lena vor ein paar Monaten zum Interview für die Zeitschrift *Best Friends* traf, gab sie ihm nach Beendigung des Gesprächs unmissverständlich zu verstehen, dass sie gerne Sex mit ihm hätte. Allinger konnte sein Glück kaum fassen. So etwas war ihm zuvor noch nie passiert, und er sah in der Begegnung mit Lena einen Wink des Schicksals. In seinen Augen war er ab diesem Zeitpunkt mit Lena zusammen, auch wenn ihr Verhalten ihn oft irritierte. Selbst als Lena ihm zu verstehen gab, dass sie ein Leben als Single vorziehe, hielt Allinger an der fixen Idee fest, dass sie zusammengehörten. Und als ihm Lena eines Tages sogar erzählte, dass sie mit anderen Männern schlafe, verdrängte Christoph Allinger diese Information einfach, als hätte er sie nie gehört. Sein Wunschdenken war stärker als die Wirklichkeit. Es wäre ihm nie in den Sinn gekommen, dass er für Lena nicht mehr als eine Spielfigur war. Allinger war zu naiv, um es mit Lena aufnehmen zu können.

Und jetzt soll er sich wegen ihr umgebracht haben? Es würde sie brennend interessieren, was in Allingers Abschiedsbrief steht, aber in erster Linie hofft sie, dass er keine Details enthält, die sie desavouieren würden. Sie setzt sich und überfliegt ihren Chat mit Allinger. An die meisten Nachrichten kann sie sich gar nicht mehr erinnern, aber ihr ist klar, dass sie dabei nicht besonders gut wegkommt. Sie ist wütend, weil ihre Nachrichten jetzt wildfremde Menschen lesen können. Das war so nicht geplant.

Lena überlegt, was sie den Beamten der Kriminalpolizei erzählen soll. Schuld können sie ihr keine geben, und was sie einem Bekannten schrieb, mit dem sie ab und zu Sex hatte, geht niemanden etwas an. Trotzdem fühlt sie sich nicht gut. Wut und Ärger steigen in ihr auf, weil ihr bewusst wird, dass sie in ihrem Leben wieder einmal an einem toten Punkt angelangt ist. Ihr Mann hat sich nach der Scheidung von ihr freigekauft, indem er ihr monatlich dreitausend Euro überweist, nur damit sie ihn in Ruhe lässt. Als Immobilienmakler kann er sich das zwar leisten, trotzdem ärgert sie sich, dass sie auf dieses Geld angewiesen ist, weil sie sonst von der Sozialhilfe leben müsste. Noch mehr ärgert sie aber, dass ihr Mann nach der Scheidung kaum ein Wort mit ihr gewechselt hat. Und auch ihr Sohn Severin gibt ihr bei seinen Wochenendbesuchen zu verstehen, dass er lieber bei seinem Vater bleiben würde und nur zu ihr kommt, weil es eine entsprechende Vereinbarung gibt. Dann zieht er sich in sein Kinderzimmer zurück und spielt stundenlang mit seinem Handy.

Rambo beginnt zu knurren und wedelt unruhig mit dem Schwanz. Genervt öffnet Lena die Terrassentür. Der Hund läuft nach draußen und pinkelt auf das verrostete Gestänge der Hollywoodschaukel, dann springt er in die Sandkiste, wo er sein Geschäft verrichtet. Er hält kurz inne, weil er im Gebüsch etwas entdeckt hat. Mit gespitzten Ohren schleicht er zu einem Strauch, wo sich ein paar Hornissen eingenistet haben. Der Pit Bull schnappt nach den Insekten, ohne sie zu erwischen. Plötzlich jault er auf und schüttelt wie verrückt den Kopf.

Lena geht in die Küche und holt sich aus dem Kühlschrank eine Flasche Bier, die sie in wenigen Zügen bis zur Hälfte leert. Sic hofft, dass sie der Alkohol ein wenig beruhigt. Mechanisch wischt sie über das Display ihres Handys, ohne genau zu wissen, wonach sie sucht. Wer hätte sie schon anrufen oder ihr eine SMS schicken sollen? Mit der Bierflasche in der Hand geht sie ins Wohnzimmer und setzt sich auf die Couch. Rambo kommt zurück und will seinen Kopf in ihren Schoß legen. Sie verscheucht ihn mit einer rüden Handbewegung. »Schleich dich, blöder Hund, blöder«, schimpft sie, woraufhin der Pit Bull niedergeschlagen an seinen Platz trottet und eine Pfote auf seine Schnauze legt.

Sie trinkt das restliche Bier, aber der Alkohol macht sie nur noch wütender. Wütend auf ihr Leben, ihren Ex-Mann, der genauso ist wie ihr Vater. Einer, der seiner Karriere alles unterordnet. Eitel sind sie, die Männer in ihrem Leben. Immer darauf bedacht, gut auszusteigen und sich selbst keine Fehler zuzugestehen. Und wenn einmal etwas gutzumachen ist, kommt Geld ins Spiel. Alimente, um sich die Freiheit zurückzukaufen. Oder die Brust-OP, die ihr der Vater zum achtzehnten Geburtstag geschenkt hat, als Deal sozusagen. Damit sie den Mund hielt, damit sie nicht ausplauderte, dass sie selbst verschenkt worden war. Von ihrem eigenen Vater, an einen einflussreichen Kollegen, ebenfalls Arzt und um vierzig Jahre älter als sie.

Damals war sie knapp siebzehn Jahre alt, der Ort des Geschehens ein Nobelhotel, während eines Schiurlaubs mit den Eltern in der Schweiz. Der Kollege war von diesem »Geschenk« derart begeistert, dass er Lenas Vater zum Teilhaber seiner Klinik für Schönheitschirurgie machte. Der Handel war ein lukrativer. Das brave Töchterchen bekam eine neue Brust, die schließlich ein Investment für einen weiteren Deal war. Die Heirat mit dem Immobilienmakler. Dieser war leider kein Arzt, wie der Vater es lieber gehabt hätte, aber immerhin erfolgreich. Das Bild, wie der Vater ihrem frisch angetrauten Ehemann damals anerkennend auf die Schulter klopfte, löst bei Lena einen Würgreiz aus. So viel konnte sie gar nicht ficken, dass diese Bilder endlich aus ihrem Kopf verschwanden. Schulterklopfende Männer, die stillschweigend ihre Deals unter Dach und Fach brachten. Die sich das stumme Zugeständnis ihrer Ehefrauen und Töchter erkauften und sicher sein konnten, dass keine ihr Schweigen brach. Das Schweigen hielt alles zusammen. Doch jetzt ist Lena eine geschiedene Frau, und ihrem Vater wünscht sie nur noch den Tod. Durch die Erbschaft wäre sie endlich ihre finanziellen Sorgen los.

Sie fächelt sich Luft zu, die Klimaanlage funktioniert schon seit Wochen nicht mehr. Lena klickt eine x-beliebige Wetterseite an. 34 Grad. Eigentlich das ideale Wetter, um baden zu gehen. Aber wohin? Und mit wem? Mit Rambo wird man sie in kein Schwimmbad lassen, und zur Donau rauszufahren hat sie keine Lust. Dort gibt es zwar genug Männer mit Kampfhunden, aber mit denen will sie nichts zu tun haben. Genauso wenig wie mit ihrer Mutter, die ihr jahrelang vorgehalten hat, im Leben versagt zu haben. Stehsätze wie: »Du hast die Schule abgebrochen« oder »Du übst keinen ordentlichen Beruf aus« oder »Du vernachlässigst dein Kind« hingen ihr irgendwann zum Hals heraus. Am liebsten hätte sie den Pit Bull auf ihre Mutter gehetzt. Einmal ordentlich ins Gesicht gebissen, dann wäre endlich Ruhe. Sie wird auch in Zukunft die Anrufe ihrer Mutter ignorieren, die anscheinend noch immer nicht kapiert hat, dass die Familienbande für immer zerrissen sind.

Lena überlegt, wann sie Christoph Allinger zum letzten Mal gesehen hat. Es muss vor etwa zwei Wochen gewesen sein, als sie mit Rambo Richtung Hundewiese unterwegs war. Allinger tat so, als wäre er zufällig vorbeigekommen, aber Lena wurde den Verdacht nicht los, dass er ihr aufgelauert hatte. Er wollte, dass sie am Abend zu ihm kam, und weil ihr langweilig war, hatte sie zugesagt. Als sie gleich nach dem Sex wieder gehen wollte, begann er zu heulen und machte ihr eine Szene. Aber Lena hatte keine Lust auf postkoitale Gespräche. Wenn Gespräche nach dem Liebesakt ein Zeichen für ein zivilisiertes Liebesleben sind, zieht sie ein unzivilisiertes Liebesleben vor. Zärtlichkeiten nach dem Sex? Reden nach dem Sex? Alles Unsinn.

Irgendetwas nagt an ihr, und auch wenn sie es sich nicht eingestehen will, weiß sie, dass es Schuldgefühle sind. Sie steht auf und geht auf die Terrasse. Sie blinzelt in die Sonne und hört das Lachen von Kindern, die irgendwo in der

Nähe in einem Wasserbecken planschen. Lena wird wütend und schließt die Terrassentür mit einem lauten Knall. Rambo hebt erschrocken den Kopf. Sie stellt sich vor, dass sie jetzt mit einem kleinen Kind in einem Planschbecken spielt, während ihr Mann mit einem kühlen Bier unter einem Sonnenschirm sitzt und ihnen zulächelt. Warum hat sie kein Planschbecken gekauft, als Severin noch klein war? Und wie oft ist sie mit ihrem Mann unter einem Sonnenschirm gesessen? Nur jetzt nicht sentimental werden, denkt sie. Sie hat diese vermeintlichen Idyllen immer verabscheut. Umso mehr ärgert sie, dass für Philip Hoffmann diese Idylle im nächsten Sommer Realität werden wird, vorausgesetzt dass seine Frau nicht erfährt, dass er mit einer anderen herumgefickt hat. Lena streicht sich den seidenen Jumpsuit glatt, der sich bei jedem Schritt an ihren Körper schmiegt. Sie geht in die Küche und greift nach der Ginflasche, aus der sie einen kräftigen Schluck nimmt. Sie hustet und stellte die Flasche mit einem lauten Knall zurück auf die Anrichte. Der Gin brennt in ihrer Kehle, und sie fühlt sich kein bisschen besser.

Philip wollte heute zu ihr kommen. Wahrscheinlich hat er Panik, aber ob er tatsächlich noch glaubt, dass sie von ihm schwanger ist, bezweifelt sie. Noch mehr beschäftigt sie die Frage, was in Christoph Allingers Abschiedsbrief steht. Philip hat ja in seiner Nachricht geschrieben, dass Allinger ihr die Schuld an seinem Suizid gegeben hat. Wahrscheinlich weiß Philip aufgrund des Abschiedsbriefs jetzt auch, dass sie mit Allinger Sex gehabt hat, also auch er der Vater des Babys, das es in Wirklichkeit gar nicht gibt, sein könnte. Lena hat sich verrechnet und sitzt in der Falle.

Da sie befürchtet, dass sie die Lüge mit der Schwangerschaft nicht mehr lange aufrechterhalten kann, hat sie nur noch ein Druckmittel in der Hand. Und das sind Philips Nachrichten und seine Schwanzfotos. Sie greift nach ihrem Handy und klickt den Ordner mit den Dickpics an. Sie schlüpft aus ihrem Overall und zieht sich den Slip aus, an diesem beschissenen Tag ist ohnehin schon alles egal. Sie setzt sich auf die Couch, spreizt ihre Beine und massiert ihre Muschi, bis sie stöhnend kommt. Aber Lena fühlt sich jetzt noch leerer als zuvor. Trinken will sie nichts mehr, ihr ist bereits übel. Außerdem weiß sie nicht, wann die Kriminalpolizisten kommen werden, um sie wegen Allingers Suizid zu befragen. Kann die Kriminalpolizei einfach so auftauchen, ohne sich vorher anzumelden? Das scheint Lena unwahrscheinlich. Und wenn sie anrufen, wird sie das Gespräch auf ein andermal verschieben. Sie hat jetzt einfach keine Lust, über ihr Verhältnis zu einem Toten zu sprechen.

Lena geht in die Küche und wäscht sich die Hände. Im Wohnzimmer hebt sie ihren Slip auf und wirft ihn in den Wäschekorb. Es ist jetzt halb drei, und sie hat keine Ahnung, was sie mit dem restlichen Tag anfangen soll. Ihr Ex-Mann hat ihr eine SMS geschickt, dass Severin nicht, wie üblich, am Freitagabend, sondern erst am Samstagvormittag zu ihr kommen wird. Obwohl sie sich zunächst über die Nachricht geärgert hat, ist sie jetzt froh, dass sie heute ihre Ruhe hat. Sie öffnet den Chat mit Philip und wundert sich, dass er sich noch nicht gemeldet hat. Schließlich wollte er heute nach Dienstschluss zu ihr kommen, um mit ihr zu reden.

Wahrscheinlich plant Philip, ihr endgültig den Laufpass zu geben, sie einfach abzuservieren wie gebrauchtes Geschirr. Aber nicht mit ihr. Lena überlegt, ob sie ihn noch einmal fragen soll, wann er kommen möchte, lässt es aber sein. Um sich abzulenken, klickt sie eine Nachrichtenseite an. In den *Breaking News* wird von einer tödlichen Haiattacke im Aqua-Terra-Zoo berichtet. Sie muss die Nachricht zweimal lesen, um zu verstehen, was da passiert ist. Eine Haiattacke in einem Aquarium? Und das vor den Augen Dutzender Besucher? Von den üblichen Kriegen und Naturkatastrophen abgesehen gibt es wenig Neues, außer dass in einem Tiergarten in Bangladesch ein einsames Nashorn von einem Schaf getröstet wurde.

Die Meldung von der Haiattacke hat Lena nur kurz von ihrer Wut abgelenkt, und wenn sich Philip in der nächsten halben Stunde nicht meldet, wird sie seine Ficknachrichten an seine Frau schicken. Samt der Schwanzfotos. Aus. Sie weiß, dass Philip verheiratet ist und seine Frau in einem Spielwarengeschäft arbeitet. Schon in ihrer ersten gemeinsamen Nacht hat sie sein Mobiltelefon auf einschlägige Hinweise durchsucht. Daher kennt sie den Namen der Frau und weiß, wo sie arbeitet. Als sie einige Tage später den Spielzeugladen aufgesucht hat, ist ihr sofort die schwangere Verkäuferin aufgefallen, die von einer Arbeitskollegin mit Margot angesprochen wurde. Lena gibt Philip noch achtundzwanzig Minuten Zeit, um sich zu melden, dann wird sie zuschlagen. So einfach ist das.

15.

Ich hasse den Schlaf. Schon als Kind konnte ich nicht schlafen, weil meine besoffene Mutter ständig herumbrüllte. Oder ihre Männer. Oder beide. Ich musste mir die Ohren zuhalten und habe mich unter dem Bett versteckt, aber es hat nichts genützt. Kein Wunder, dass ich in der Schule ständig eingeschlafen bin. Die Lehrer haben mich deswegen zur Sau gemacht.

Ist das jetzt wieder dieser Papagei, der da krächzt? Das darf doch nicht wahr sein. Seit mindestens einem halben Jahr habe ich den nicht mehr gehört. Ich dachte, sein Besitzer wäre schon längst weg. Oder tot. Ich habe ihn ab und zu auf der Straße gesehen. Der hatte tatsächlich seinen Vogel auf der Schulter sitzen. Und dieser Idiot trug einen Overall, der am Rücken und an den Schultern vollgeschissen war. Die Leute haben ihm erstaunte Blicke zugeworfen, aber er hat nur blöd zurückgegrinst. Ich habe den Papagei oft schreien gehört. Es war ein unangenehmes Geräusch. Wie von jedem Vogel. Egal ob Krähen, Tauben, Falken oder Papageien. Mir tut ihr Geschrei in den Ohren weh.

Fast jede Nacht bin ich schweißgebadet aufgewacht, weil ich Angst hatte, dass jemand in mein Zimmer kommen könnte. Darum habe ich auch meine Wohnungstür mit Kisten verbarrikadiert. Zum Schutz. Als Kind bin ich oft mitten in der Nacht aufgeschreckt, wenn plötzlich jemand neben meinem Bett gestanden ist. Meiner Mutter war das alles egal, die ist besoffen am Küchentisch gesessen oder auf der Couch gelegen. Oft hat sie mehrere Männer in die Wohnung mitgenommen. Die haben sie dann der Reihe nach gefickt. Die Geräusche, die sie dabei gemacht haben, waren fürchterlich. Aber ich musste mich ruhig verhalten. Nicht einmal aufs Klo durfte ich gehen. Ich habe oft ins Bett gepinkelt. Am nächsten Tag ist meine Mutter komplett ausgezuckt und hat mir links und rechts eine geknallt, dass ich Sterne gesehen habe. Und immer auf die Ohren. Einmal hat sie einen angeschleppt, der hat in einer Videothek gearbeitet. Mit dem habe ich mir die ärgsten Filme angeschaut. Richtig brutale Hardcorefilme, in denen die Menschen reihenweise abgeschlachtet wurden. Er hat immer blöd gelacht, wenn das Blut gespritzt ist, und sich das nächste Bier aufgemacht. Wenn meine Mutter nicht da war, habe ich mit ihm getrunken. Ich war vielleicht zwölf, und in der Nacht habe ich dann schreckliche Albträume gehabt. Nach einem Monat ist der Typ wieder verschwunden.

Ich kann mir gar nicht vorstellen, wie das ist, wenn man von einer Kugel getroffen wird. Irgendetwas muss einem in diesem Augenblick ja durch den Kopf gehen. Damit meine ich nicht die Kugel. Aber was? Fällt einem ein bestimmtes Lied ein, oder denkt man an eine bestimmte Person, oder an ein bestimmtes Ereignis, oder an einen bestimmten Geruch? Woran würde ich denken? An Bianka? Oder an meine Mutter? Dass ich nicht lache. Alles Schwachsinn. Der Schalter wird umgelegt, und dann ist es dunkel. Aus. Nur mit dem Unterschied, dass man nicht schläft, sondern tot ist. Was seine Vorteile hat, weil man nicht geweckt werden kann. Weder von einem wildfremden Mann noch von einem fürchterlichen Geräusch.

Das Problem beim Schlafen ist ja, dass man nicht weiß, was um einen herum gerade passiert. Das war auch der Grund, weshalb ich beim leisesten Geräusch mit Panikattacken aufgewacht bin. Ich habe einmal versucht, so lange wie möglich wach zu bleiben. Aber das hat nicht funktioniert. Obwohl das gar nicht so schlecht war, weil ich nach 36 Stunden ohne Schlaf derart erledigt war, dass ich in einen Tiefschlaf versunken bin und mich wie tot gefühlt habe. Im Schlaf verliert man die Kontrolle. Das ist das Problem. Du bist völlig wehrlos, und plötzlich steht ein Fremder neben deinem Bett und greift dir zwischen die

Beine. Alleine bei dieser Vorstellung bekomme ich schon Herzrasen und Schweißausbrüche. Aber heute habe *ich* alles unter Kontrolle.

Meine beste Zeit hatte ich als Nachtwächter. Da konnte ich in der Nacht wach bleiben. Zuerst habe ich den Stall der Veterinärmedizinischen Universität am Stadtrand bewacht. Dort waren die Tiere untergebracht, die gerade operiert worden sind oder sonst irgendwelche Krankheiten hatten. Kühe, Pferde, Schweine, Hunde, Katzen, alles Mögliche. Ich musste jede Stunde mit der Stechuhr einen Rundgang machen und protokollieren, wie es den einzelnen Tieren geht. Die Tiere hatten ja alle Namen: Ein Eber hieß Eberhard, ein Kater Julius, ein Pferd Easyrider, was weiß ich. Auf eine Kuh sollte ich besonders aufpassen. Sie hieß Belinda und hatte seitlich am Bauch ein faustgroßes Loch, das mit einem Stöpsel verschlossen war. Einmal habe ich gesehen, wie der Arzt seine Hand in dieses Loch gesteckt hat, um irgendwelche Untersuchungen zu machen. Fistulierung heißt das in der Fachsprache. Die Kuh dürfte das aber gar nicht gespürt haben, weil sie ganz ruhig geblieben ist. Was der Arzt genau gemacht hat, weiß ich nicht, aber mich hat das natürlich interessiert, und so habe ich in der darauffolgenden Nacht mit der Taschenlampe in dieses Loch hineingeleuchtet und tatsächlich bis in den Magen der Kuh gesehen. Es war irgendwie gruselig, aber in der ganzen Aufregung ist mir der Stöpsel runtergefallen, und zwar genau in einen Haufen Kuhscheiße.

Am nächsten Tag war die Kuh tot, und weil der Stöpsel verdreckt war und ich als einziger Zugang zum Stall hatte, hat mich die Sicherheitsfirma sofort versetzt.

Die von der Veterinärmedizin haben sogar behauptet, dass ich in der Nacht, in der die beiden Schafe Frieda und Paula verschwunden sind, geschlafen hätte, statt auf die Tiere aufzupassen. Das Fell und die Knochen der Schafe hat man später in einem nahe gelegenen Wald gefunden, das Fleisch haben die Diebe natürlich mitgenommen. Angeblich waren es Syrer oder Afghanen, ich hatte damit jedenfalls nichts zu tun. Frieda und Paula waren allerdings krank und hatten eine Art Tuberkulose, aber das konnten die Kanaken natürlich nicht wissen. Pech für sie und ihre Großfamilien.

Nach dem Vorfall mit der Kuh bin ich zur Bewachung eines Labors für Tierversuche abkommandiert worden. Allerdings nur für ein paar Wochen, weil die Betreiber herausgefunden haben, dass ich vorbestraft war. Das hat ihnen nicht gepasst. Ich bin kein Tierfreund, aber was ich dort gesehen habe, hat sogar mich schockiert. Affen, die in Käfigen angekettet waren und die ganze Nacht gebrüllt haben, oder Hunde, die aus dem Maul geblutet haben. Besonders unheimlich fand ich eine Halle, in der Hunderte Katzen apathisch auf dem Boden hockten oder auf Katzenbäumen saßen. Am Anfang dachte ich, dass die tot wären, aber die haben gelebt und wahrscheinlich irgendwelche Beruhigungsmittel bekommen.

Dann habe ich vier Jahre lang ein großes Baustofflager bewacht, wo ich mich sehr wohlgefühlt habe. Alles ist auch gut gegangen, bis sie uns erwischt haben und ich wieder einmal für ein Jahr in den Bau musste. Wir waren zu viert, zwei Jugos, ein Grieche und ich. Der Grieche hieß merkwürdigerweise Wagner. Der war schon älter und hat seit seiner frühesten Jugend als Nachtwächter gearbeitet. Deshalb war er wahrscheinlich ein bisschen wirr im Kopf. Er hat mir erzählt, dass er nur noch in der Nacht leben kann. Wenn er tagsüber nicht schlafen konnte, ist er in seiner Nachtwächteruniform herumgelaufen und hat, wenn ihm danach war, den Verkehr geregelt. Bis die Polizei gekommen ist und ihn nach Hause geschickt hat. Irgendwie war er aus der Zeit gefallen.

Jeder von uns hatte seinen eigenen Container mit einem Tisch, einem Sessel und einem Radio. Fernseher gab es natürlich nicht. Die WC-Box stand im Freien, was im Winter sehr unangenehm war. Einmal sind Wildschweine gekommen. Das Baustofflager lag ja am Stadtrand in der Nähe von einem Wald. Ich habe zuerst an einen Überfall gedacht und sofort meine Pistole gezogen, die ich immer bei mir hatte. Es war keine Dienstwaffe, weil wir für die Bewachung des Baustofflagers ja keine Waffen brauchten. Ich habe gewartet, bis ich plötzlich ein Grunzen hörte. Daraufhin habe ich die Tür einen Spalt geöffnet, und da standen sie: vier Wildschweine, eine Sau mit drei Jungen. Ich hätte sie abknallen können, habe es aber nicht getan.

Sie sind dann wieder im Wald verschwunden. Keine Ahnung, was die im Baustofflager gesucht haben, zu fressen gab es dort nichts für sie. Die Jugos waren sauer, weil sie gerne die Wildschweine am Spieß gebraten hätten.

Den Abtransport der Zementsäcke und des Baumaterials haben die beiden Jugos organisiert. Josip und Pero haben sie geheißen, aber Wagner, der Grieche, hat sich herausgehalten. Er hat gesagt, dass er lieber Kreuzworträtsel löst. Tausende Kreuzworträtsel hat der gelöst, und zwar in Windeseile, weil er ja alle Lösungen schon kannte. Ich habe das Haupttor bewacht und dafür gesorgt, dass alles schnell geht. Ich habe auch aufgepasst, dass sie nicht zu viel mitgehen lassen, weil das sonst aufgefallen wäre. Das war ein schöner Nebenverdienst für mich, ohne mich wäre ja nichts gegangen. Aber die Jugos sind immer unvorsichtiger geworden, und irgendwann wurden Kameras installiert, und nach drei Wochen war alles vorbei.

Wegen meiner Vorstrafen habe ich ein Jahr unbedingt bekommen. War eine schöne Scheiße, trotzdem war es eine gute Zeit als Nachtwächter. Der umgekehrte Tagesablauf. Man sieht die Welt mit anderen Augen. Da hatte ich auch viel weniger Angst, weil ich am Tag geschlafen habe. Wenn ich aufgewacht bin, war es hell. Durch das Leben in der Nacht haben sich die weißen Blutkörperchen vermehrt, und die roten sind weniger geworden. Keine Ahnung, ob das stimmt, aber der Grieche hat das behauptet, und der musste es ja wissen. Der hat an Halluzinationen gelitten wegen der jahrzehntelangen Nachtarbeit, und kalt war ihm auch ständig. An den Wochenenden habe ich oft sechsunddreißig Stunden durchgearbeitet. Dem Sicherheitsunternehmen war das egal, es gab schließlich keine Kontrollen, und die Belege waren gefälscht. Wir mussten ein Wachbuch führen, das hat der Grieche immer schon einen Monat im Voraus ausgefüllt: *Schlüssel vollzählig vorhanden. KbV – Keine besonderen Vorkommnisse.*

Jetzt trampeln im Haus wieder irgendwelche Kinder herum. Sollen sie. Natürlich könnte ich an die Tür klopfen und sie einfach abknallen. Wie die Tauben. Aber dazu müsste ich die Kisten vor meiner Wohnungstür wegräumen. Nein, nein, im Schulhof ist die Auswahl viel größer.

Zuerst werde ich mir mit meinem Feldstecher einen Überblick verschaffen, und dann geht es los. Panik wird ausbrechen, und sie werden versuchen wegzulaufen oder sich zu verstecken. Aber ich werde ganz ruhig bleiben. Das ist das Wichtigste. Keine Hektik. Ich werde nicht einfach drauflosballern, sondern mir genau überlegen, wen ich ins Visier nehme.

Damals bin ich tagsüber fast gar nicht mehr aus dem Haus gegangen. Die Einkäufe habe ich nach der Arbeit erledigt. Während der Woche hat meine Schicht zwölf Stunden gedauert. Von sieben am Abend bis sieben in der Früh. Im Gefängnis habe ich Probleme gehabt, weil ich mich erst wieder an den normalen Rhythmus gewöhnen musste. In der Nacht war ich wach, tagsüber wollte ich schlafen, aber das ging nicht. Natürlich habe ich vor Gericht keine Chance gehabt. Und meinem Pflichtverteidiger war völlig egal, was mit mir passiert. Diese verdammten Schweine. Selbst die beiden Jugos haben mildernde Umstände bekommen. Den Griechen haben sie gar nicht angeklagt, weil er sich hinten und vorne nicht mehr ausgekannt hat. Trotzdem haben sie auch ihn hinausgeworfen, und kurze Zeit später hat er sich aufgehängt. Im Wald hinter dem Baustofflager. Der hat sich im Leben einfach nicht mehr zurechtgefunden. Ich habe als Einziger die Höchststrafe bekommen. Aber heute ist mir das alles egal. Heute fälle *ich* die Urteile. Und es wird keine mildernden Umstände geben. Auch nicht für den Direktor.

Fertiggemacht haben sie mich in der Hauptschule. Vom ersten Tag an. Die Lehrer haben genau gewusst, wie sie mich am besten quälen können. Obwohl ich nicht singen konnte, musste ich in jeder Musikstunde vor der ganzen Klasse singen. »Alle Vöglein sind schon da.« Und alle haben gelacht. Die Lehrer genauso wie die Schüler. Auch meine Aufsätze musste ich laut vorlesen, obwohl ich mir beim Schreiben schwertat. Und rechnen musste ich immer vorne an der Tafel. Damit alle sehen konnten, wie ich ins Schwitzen kam vor Angst. Einmal habe ich das meiner Mutter erzählt, aber sie hat mir sofort eine Ohrfeige gegeben. »Recht geschieht dir, weil du zu allem zu blöd bist, du Trottel«, hat sie gesagt. Und sich die nächste Zigarette angezündet.

Wer klopft da an die Tür? Verdammte Scheiße, was ist da los? Ich darf mich nicht bewegen. Jetzt klopft es noch einmal, dieses Mal lauter. Was? Polizei? Was will die Polizei von mir? Ich darf keinen Fehler machen. Sie können nicht einfach in meine Wohnung kommen. Ich habe ja gar nichts getan. Vielleicht hat mich jemand von der Schule angezeigt? Ja, das wird es sein. Die haben gesehen, wie ich sie mit dem Feldstecher beobachtet habe. Das war die Lehrerin mit der roten Jacke. Verdammte Scheiße. Ich werde mich nicht mehr am Fenster zeigen, bis meine Zeit gekommen ist. Nur ruhig bleiben. Jetzt klopfen sie ein drittes Mal und rufen meinen Namen. Wenn ich mich nicht rühre, werden sie glauben, ich bin nicht zu Hause, und sie werden wieder verschwinden. Sind sie noch da? Ich darf mich nicht verraten. Mein Herz schlägt bis zum Hals, und ich rieche meinen Schweiß. Sie klopfen wieder. – Jetzt höre ich nichts mehr, ich glaube, sie sind weg. Aber vielleicht wollen sie mir eine Falle stellen und warten vor der Tür. Da haben sie sich aber getäuscht. Ich werde mich nicht vom Fleck rühren. Irgendwann werden sie schon abhauen. So eine Scheiße. Ich muss sofort das Gewehr verstecken. Obwohl das jetzt gar nichts bringt, weil sie ja ohnehin nicht in meine Wohnung können. Ich warte einfach. Vielleicht steht jemand im Schulhof und schaut, was passiert. Ich werde ganz vorsichtig zum Fenster gehen, aber so, dass mich niemand sehen kann. Verdammt, jetzt knarrt auch noch der Fußboden.

Im Schulhof ist niemand zu sehen, also kann es nicht so schlimm sein. Die werden mir einen Zettel an die Tür geklebt haben, dass ich aufs Kommissariat kommen soll. Mein Herz schlägt immer noch wie verrückt, ich muss mich beruhigen. Meine Hände zittern. Ich darf jetzt keinen Fehler machen. Die können nichts machen, und einen Durchsuchungsbefehl haben sie sicher auch nicht, da kenne ich mich aus. Das dauert ewig, bis die einen bekommen. Puh, das war knapp. Ich bin ganz verschwitzt, aber ich werde mich nicht mehr umziehen. Wozu auch? In der Volksschule habe ich oft eine ganze Woche lang dasselbe Gewand getragen. Am liebsten hätte ich auch in diesen Kleidern geschlafen. In der frischen Wäsche habe ich mich nie wohlgefühlt. Was meiner Mutter ohnehin recht war, weil sie dann weniger waschen musste. Meine Mutter war ja eine richtig faule Sau. Die hat das Geschirr nur abgewaschen, wenn es schon zu stinken begonnen hat oder wenn sie Männerbesuch erwartet hat. Ihren Männern war das dreckige Geschirr allerdings vollkommen egal. Die haben ja selbst gestunken, nach Alkohol, Schweiß und Zigaretten. Vom Jugendamt sind sie auch ein paar Mal gekommen, aber meine Mutter hat es immer irgendwie geschafft, die Beamten davon zu überzeugen, dass alles in bester Ordnung sei. Ich glaube, dass sie einmal einem Beamten sogar einen geblasen hat. Sie hat jedenfalls gegrunzt wie ein Schwein, und irgendwann hat der Beamte kurz aufgeschrien. Ich musste mich in der Zwischenzeit in meinem Kabinett unter dem Bett verstecken. Wenn ich etwas gesagt hätte, hätte sie mich verdroschen.

Manchmal hat mich meine Mutter sogar in das nahe gelegene Pfarrheim geschickt, weil sie mich an den Wochenenden los sein wollte. Sie hat dem Pfarrer irgendeinen Unsinn erzählt, dass ich gerne bei der Jugendgruppe dabei wäre und in Religion immer gute Noten hätte, was völliger Blödsinn war. Das Einzige, was mich im Pfarrheim interessiert hat, war Tischfußball. Ich habe gleich gegen ein paar Gleichaltrige um Geld gespielt und jedes Mal gewonnen. Nach dem dritten Wochenende hat mich der Pfarrer rausgeschmissen, weil ich nicht bereit war, mich an den Gesprächen über Gott und die Welt zu beteiligen. Meiner Mutter habe ich das natürlich nicht erzählt, stattdessen bin ich in den Park gegangen und habe mich mit ein paar Typen getroffen, die mir gezeigt haben, wie man Kellerabteile aufbricht. Das Zeug, das wir gestohlen haben, war nicht viel wert. Einmal haben wir vier Autoreifen mitgehen lassen und einmal ein Fahrrad. Die Reifen haben wir einem Jugo für zweihundert Schilling verkauft, und für das Fahrrad haben wir fünfzig Schilling bekommen.

Was ist das für ein Lachen? Es kommt vom Schulhof, aber es können keine Schüler sein, die haben immer noch Unterricht. Vielleicht ist es ja eine Falle. Okay, langsam, langsam. Ich muss mich anschleichen. Ich sehe zwei Männer in grauen Arbeitsmänteln, das sind die Schulwarte, die kenne ich. Sie leeren ganz gemächlich die Mistkübel aus und erzählen sich dabei sicher dreckige Witze. Dann lachen sie blöd. Es ist eigentlich kein richtiges Lachen, es ist mehr ein Bellen. Richtig widerwärtig. Und sobald sie einen Kübel ausgeleert haben, zünden sie sich eine Zigarette an. Die Stummel werfen sie einfach auf den Boden. Wahrscheinlich sind sie unkündbar und lassen sich alle zwei Wochen krankschreiben. Ein richtiges Gesindel, das erkenne ich schon an ihrer Haltung. Es ist die typische Würstelstand-Haltung. Mit einem Ellenbogen stützen sie sich am Tresen ab, damit sie nicht umfallen. In der einen Hand halten sie die Zigarette und in der anderen die Bierflasche. Ein Bein haben sie abgewinkelt, und zwischen den Zigarettenzügen essen sie eine Käsekrainer mit Senf, saufen drei oder vier Bier, bevor sie nach Hause gehen und ihre Frauen schlagen, die wahrscheinlich genauso kaputt sind wie sie. Zum Kotzen.

Jetzt frage ich mich natürlich schon, was das Leben überhaupt für einen Sinn hat. Mein Leben hat jedenfalls keinen Sinn gehabt, deshalb ist es mir auch egal, wenn es heute zu Ende geht. Wozu soll ich noch leben? Kinder habe ich keine, und selbst wenn ich welche hätte, wer weiß, was aus ihnen geworden wäre. Das Leben meiner Mutter war ja auch sinnlos, obwohl sie ein Kind hatte. Sie hat mich von Anfang an abgelehnt. Ich verstehe gar nicht, warum sie mich nicht abgetrieben hat. Da wäre uns beiden viel erspart geblieben. Komischerweise fühle ich mich bei dem Gedanken, dass ich heute nicht allein abtreten werde, irgendwie wohl. Und ich werde keine Erklärungen hinterlassen.

Worauf soll ich noch warten? Auf die Frau meines Lebens? Dass ich nicht lache. Eine Ehefrau hat mir gereicht, und die anderen Schlampen waren auch nicht viel besser. Solange ich Kohle hatte, war ich gut genug für sie, kaum war ich aber abgebrannt, haben sie sich einen anderen gesucht. Eine Delogierung will ich nicht noch einmal erleben. Das ganze Theater mit Gerichtsvollzieher, Rechtsanwalt, Schlosser, Spediteur und Polizei. Das können sie sich jetzt sparen. Die können mich alle.

Oft habe ich mich gefragt, wo und wann ich in meinem Leben die falsche Abzweigung genommen habe. Oder war ich immer schon auf dem Holzweg? Vielleicht habe ich ja nicht einmal die Chance gehabt, einen anderen Weg einzuschlagen. Es war von Anfang an alles verkorkst. Zimmer, Küche, Kabinett. Eine Alkoholikerin als Mutter. Kein Vater. Nie Geld zu Hause. Kürzlich habe ich in einer der Kisten ein Heft aus meiner Volksschulzeit gefunden. Da habe ich immer irgendetwas von meinen Eltern und Geschwistern geschrieben, weil ich auf keinen Fall wollte, dass meine Mitschüler wissen, dass ich keinen Vater und keine Geschwister habe. Wenn mich meine Schulkameraden gefragt haben, welchen Beruf mein Vater ausübt, habe ich gesagt, dass er Hochseekapitän ist und mich deshalb nicht von der Schule abholen kann. Im

Hort war ich auch immer der Letzte, der gegangen ist. Am Anfang wollte ich mit den anderen Kindern nach Hause gehen, aber das wollten deren Eltern nicht. Wenn die anderen von ihren Geschwistern erzählt haben, habe ich einfach einen Bruder oder eine Schwester erfunden, aber irgendwann sind sie draufgekommen, weil ich ständig die Namen verwechselt habe. Als Achtjähriger habe ich einen Brief an das Christkind geschrieben. Ich wünschte mir ein Paar Schi, einen Anorak, eine Wollmütze und einen Pullover. Außerdem wünschte ich mir ein langes Leben für meine Eltern und einen Weihnachtsbaum, an dem glänzende Zuckerstangen hängen. Und Pulverschnee, in dem ich mit meinen neuen Brettern feine Spuren ziehen würde. Mit perfekten Schwüngen wollte ich die Piste hinunterwedeln und unter Beifall und Jubelrufen den ganzen Dreck einmal hinter mir lassen.

Alles Unsinn natürlich, weil es bei uns gar keinen Christbaum gab und ich nie in meinem Leben Schi bekommen habe. Die Schi für den Schikurs musste ich mir ausleihen. Und statt eines Anoraks hat mir meine Mutter zu Weihnachten einen Teller nachgeworfen. Sie ist wütend geworden, weil ich mich über die Tafel Schokolade nicht gefreut habe.

Noch wütender ist sie geworden, wenn ich sie gefragt habe, wo mein Vater ist. Ihre Antwort bestand dann meistens aus einer Aneinanderreihung von Flüchen. Dass er ein verdammter Hurenbock war und ein Säufer und dass er abgehauen ist, als ich auf die Welt gekommen bin. Irgendwann habe ich mit dem Fragen aufgehört, es war ohnehin sinnlos. Später habe ich mich im Park und in den Gasthäusern erkundigt, ob jemand etwas über meinen Vater weiß, aber alle haben sich bedeckt gehalten. Ich habe es dann sein lassen und mir gedacht, soll er doch krepieren, der verdammte Dreckshund.

Wie soll man unter solchen Umständen etwas aus seinem Leben machen? Aber mir ist es nicht immer schlecht gegangen, außer wenn ich an die falschen Freunde geraten bin und harte Drogen im Spiel waren. Dann ist alles schiefgelaufen. Oft sind wir natürlich auch übermütig geworden. Wie die Jugos im Baustofflager. An sich war das

eine gute Zeit, das Leben in der Nacht, da war ich weg von den Drogen und habe meine Ruhe gehabt. Dann ist die Sache aufgeflogen, und sie haben mich für ein Jahr auf Kur geschickt. In den Augen der Richterin war ich ein Rückfalltäter und schwer zu sozialisieren. Blöde Sau, blöde. An sie werde ich heute auch denken, wenn ich abdrücke.

Und an den Richter, der mich einmal wegen Tierquälerei verurteilt hat. Ich habe nur eine Jugendstrafe bekommen, weil ich noch nicht achtzehn war, aber die ist mir zwei Jahre später angerechnet worden. Und warum? Weil wir einigen Schweinen die Ohren abgeschnitten haben. Das war während meiner Lehrzeit als Metzger. Wir haben unseren Spaß dabei gehabt. Wenn wir allein waren und gerade ein paar Schweine angeliefert wurden, haben wir uns mit ihnen ein bisschen gespielt. Wir haben sie ja ohnehin geschlachtet, also was war das Problem? Außerdem habe ich nie einer Sau die Augen ausgestochen, das haben die anderen gemacht. Ich habe ihnen nur die Ohren abgeschnitten. Einmal ist einer der Lehrlinge mit dem Messer abgerutscht und hat die Hauptschlagader in seinem Oberschenkel getroffen. Der hat geblutet wie eine Sau, der man ein Messer in den Hals gerammt hat. Na ja, irgendwann hat der Metzger mitbekommen, was wir aufführen, und hat uns angezeigt. Wir haben natürlich alles abgestritten, aber der Lehrling, der sich verletzt hat, hat uns verpfiffen, und ich musste mir eine neue Lehrstelle suchen. Gefunden habe ich keine.

16.

Margot Hoffmann sitzt am Küchentisch und starrt ins Leere. Sie ist in unruhige Grübeleien versunken. Der

schreckliche Traum von letzter Nacht beschäftigt sie immer noch: Sie lag im Bett, als plötzlich die Erde bebte und alles um sie herum einstürzte. Während sie in die Tiefe gerissen wurde und Mauerteile auf sie fielen, wusste sie, dass das Ungeborene in ihrem Bauch sterben würde. Sie hatte das Erdbeben fast körperlich gespürt und war schweißgebadet aus dem Schlaf geschreckt. Gleichzeitig hatte das Baby in ihrem Bauch heftig zu strampeln begonnen, als wäre es ebenfalls in Panik geraten. Gerne hätte Margot mit ihrem Mann über diesen verstörenden Traum gesprochen, aber als sie aufwachte, war er bereits aus dem Haus. Was vielleicht auch gut war, in letzter Zeit hört er ohnehin kaum zu, wenn sie ihm Dinge erzählt, die sie gerade berühren.

Durch das geöffnete Fenster dringt der Straßenlärm in die Wohnung, den Margot Hoffmann aber nur gedämpft wahrnimmt. Sie legt eine Hand auf den Bauch, in dem sich das Baby immer wieder mit Fußtritten bemerkbar macht. Ob es einen Zusammenhang zwischen dem Traum und dem brennenden Schmerz gibt, den sie seit ein paar Stunden beim Pinkeln verspürt? Unsinn, denkt sie, ein Traum kann die Realität nicht beeinflussen. Ihre Gedanken kreisen um das Baby, und sie hofft inständig, dass sie sich keine Blasenentzündung eingefangen hat, auch wenn die Symptome darauf hindeuten. Im Internet hat sie gelesen, dass die häufigsten Auslöser einer Blasenentzündung Kolibakterien seien, die in unserem Darm vorkommen und über die Harnröhre in die Blase gelangen können. *Eine Infektion der Harnwege ist für Schwangere aber nicht nur unangenehm und schmerzhaft, sie kann unbehandelt sogar vorzeitige Wehen auslösen und das Risiko einer Früh- oder Fehlgeburt erhöhen.* Als sie das gelesen hatte, stieg die Angst in ihr hoch. Ist das Baby so unruhig, weil es spürt, dass es bald seine schützende Höhle verlassen muss?

Margot Hoffmann geht zum offenen Fenster und atmet tief durch. Das Summen ist in den letzten Tagen immer lauter geworden. Oberhalb des Fensters ist das monotone Geräusch am lautesten. Wahrscheinlich haben sich Wespen oder Bienen im Rollladenkasten eingenistet. Vorgestern hat sie Philip gebeten, einmal nachzusehen. Er muss es vergessen haben.

Als sie auf der Straße eine Frau mit einem Kinderwagen sieht, lässt sie die Jalousie herunter. Sie klemmt ein wenig, Margot zieht energisch am Gurtband. Sie spürt, wie sich draußen die Nachmittagshitze breit macht. Durch einen Ruck schließt sich der Rollladen endlich. Es ist still in der nun dämmrigen Wohnung, nur das Summen ist noch da.

Sie überlegt, wo sie sich die Infektion geholt haben könnte, und plötzlich ist sie sich sicher, dass Philip schuld an der ganzen Misere ist. Sie hätte vorgestern nicht mit ihm schlafen sollen. Sie haben schon so lange keinen Sex mehr miteinander gehabt, also hat sie nachgegeben, auch wenn es ihr lieber gewesen wäre, das Ganze einfach sein zu lassen. Er war spät vom Schwimmtraining nach Hause gekommen und hatte ihr unmissverständlich zu verstehen gegeben, dass er mit ihr schlafen wolle.

Da fällt ihr ein, dass Philips Badehose und Handtuch nicht im Wäschekorb gelegen sind, als sie vorhin die Waschmaschine gefüllt hat. Wahrscheinlich hat er sie in seiner Sporttasche vergessen. Sie geht in sein Arbeitszimmer und hofft, dass die Wäsche nicht bereits müffelt. Sie öffnet den Reißverschluss der Sporttasche und stutzt: Badehose und Handtuch liegen ordentlich zusammengefaltet und offenbar unbenutzt in der Tasche. Dabei ist sie sich sicher, dass ihr Philip noch vom Training erzählt hat.

Weshalb ist Philips Badehose unbenutzt? Soll sie Stefan Mahers Frau anrufen, um zu fragen, ob Stefan und Philip überhaupt beim Schwimmtraining waren? Aber wäre ein solcher Anruf nicht peinlich? Außerdem kennt sie Mahers Frau nicht so gut, um ihr eine solche Frage zu stellen. Täuscht sie sich, oder rochen Philips Kleider in letzter Zeit nach Zigarettenrauch? Margot Hoffmann schüttelt den Kopf und macht eine wegwerfende Geste. Wahrscheinlich spielen meine Hormone wieder einmal verrückt, denkt sie, als sie erneut einen Harndrang verspürt, der ihr Herz vor Angst schneller schlagen lässt. Sie war doch gerade erst pinkeln. Sie sieht auf die Uhr. In zwei Stunden schließt die Ordination ihrer Gynäkologin, aber wenn der brennende Schmerz nicht nachlässt, bleibt ihr gar keine andere Wahl, als die Ärztin aufzusuchen. Vielleicht ist es aber lediglich eine kleine Irritation, der sie zu viel Aufmerksamkeit schenkt.

Sie zieht den Reißverschluss der Tasche zu und nimmt sich vor, Philip am Abend zur Rede zu stellen. Oder lieber doch nicht? Nur keinen Streit anfangen. Sie wird ihn einfach fragen, weshalb die Badehose und das Handtuch unbenutzt sind. Wahrscheinlich gibt es ja eine ganz plausible Erklärung dafür, und alles wird sich in Wohlgefallen auflösen.

Sie geht ins Badezimmer, um den Wäscheständer aus dem Schrank zu holen. Darin liegen auch die Sachen für das Baby, die sie kürzlich gekauft hat. Margot streicht mit den Fingern über die bunte Babyrassel und das Schmusetuch mit Beißhilfe. Das kleine weiße Alpaka-Plüschtier drückt sie sich an die Brust. Sie schließt die Augen.

Tränen laufen ihr über die Wangen. Hoffentlich verläuft die Geburt ohne Komplikationen. Sie drückt das Alpaka fester an ihren Körper. Sie sollte die Ärztin anrufen, sofort, aber sie kann nicht, weil sie heulen muss. Das weiße Fell ist von den Tränen schon ganz aufgeweicht.

Margot gibt sich einen Ruck und legt die Sachen zurück in den Schrank. Das Wäscheaufhängen zieht sich in die Länge, immer wieder muss sie eine Pause einlegen. Der Spiegel im Badezimmer zeigt ein verweintes Gesicht mit roten Flecken, die in den letzten Wochen plötzlich aufgetaucht sind. »Hässlich«, murmelt Margot. Sie hofft, dass sich das nach der Geburt wieder gibt. Und wieder dieses Brennen.

Sie muss etwas unternehmen, denkt sie deprimiert, als das Handy klingelt. Eine unbekannte Nummer. Wenn es wichtig ist, wird ihr die Person schon auf die Box sprechen. Nachdem das Klingeln verstummt ist, ruft sie endlich in der Ordination an.

Dann legt Margot das Telefon beiseite und geht in die Küche, um Wasser zu trinken. Ihre Hand zittert. Sie lehnt sich an den Kühlschrank und fächelte sich Luft zu. Die Vorstellung, bei dieser Hitze die Wohnung verlassen zu müssen, lässt ihre Stimmung weiter sinken. Sie muss unbedingt Philip anrufen, um ihm wegen des Termins bei der Gynäkologin Bescheid zu geben. Sie betrachtet das Selfie, das seit mehr als einem Jahr neben dem Kühlschrank hängt. Philip hat es im letzten Urlaub von ihnen gemacht.

Er lacht entspannt in die Kamera, und Margot fragt sich, ob dieser Mann, der damals so glücklich schien, sie nun betrügt oder ob ihre Fantasie gerade mit ihr durchgeht.

Aber warum liegen seine Badehose und sein Handtuch unbenutzt in der Sporttasche, und warum war er nach seiner Rückkehr vom Schwimmtraining so angetörnt, dass er unbedingt mit ihr schlafen wollte? Oder war er gar nicht beim Training gewesen? Ihre Gedanken drehen sich im Kreis, und sie spürt, wie ihr Herz bis zum Hals schlägt. Die Küchenuhr zeigt bereits 14:55 Uhr. In einer halben Stunde soll sie in der Praxis sein. Sie wählt Philips Nummer, er meldet sich aber nicht. Sie hinterlässt ihm eine Nachricht auf seiner Mailbox. Ihr Tonfall ist merklich gereizt, ob er es als einen unterschwelligen Vorwurf auffasst? Margot muss sich jetzt beeilen.

Gerade, als sie in ihre Sandalen schlüpft, klingelt ihr Handy erneut. Ah, das wird Philip sein, denkt sie, aber wieder leuchtet die unbekannte Nummer am Display auf. Margot Hoffmann nimmt ihre Handtasche von der Garderobe und verstaut das Mobiltelefon. Nicht jetzt! Was könnte der Anrufer wollen? Oder ist es eine Anruferin? Sie denkt an Philips unbenutzte Badesachen und spürt, wie ihr Mund trocken wird. Schon wieder fühlt sich die Blase voll an. Noch schnell auf die Toilette, dann muss sie aber wirklich los. Ganz gegen ihre Gewohnheit läuft sie in Sandalen über den Teppich im Flur. Selbst die Handtasche baumelt über ihrer Schulter, so eilig hat sie es.

Erneut klingelt das Handy. Dieselbe unbekannte Nummer. Nun ist es ihr egal. Sie pinkelt ein paar Tropfen, das Brennen lässt etwas nach, dann hebt sie ungeduldig ab. Sie atmet geräuschvoll aus, bevor sie ihren Namen sagt »Margot Hoffmann hier.« Sie hört die Stimme einer Frau.

»Hallo, Frau Hoffmann?« Die Stimme klingt abweisend. Plötzlich ist das Unbehagen wieder da.

»Darf ich fragen, wer Sie sind?«

»Spreche ich mit Maargot Hoffmaann.« Am anderen Ende der Leitung wird ihr Name sonderbar in die Länge gezogen. Die Frau hört sich an, als sei sie betrunken.

»Was wollen Sie von mir?«

»Ich will gar nichts von Ihnen, ich möchte Ihnen nur

sagen, dass ich seit zwei Monaten ein Verhältnis mit Ihrem Mann habe.«

»Bitte, was?« Margot Hoffmann spürt, wie sich ihr Magen zusammenkrampft und sie das Gefühl hat, sich übergeben zu müssen. »Wer sind Sie? Wie kommen Sie –?«

»Wer ich bin, tut nichts zur Sache.« Eine Pause entsteht.

Margot fühlt ein heißes Brennen, das sich im Unterleib ausbreitet, sie sitzt immer noch auf der Toilette, die Handtasche zwischen ihre Knie geklemmt. Panik steigt in ihr hoch, auch wenn die Situation reichlich absurd ist.

»Wenn Sie es mir nicht glauben, kann ich Ihnen gerne einschlägige Nachrichten Ihres Mannes zukommen lassen.«

»Was für Nachrichten?« Margot Hoffmann wird schwarz vor Augen, und die Erde um sie herum beginnt zu vibrieren.

»Ficknachrichten, die er mir in den letzten Wochen geschrieben hat. Ja, und Fotos hat er mir auch geschickt«, sagt die Stimme triumphierend. »Sie können sich sicher denken, um welche Bilder es sich dabei handelt.«

Für Margot Hoffmann bricht in diesem Augenblick eine Welt zusammen. Was soll nun aus ihrem Kind werden? »Ich glaube Ihnen nicht. Ich habe keine Ahnung, wer Sie sind, aber ich glaube Ihnen nicht. Woher soll ich wissen, dass es stimmt, was Sie behaupten?« Sie hört sich an, als würde sie einen fremden Text aufsagen.

»Wie gesagt, ich werde Ihnen die Beweise liefern.«

Margot hört den stoßweisen Atem der fremden Frau. Eine unbändige Wut steigt in ihr auf, und ohne lange zu überlegen, beendet sie das Gespräch. In ihrem Kopf rotieren die Gedanken, und sie fühlt sich absolut hilflos. Am liebsten würde sie sich hier im Bad auf den kalten Fliesenboden kauern und nur noch heulen. Das Aufstehen fällt ihr schwer, aber wenn sie nicht kollabieren will, muss sie dringend einen Schluck Wasser trinken. In der Küche stützt sie sich mit beiden Händen an der Spüle ab. Sie versucht, ruhig zu atmen. Sie darf das Kind nicht gefährden. Das Ziehen in ihrem Unterleib wird heftiger, und auch ihr Rücken schmerzt jetzt so sehr, dass sie sich kaum noch aufrecht halten kann. Mit schnellen Schlucken leert sie das

Glas. Aus dem Gefrierfach holt sie eine Packung Eiswürfel, die sie sich aufs Gesicht drückt. Die Kälte tut ihr gut.

Ist das alles eben wirklich passiert? »Ein Verhältnis«, hat die Frau gesagt. Margot reißt die Fotografie neben dem Kühlschrank von der Wand. »Seit mehr als zwei Monaten.« Sie zerknüllt das Selfie, überlegt es sich aber noch einmal anders und zerreißt das Bild in kleine Stücke. Sie streicht über ihren Bauch, dieser fühlt sich steinhart an. Sie muss sich setzen. Margot rutscht vor dem Kühlschrank zu Boden. Sie legt den Kopf in den Nacken, um besser Luft holen zu können. Es ist jetzt kurz nach 15 Uhr. Die Gynäkologin wird warten müssen.

Die feinen Risse an der Decke sind ihr bis jetzt nicht

aufgefallen. Man müsste wieder einmal neu ausmalen, denkt sie und weiß gleichzeitig, dass Philip das nun nicht mehr machen wird. Wie kann sie es nicht gemerkt haben? Und jetzt? Noch gestern hat sie sich vorgestellt, wie Philip ihr während der Geburt die Hand hält und sie dann als glückliche Familie nach Hause kommen. Glückliche Familie? Lächerlich, was ist schon Glück? Kleinfamilienscheißdreck. Sie ist erstaunt, dass ihr dieses Wort einfällt. »Alles eine einzige Lüge«, schreit sie in den Raum hinein. Sie muss jetzt auf das Kind in ihrem Bauch achtgeben. Der harte Bauch lässt sie kaum noch atmen. Eine Wespe brummt in der Ecke. Es dröhnt in ihrem Kopf. Sie muss jemanden anrufen. Ihre Mutter? Die Ärztin? Was soll sie ihnen denn sagen? Dass sie sich den Konventionen gebeugt hat, sich auf diese Muttervaterkinderzählung eingelassen und zu allem Überfluss auch noch daran geglaubt hat? Und jetzt passiert ihr dieselbe Scheiße wie so vielen anderen auch. Was soll sie jetzt tun?

Wo ist nur dieses verfickte Telefon? Margot versucht sich aufzuraffen. Es gelingt ihr nur unter größter Kraftanstrengung. Immerhin kann sie das Handy vom Küchentisch holen, bevor sie sich vor Schmerzen wieder auf dem Boden krümmt. Sie tippt mit zitternden Fingern eine Nachricht an Philip. Kalter Schweiß bricht aus allen Poren. Ist das Panik?

Ich weiß alles und werde mich von dir scheiden lassen. Du verdammtes Arschloch. Um das Kind werde ich mich alleine kümmern. Ich brauche dich nicht mehr. Und vergiss nicht, dass die Wohnung mir gehört. Das Türschloss werde ich austauschen lassen.

Wie soll sie das alles alleine schaffen? Sie hat keine Erfahrung mit Neugeborenen. Was, wenn ihr das Baby beim Wickeln von der Kommode fällt?

»Du Mistkerl«, schreit sie wieder laut. Sie schickt die SMS ab.

Jetzt muss sie wie eine verlassene Frau von der Rettung ins Krankenhaus gebracht werden, um dort ohne jeden Beistand ihr Kind zur Welt zu bringen.

Margot lehnt sich erschöpft an den Küchenschrank. Sie kann sich kaum bewegen. Der Schmerz kommt wellenartig. Wie ein Messerstich entlädt er sich krampfartig im

Unterbauch. Ein riesiges Insekt brummt an Margots Kopf vorbei. Das ist eine Hornisse, denkt sie beiläufig. Das Tier fliegt im Kreis, knapp über dem Boden, und setzt sich auf Margots ausgestrecktes rechtes Bein. Langsam tastet der kleine Rüssel des pelzigen Insekts über die nackte Haut.

Margot Hoffmann vergräbt ihr Gesicht in den Händen. Sie schluchzt laut auf. Ihr ganzer Körper wird von heftigen Konvulsionen geschüttelt.

Und doch spürt sie, wie das Baby plötzlich an ihre Bauchdecke klopft. Es ist kein forderndes, sondern ein zaghaftes Klopfen, so als wollte das Baby seine Mutter daran erinnern, dass es auch noch da ist. Margot Hoffmann hält den Atem an und legt ihre Hände auf die Stelle, wo sie die winzigen Fäuste des Ungeborenen spürt. Durch einen sanften Druck versucht sie trotz der verhärteten Bauchdecke einen Kontakt zum Baby herzustellen. Sie möchte ihm signalisieren, dass alles in Ordnung ist. Sie streichelt in kreisenden Bewegungen über den Bauch, und tatsächlich scheint sich das Baby wieder zu beruhigen. Und mit ihm auch Margot.

Die Hornisse ist immer noch da. Reglos sitzt das Insekt auf ihrem Bein. Vorsichtig atmet sie tief ein, aber sofort spürt sie wieder diesen stechenden Schmerz im Unterleib. Sie muss so schnell wie möglich ins Krankenhaus. Margot Hoffmann fühlt sich wie in Watte gepackt, von der Umwelt isoliert. Noch immer zitternd, wählt sie den Notruf. Am Display ihres Handys leuchtet die Uhrzeit: 15:05 Uhr.

17.

Die Jugendlichen scharen sich im Pausenhof neugierig um das Filmteam, das aus drei jungen Frauen besteht. Nur Zlatko und seine Freunde sondern sich ab, um zu demonstrieren, dass sie tight sind und sich von Frauen nichts sagen lassen. Sie tuscheln, deuten auf die Regisseurin und lachen. Franziska Steinbrenner klatscht in die Hände.

»Konzentration«, ruft sie und bittet Edina Damjanović, ein paar Worte an die Schülerinnen und Schüler zu richten.

»Hallo, alle zusammen. Ich heiße Edina, ich bin zweiunddreißig Jahre alt, bin in Bosnien geboren und lebe seit fünfundzwanzig Jahren in Wien. Ich freue mich sehr, dass ihr euch bereit erklärt habt, bei unserem Filmprojekt mitzumachen.«

»Cheedo, Alter«, ruft Zlatko, um zu testen, wie weit er gehen kann.

Edina ignoriert den Zwischenruf und deutet auf ihre beiden Begleiterinnen. »Munira ist die Kamerafrau und Zahida ist für den Ton verantwortlich.« Munira und Zahida nicken den Jugendlichen zu. »Soviel ich weiß, hat euch Frau Steinbrenner ja bereits über das Konzept informiert. Wir drehen keinen Spielfilm, sondern eine Dokumentation. Am besten wäre es, wenn ihr euch so natürlich wie möglich verhalten würdet.«

Zu seinen Freunden sagt Zlatko so laut, dass es alle hören können: »Alter, ich habe mir gedacht, dass wir einen Actionfilm drehen. Deadpool oder Captain America.«

Franziska Steinbrenner verdreht die Augen: »Zlatko, bitte reiß dich zusammen. Alle, die keine Lust haben, bei

diesem Film mitzumachen, müssen nicht hierbleiben. Der heutige Drehtag findet ausnahmsweise in eurer Freizeit statt.«

»Hasta la vista, Baby.« Zlatko grinst triumphierend und klatscht mit Dejan und Neven ab. Er fühlt sich wie ein Filmstar.

»Okay, Mister Terminator, das war für den Anfang gar nicht so schlecht«, sagt Edina und wendet sich wieder den anderen Schülerinnen und Schülern zu: »Ich hätte gerne, dass ihr euch in mehreren Gruppen auf dem Pausenhof verteilt und das macht, was ihr sonst auch macht. Ihr könnt die Nachrichten auf euren Handys checken, ihr könnt euren Freundinnen und Freunden Musik vorspielen, ihr könnt euch unterhalten, was auch immer. Zahida und

Munira werden sich mit der Kamera und dem Mikrofon unter euch bewegen. Tut einfach so, als wären wir gar nicht da. Und bitte nicht in die Kamera schauen. Okay?«

Die Jugendlichen zerstreuen sich.

»Ja, und noch etwas«, ruft Edina. »Es wäre toll, wenn ihr euch in euren jeweiligen Muttersprachen unterhalten könntet.«

Haniya hebt die Hand. »Aber ich bin die Einzige in unserer Klasse, die Arabisch spricht.«

»Und ich spreche als Einziger Bulgarisch«, sagt Todor zögerlich.

»Okay, okay, kein Problem. Ihr unterhaltet euch einfach so wie immer.«

Franziska Steinbrenner beobachtet die Szene. Sie ist erstaunt, dass alle aus ihrer Klasse dageblieben sind und sich tatsächlich an die Anweisungen der Regisseurin halten. Sie wirft einen Blick auf ihr Handy und sieht, dass der Akku jetzt endgültig leer ist. Im Lehrerzimmer hat sie kein passendes Ladekabel gefunden. Zur Not wird sie sich ein neues kaufen, spätestens um 16:30 Uhr muss sie Sophia vom Kindergarten abholen.

Heute ist der Tag der Abrechnung. Es ist jetzt genau 15:00 Uhr. Die Stunde, zu der Jesus gekreuzigt wurde. Ich blicke durch das Zielfernrohr und stelle die Entfernung ein. Ich lege meine rechte Wange an den Gewehrkolben und umklammere den Schaft mit der linken Hand. Ich versuche ruhig zu atmen. Ich habe den Unterkörper jenes Schülers im Visier, der mich als »fette Sau« beschimpft hat. Er trägt eine Nike-Jacke und eine schwarze Trainingshose. Er wird der Erste sein, dem ich die Eier wegschieße, dann ist es vorbei mit der fetten Sau. Den anderen, der mir »Fettsack« nachgeschrien hat und seine Kappe verkehrtherum trägt, werde ich mir im Anschluss vornehmen. Ich muss das Chaos, das jeden Augenblick ausbrechen wird, ausnutzen. Von den Übungen beim Bundesheer weiß ich, dass die Kugel eine andere Flugbahn nimmt, wenn man von oben nach unten schießt. Also muss ich mein Ziel ein paar Zentimeter oberhalb der Köpfe anpeilen. Gleich ist es so weit. Was für ein merkwürdiger Zufall, dass ausgerechnet heute jemand vom Fernsehen im Schulhof anwesend ist. Wahrscheinlich wieder so eine Trash-Reportage über eine Problemschule. Alle sind so mit sich beschäftigt, dass keiner in meine Richtung schaut, nicht einmal die Lehrerin mit der roten Jacke. Fotografiert hat sie mich einfach, am Vormittag, und dann hat sie mir wahrscheinlich auch die Polizei auf den Hals gehetzt. Ich entsichere die Waffe und atme langsam ein. Dann lege ich den Finger auf den Abzug. Es ist alles viel einfacher, als ich gedacht habe. – Scheiße, was ist da los? Was macht jetzt die Polizei auf dem Schulhof? Das darf doch nicht wahr sein. Sind die Bullen wegen mir gekommen? Oder sind die auch vom Fernsehen?

Der Direktor betritt mit zwei Polizeibeamten den Pausenhof. Sofort richten sich alle Blicke auf die drei Männer. Polizisten in der Schule bedeuten nichts Gutes. Zlatko und seine Freunde verstecken sich sicherheitshalber hinter einem Blumentrog, was irgendwie lächerlich aussieht. Auch Novak erschrickt und schaut zu Franziska Steinbrenner, um an ihrer Reaktion abzulesen, ob die Polizisten wegen des Schlagrings gekommen sind, den sie ihm heute abgenommen hat. Sie hat ihm zwar damit gedroht, die Polizei zu holen, aber nur, wenn sie ihn noch einmal mit einem solchen Ring erwischen sollte. Irgendwie kann er nicht glauben, dass ihn Franziska Steinbrenner angelogen hat. Wenn dem so wäre, würde er sich sofort der Bande seines Bruders anschließen.

Aber Franziska Steinbrenner scheint vom Auftauchen der Polizisten genauso überrascht zu sein wie alle anderen auch. Der Direktor ist sichtlich nervös, und als er auf sie zeigt und zu den Polizisten sagt: »Das ist Frau Steinbrenner«, wird sie ganz blass im Gesicht. Ihr Herz beginnt wie wild zu schlagen, und sie geht sofort auf die Uniformierten zu. »Ist etwas mit Sophia passiert? Wo ist Sophia?« Sie schluckt und sieht im selben Augenblick den Mann am Fenster stehen, der sie am Vormittag mit dem Feldstecher beobachtet hat. Sie hofft, dass das der Grund für das Auftauchen der Polizei ist. Für den Bruchteil einer Sekunde glaubt sie, dass der Mann ein Gewehr im Anschlag hat, aber als sie ein zweites Mal hinsieht, ist der Mann verschwunden. Wahrscheinlich hat sie sich getäuscht.

Philip Hoffmann macht eine beschwichtigende Geste. »Ich bin Inspektor Hoffmann, das ist mein Kollege Maher.

Frau Steinbrenner, Ihrer Tochter geht es gut. Sie wartet vorne im Schulgebäude. Es ist nur –.« Hoffmann sieht, dass einige der Schülerinnen und Schüler bereits ihre Handys gezückt haben. Als er die beiden Frauen mit der Kamera und dem Mikrofon entdeckt, schüttelt er den Kopf. »Äh, entschuldigen Sie, aber das ist eine Amtshandlung. Sie können hier nicht filmen.«

»Okay, kein Problem«, meldet sich Edina zu Wort. »Wir sind mitten in den Dreharbeiten für einen Dokumentarfilm, aber wenn Sie nicht möchten, dass wir drehen, schalten wir natürlich sofort die Kamera aus.«

»Ja, bitte«, sagt Stefan Maher. »Dafür bräuchten wir eine Genehmigung der Landespolizeidirektion.«

Edina gibt Munira und Zahida ein Zeichen. Munira lässt die Kamera weiterlaufen.

Philip Hoffmann wendet sich an Franziska Steinbrenner: »Ich glaube, es ist besser, wenn wir hineingehen, wo wir ungestört reden können.«

»Ist mit Sophia alles in Ordnung?« Franziska Steinbrenner ist immer noch wie gelähmt, und ihre Stimme zittert.

»Ja, ja«, antwortet Stefan Maher. »Wir haben versucht, Sie am Handy zu erreichen, aber –.«

Da zerreißt ein lauter Knall die Luft. Alle im Pausenhof erstarren für den Bruchteil einer Sekunde, weil niemand weiß, woher die Detonation kommt. Ist es eine Explosion? Als es zum zweiten und gleich darauf zum dritten Mal kracht, wird Franziska Steinbrenner schlagartig klar, dass jemand auf sie schießt. Instinktiv schaut sie zum Fenster im dritten Stock des Nachbarhauses und sieht dort einen dicken Mann mit einem Gewehr im Anschlag stehen. Es ist derselbe Mann, der sie am Vormittag mit dem Feldstecher beobachtet hat. Noch während sie überlegt, was das alles zu bedeuten hat, fallen weitere Schüsse. Auch die anderen scheinen zu begreifen, dass gerade etwas Schreckliches passiert. Immer mehr Mädchen und Jungen stürzen schreiend zu Boden, andere versuchen sich zu verstecken oder flüchten ins Innere des Gebäudes. Es sind tumultartige Szenen, die sich im Pausenhof abspielen. »Der Mann, dort drüben am Fenster«, ruft Franziska Steinbrenner den beiden Polizisten zu, die ihre Pistolen ziehen, aber nicht wissen, was sie tun sollen.

Azra fasst sich an die Schulter und betrachtet ungläubig ihre blutverschmierte Hand. Ihr Hidschab hat ein Loch. Vor zwei Tagen erst hat sie ihn von ihrer Mutter geschenkt bekommen. Auch ihre Schulter hat ein Loch, aus dem Blut fließt. Sie ist erstaunt, dass das Blut nicht hellrot ist, sondern eher rotbraun. Eine Mitschülerin rempelt sie an, und sie spürt einen so heftigen Schmerz, dass ihr schwarz vor Augen wird. Es fühlt sich an, als hätte ihr jemand ein glühendes Eisen in die Schulter gebohrt. Sie krümmt sich und sinkt auf die Knie. Dabei fragt sie sich, ob sie etwas falsch gemacht hat in ihrem Leben und deshalb von Allah für ihre Verfehlungen bestraft wird. Aber sie vertraut Allah und tröstet sich damit, dass schon alles seine Richtigkeit haben wird. Qisma. Gleichzeitig wehrt sie sich gegen die Vorstellung, dass Allah, der Allwissende, das Schicksal jedes einzelnen Menschen vorherbestimmt hat, er also auch Herr über ihr Leben ist. Sie erschrickt bei diesem Gedanken, weil er bedeutet, dass sie gegenüber Allah ungehorsam ist. Auch ihre Eltern werden von ihr enttäuscht sein. Azra liegt mit dem Rücken auf dem Boden und hat die Augen geschlossen. Sie hört Schüsse und Schreie. Sie möchte sich auf die Seite drehen, um wieder aufzustehen, aber es gelingt ihr nicht. Irgendetwas hält sie am Boden fest. In ihrer Schulter spürt sie ein höllisches Brennen, und

erst jetzt wird ihr klar, dass jemand auf sie geschossen hat, um sie zu töten. Aber warum? Warum schießt jemand auf ein dreizehnjähriges Mädchen? Sie hat doch niemandem etwas getan. Azra beginnt zu schreien.

Zlatko hört Azras Schreie und reagiert instinktiv. Er springt hinter den Pflanzentrögen hervor und läuft auf das am Boden liegende Mädchen zu. Plötzlich spürt er einen stechenden Schmerz im linken Oberschenkel und knickt ein. Er starrt ungläubig auf die Wunde, aus der das Blut nur so herausschießt. Sein Oberschenkel sieht aus, als würde er explodieren. Reflexartig presst er seine Hände auf die Wunde, was aber nichts nützt. Er hat keine Ahnung, was gerade passiert, es herrscht das blanke Chaos. Er

humpelt zurück zu seinen Freunden, die sich immer noch hinter den Betontrögen zusammenkauern. Er schleift sein verletztes Bein nach und hat beinahe das rettende Ziel erreicht, als ihn eine Kugel am Oberkörper trifft und abrupt stoppt. Im Zeitlupentempo sinkt Zlatko zu Boden. Er weiß nicht, ob er schon tot ist oder noch lebt, er weiß nur, dass er nicht sterben möchte. Also schwört er bei Gott, dass er alles tun wird, um ein besserer Mensch zu werden. Er sehnt sich nach seinen Eltern und hofft, dass sie ihn beschützen werden und das Böse von ihm abwenden. Vielleicht ist das Ganze ja nur ein Irrtum, und die Schießerei hängt mit den Dreharbeiten zusammen. Aber warum hat er dann diese schrecklichen Schmerzen, und warum wird alles um ihn herum dunkel? Dragi Bože pomozi mi …
Dann hört er keine Schüsse mehr.

Franziska Steinbrenner ist wie erstarrt. Sie kann nicht glauben, was sie sieht. Kurz hofft sie, dass sie alles nur träumt, aber tief in ihrem Inneren weiß sie, dass hier gerade alles zusammenbricht. Von Amokläufen an Schulen in den USA hat sie gelesen und auch die schrecklichen Bilder gesehen, dass aber so etwas hier, an ihrer Schule, passieren könnte, hätte sie nie für möglich gehalten. Ihr stockt der Atem, und erst, als unmittelbar neben ihr eine Kugel in die Mauer einschlägt, kommt sie wieder zu sich. Instinktiv wirft sie sich auf den Boden und will mit ihren Händen den Sturz abfangen. Ein stechender Schmerz fährt in ihre Handgelenke, sie presst ihre Wange gegen den Asphalt. Der Asphalt fühlt sich angenehm warm an; er riecht nach Staub und Tabak. Irgendjemand hat hier ein paar Zigarettenstummel ausgetreten. Am liebsten würde sie jetzt einfach hier liegen bleiben. Als sie vorsichtig den Kopf hebt, blendet sie das Sonnenlicht. Sie blinzelt und sieht, wie die beiden Polizisten, die sich hinter den Müllcontainern versteckt haben, mit ihren Pistolen hantieren. Sie scheinen ratlos zu sein, wissen wohl nicht, woher die Schüsse kommen. »Am Fenster«, schreit ihnen Franziska Steinbrenner zu, »er steht am Fenster und hat ein Gewehr.« Sie schließt die Augen und schützt ihren Kopf mit den Händen, obwohl das sinnlos ist. Ihre Handgelenke schmerzen, und sie weiß, dass sie dem Mann am Fenster ausgeliefert ist. Aber sie muss sich wehren, weil sie ihren Schülerinnen und Schülern gegenüber eine Verantwortung trägt, sie kann nicht einfach aufgeben. Und sie muss für ihre Tochter Sophia da sein. Aber wo ist Sophia überhaupt?

Mit jedem Schuss weicht die Anspannung aus meinem Körper. Dabei empfinde ich weder Freude noch Genugtuung, sondern nur eine innere Leere. Das überrascht mich, aber es gibt kein Zurück mehr. Ich rieche meinen Schweiß und bin kurz abgelenkt, weil es ein äußerst unangenehmer Geruch ist. Ich bin erstaunt, wie ruhig ich bin, fast als wäre alles nur ein Videospiel. Ich drücke ab, und im Schulhof stürzen Mädchen und Burschen zu Boden. In den Nachbarhäusern werden Fenster aufgerissen. Menschen schreien durcheinander, aber als sie mitbekommen, was gerade passiert, verschwinden sie sofort wieder in ihren Wohnungen. Einige machen Fotos mit ihren Handys, ich sehe nur ihre Hände, weil sie Angst haben, getroffen zu werden. Zum Spaß schieße ich in ein offenes Fenster und höre gellende Schreie. Bis die Verstärkung eintrifft, bin ich hier längst fertig. Das Magazin des Sturmgewehrs ist transparent, damit ich kontrollieren kann, wie viel Munition ich noch habe. Die letzte Kugel ist jedenfalls für mich reserviert. Heute treffe ich die Entscheidungen, und sonst niemand.

Philip Hoffmann stemmt seinen Rücken gegen den Müllcontainer und starrt auf seine Glock 17, auch sie kann ihm nicht sagen, was er jetzt tun soll. Seine Hand zittert, und sein Herz schlägt bis zum Hals. »Siehst du ihn?«, ruft er Stefan Maher zu, der hinter dem Altpapiercontainer kauert. Es fallen weitere Schüsse, und die Schreie der Kinder werden immer panischer. »Ja, er schießt aus dem Fenster im dritten Stock. Ich glaube, er ist alleine.« Ein Junge brüllt etwas in seiner Muttersprache, und auch wenn ihn Hoffmann nicht versteht, klingen seine Worte nach purer Verzweiflung. Stefan Maher hat sein Handy am Ohr. »Die WEGA ist schon unterwegs.« Er muss schreien, damit ihn sein Kollege überhaupt verstehen kann. Philip Hoffmann würde am liebsten abhauen, aber er ist Polizist, er muss seinen Job machen. Also wagt er einen vorsichtigen Blick in die Richtung, aus der die Schüsse kommen. Möglicherweise ist heute der Tag, an dem er zum ersten Mal einen Menschen töten wird. Als weitere Schüsse fallen, zieht er sich sofort wieder zurück. Er schwitzt am ganzen Körper. Im Grunde wollte er nie in eine Situation wie diese geraten, in der es um Leben und Tod geht. Wo bleiben die Kollegen? Wenn nicht bald die WEGA oder die Cobra auftauchen und der Sache ein Ende bereiten, sieht es schlecht für ihn aus. Heute ist einfach ein beschissener Tag. Aber noch lebt er, und niemand wird ihm einen Vorwurf machen, wenn er sich bis zum Eintreffen der Spezialkommandos hinter dem schützenden Container versteckt. Dass um ihn herum junge Menschen von einem offenbar geisteskranken Amokläufer abgeknallt werden, ohne dass er und Stefan Maher in der Lage wären, den Schützen zu neutralisieren, wirft allerdings kein gutes Bild auf ihn und seinen Kollegen. Diesen Amoklauf hätte er nicht verhindern können, das weiß er, aber wenn er den Täter jetzt nicht handlungsunfähig macht, um noch Schlimmeres zu verhindern, wie sollte er dann je den verletzten Jugendlichen oder den Eltern der Getöteten in die Augen schauen können?

Als das Chaos ausbricht, hat Munira, die Kamerafrau, ihren Blick gerade auf den Monitor gerichtet. Wäre das ein Spielfilm, sie wäre fasziniert von den Bildern. Aber das ist kein Film. Sie lässt die Kamera einfach weiterlaufen, als sie mit voller Wucht nach hinten geschleudert wird. Munira ist entsetzt, weil ihre Kamera auf den Boden fällt. Die Kamera war ganz neu, und sie hat lange sparen müssen, um sie sich überhaupt leisten zu können. Im ersten Augenblick denkt sie an ein Versehen. Aber noch während sie gegen die Wand geschleudert wird, wird ihr klar, dass hier etwas Größeres geschieht. Sie merkt es daran, dass sie ihren linken Arm nicht mehr bewegen kann. Sie rutscht an der Mauer langsam nach unten und greift an ihre Schulter. Ihre Hand ist voll Blut, und erst jetzt sieht sie das ausgefranste, blutige Loch in ihrem T-Shirt. Sie stellt sich vor, dass es sich bei der Szene um eine Filmsequenz handelt: *Schulhof. Außen. Tag: Eine junge Frau lehnt regungslos an einer blutverschmierten Wand, in ihrer Schulter klafft eine Wunde, sie starrt ins Nichts.* Aber schon ist der Gedanke wieder verflogen. Sie muss hier raus, denkt sie verwirrt, aber sie greift ins Leere, und ihr wird schwarz vor Augen. Während ihr Kopf zur Seite kippt, nimmt sie den Einschlag der Kugel knapp neben ihr nur noch als fernes Wummern wahr.

Scheiße, ich hätte die Frau vom Fernsehen nicht erschießen sollen. Die hätte alles filmen können. Ich muss ruhig bleiben und darf nicht wahllos durch die Gegend schießen. Dass Chaos ausbrechen würde, war zu erwarten. Wo sind die beiden Polizisten? Diese feigen Hunde haben sich hinter den Abfallcontainern versteckt und schauen zu, wie die Schüler der Reihe nach erledigt werden. Wenn ich eine kurze Pause mache, kommen sie vielleicht aus ihrem Versteck hervor. Dann muss ich mich für einen der beiden entscheiden. Mit dem Zielfernrohr sehe ich jedes Detail, und sobald einer von ihnen seinen Kopf hervorstreckt, drücke ich ab. Na los, komm schon. Die Jugendlichen nützen die Gelegenheit und flüchten ins Schulgebäude. Sie können ja sonst nirgendwo hin, weil der Schulhof an zwei Seiten von Hausmauern begrenzt wird und in meiner Richtung ein Zaun ist. Jetzt fliegen tatsächlich ein paar Tauben vorbei, und ich erinnere mich, wie wir als Jugendliche im Park Tauben gefangen und angezündet haben. Es hat fürchterlich gestunken, aber uns hat es Spaß gemacht, wie sie geschrien haben und wegfliegen wollten und immer wieder abgestürzt sind. Dann haben sie sich wie verrückt im Kreis gedreht, bis sie endlich krepiert sind. Ein paar haben wir mit Holzprügeln erschlagen. Ich war überrascht, wie lange es gedauert hat, bis sie endlich tot waren. Tauben sind verdammt zähe Tiere.

Haniya steht in der Mitte des Schulhofs und sieht, wie ihre Freundinnen Halime, Ceyda, Nermina und Fathma in verschiedene Richtungen laufen, wie sie schreien und stolpern. Gerade sind sie noch beisammen gestanden, weil sie unbedingt bei diesem Film mitmachen wollten, und jetzt löst sich alles in einer Orgie aus Gewalt auf. Schon als die ersten Schüsse fallen, weiß Haniya, dass sie gerade zur falschen Zeit am falschen Ort ist. Sie schließt die Augen und denkt an ihre Mutter und an Essaouira, aber sie findet keine passenden Bilder dazu. Der Souk und der Fischmarkt, Diabat und der Strand: Es tauchen nur weiße Flecken auf, wenn sie an diese Orte denkt. Sie hält die Luft an, sie könnte jeden Moment von einer Kugel getroffen werden. Wird sie sofort tot sein, oder wird sie langsam vom Leben in den Tod hinübergleiten? Wie versteinert steht sie da und wagt es nicht, die Augen zu öffnen, obwohl sie weiß, dass sie sie öffnen muss, wenn sie überleben will. Also reißt sie die Augen auf und sieht das ganze Chaos um sich herum, und die Angst trifft sie wie ein Faustschlag. Sie taumelt zurück und stolpert über Azra, die auf dem Boden liegt und wimmert. Haniya weiß nicht, was sie tun soll, also legt sie sich schützend über sie. Man könnte meinen, Azra und sie wären ein Liebespaar, was aber absolut keinen Sinn ergibt. Wie alles, was gerade um sie herum passiert. »Hilf mir«, flüstert Azra, »ich will nicht sterben.« Haniya fällt keine passende Antwort ein, also sagt sie nichts. Sie möchte Azra nicht anlügen, wie in den Filmen, wo immer dann, wenn es zu spät ist, irgendjemand sagt: »Alles wird gut. Ich bin bei dir. Hab keine Angst. Du wirst nicht sterben. Alles wird gut.«

Aber nichts wird gut. Und hier, im Schulhof, an einem Freitag um drei Uhr am Nachmittag, ist gerade eine Art Krieg ausgebrochen. Haniya hat keine Ahnung, warum überhaupt auf sie geschossen wird und wer der Schütze ist. Sie riecht das Blut, das immer noch aus dem Loch in Azras Schulter tropft. Sie hebt den Kopf, um besser atmen zu können. Die Kamerafrau lehnt an der Hausmauer. Ihr Kopf ist zur Seite gekippt, und wenn das Blut an der Wand nicht wäre, könnte man meinen, die Frau würde schlafen. Wieder fallen Schüsse, und Haniya sieht, wie der Direktor, kurz bevor er das rettende Schulgebäude erreicht, zu Boden stürzt. Er bleibt regungslos auf dem Bauch liegen, und auf seinem weißen Hemd glänzt ein riesiger, feuchter Blutfleck in der Sonne. Als neben Haniya eine Kugel in den Boden einschlägt, duckt sie sich instinktiv. Der Knall ist so laut, dass sie auf einem Ohr nur noch einen hohen

Pfeifton hört. Warum sagt keiner der Erwachsenen, was sie tun sollen? Jetzt, wo sie sie dringend brauchen würden, sind sie nicht da. Wahrscheinlich haben sie sich im Lehrerzimmer verschanzt und warten darauf, von der Polizei gerettet zu werden.

Murat glaubt zuerst, dass irgendwo in seiner Nähe Knallkörper explodieren. Aber es ist nicht Silvester. Es ist Hochsommer. Er dreht sich um und sieht, wie Zlatko einen Schrei ausstößt und sich mit schmerzverzerrtem Gesicht an seinen Oberschenkel greift. Zlatko schafft es nicht mehr, sich hinter dem Blumentrog zu verstecken, sein linkes Bein schleift er hinter sich her, als er von einer weiteren Kugel getroffen wird. Obwohl Murat Zlatko hasst, läuft er reflexartig auf ihn zu, fasst ihn an den Händen und schleift ihn über den Steinboden in das Innere des Schulgebäudes. Zlatkos Körper hinterlässt eine Blutspur, und als sie in Sicherheit sind, kann Murat kaum glauben, dass ihm nichts passiert ist. Draußen wird weitergeschossen, er hört die Schreie der Mädchen und Jungen. Aus Zlatkos Wunde am Oberschenkel schießt das Blut richtiggehend heraus, und er erinnert sich an Filmszenen, in denen solche Wunden mit Tüchern abgebunden werden. Also hastet er in das nächste WC, holt einen Stapel Papierhandtücher, die er auf Zlatkos Wunde drückt. Ob das etwas nützt, weiß er nicht, aber er hofft, dass bald Polizisten oder Sanitäter auftauchen, die Zlatko helfen, damit er nicht hier, neben ihm, verblutet.

Franziska Steinbrenner hat jedes Zeitgefühl verloren. Obwohl die Schießerei erst vor einigen Minuten begonnen hat, kommt es ihr vor, als würde sie schon seit Stunden hier auf dem Boden liegen. Alles ist verworren und unwirklich, sie kann noch immer nicht glauben, dass ausgerechnet ihre Schülerinnen und Schüler gerade Opfer eines Amoklaufs werden. Warum sie? Und warum hilft ihnen keiner? Franziska Steinbrenner will nicht sterben, sie will noch so vieles in ihrem Leben nachholen. Es wäre die größte Ungerechtigkeit, wenn sie jetzt sterben müsste, denkt sie voll Selbstmitleid. Und ihr wird schmerzlich bewusst, dass sie in den letzten Jahren ihr Leben immer nur aufgeschoben hat. Wäre heute tatsächlich ihr letzter Tag, würde ihre Bilanz dürftig ausfallen. Falls sie diesen Albtraum hier überlebt, wird sie einige Dinge in ihrem Leben ändern. Das schwört sie sich. Sie muss dringend zu Sophia. Der Polizist hat gesagt, dass sich Sophia im Inneren des Schulgebäudes aufhält. Wieder steigt Panik in ihr auf. Sie versucht aufzustehen und stützt sich mit ihren Handgelenken ab, die höllisch wehtun.

Philip Hoffmann hört Schüsse und Schreie, gleichzeitig hat er das Gefühl, dass das, was er sieht und hört, nicht real ist. Ein Mädchen mit Kopftuch, es ist Halime, läuft neben ihm orientierungslos hin und her, weil es zu verwirrt ist, die richtige Entscheidung zu treffen. »Lauf in das Schulgebäude hinein, schnell!«, ruft ihr Hoffmann zu, aber es ist zu spät. Während Halime zu ihm schaut, wird sie am Oberkörper getroffen und zu Boden geschleudert. Ohne lange zu überlegen, springt Hoffmann auf und zieht Halime zu sich hinter den Container. Halime hustet und spuckt Blut; sie blickt Hoffmann ungläubig an.

Verdammte Scheiße, wo bleibt die WEGA, denkt er verzweifelt, als plötzlich die Schüsse aufhören. Hoffmann hält den Atem an und wartet. Hat der Schütze keine Munition mehr, oder hat die WEGA den Täter bereits neutralisiert? Oder ist es eine Finte? In diesem Augenblick meldet sein Handy den Eingang einer SMS. Seine Frau hat sie geschickt. Ihm stockt das Blut in den Adern. Dass sie von der Schießerei erfahren hat, ist unwahrscheinlich, woher auch? Vielleicht ist etwas mit dem Baby? Er öffnet die Nachricht. Als er die Zeilen überfliegt, wird ihm übel.

Philip Hoffmann legt sein Handy auf den heißen Asphalt. Die Bombe ist geplatzt. Er überzeugt sich noch einmal, dass seine Glock entsichert ist, und springt auf. Er braucht ein paar Sekunden, um sich zu orientieren, und als er den fetten Mann hinter dem Fenster im dritten Stock lokalisiert hat, zielt er auf ihn. Er drückt ein paarmal ab, aber seine Schüsse verfehlen ihr Ziel. Er hätte wissen müssen, dass die Glock 17 für große Distanzen ungeeignet ist. Das hat er auf der Polizeischule gelernt, aber offenbar vergessen. Der Lauf des Sturmgewehrs ist auf ihn gerichtet. Ihm bleibt die Luft weg, und kalte Schauer jagen über seinen Rücken. Obwohl sich noch genug Patronen im Lauf seiner Pistole befinden, ist er unfähig abzudrücken. Wozu auch? »Philip«, hört er Stefan Maher schreien, »Philip, geh in Deckung.« Dann hört er einen lauten Knall, als würde Metall auf Metall schlagen. Von einem Pflanzentrog splittern Betonteile ab und werden durch die Luft geschleudert. Er hat mich nicht getroffen, denkt Hoffmann erleichtert, und dreht sich zur Seite, um sich wieder hinter dem Container zu verstecken. Dort, wo immer noch Halime liegt und aus dem Mund blutet.

Da fällt ein weiterer Schuss. Philip Hoffmann spürt einen brennenden Schmerz im Rücken und wird nach unten gezogen. Er geht in die Knie und hat das Gefühl, bestraft zu werden. Dafür, dass er seine schwangere Frau hintergangen hat. Oder dafür, dass er eigentlich immer schon ein Arschloch war. Alles um ihn herum beginnt zu schwanken. Er schlägt auf dem Boden auf und gerät in Panik, sein Atem setzt immer wieder aus, und sein Herz schlägt unregelmäßig. Philip, du musst atmen, wenn du überleben willst. Atme. In seinem Rücken brennt und sticht es, und er sinkt hinein in eine Müdigkeit, die ihn immer weiter hinabzieht. Er weiß, dass das, was gerade geschieht, nicht mehr rückgängig gemacht werden kann. Es ist unumkehrbar. Bitte nicht, denkt Philip Hoffmann. Aus weiter Ferne hört er noch jemanden schreien: »Philip, verdammt, geh in Deckung«, aber das hat nichts mehr mit ihm zu tun. Auch, dass ihm seine Frau eine SMS geschickt hat, um ihm mitzuteilen, dass er ein verdammter Arsch ist und sie sich von ihm trennen wird, hat für Philip Hoffmann keine Bedeutung mehr.

Ich kann es nicht fassen, dass sich dieser Idiot von einem Polizisten mit seiner lächerlichen Glock hinstellt und versucht, auf mich zu schießen. Das weiß doch jedes Kind, dass das ein besseres Spielzeug ist, mit dem man zwar seine Frau und seine Kinder erschießen kann, aber niemals einen Menschen auf diese Entfernung. Ich muss mich beeilen, mein Magazin ist fast leer, die WEGA und die Cobra werden jeden Moment hier aufkreuzen. Ihnen werde ich aber nicht die Freude machen und mich von ihnen abknallen lassen. Nein, nein, das besorge ich schon selbst. Einen der Schüler, die mich beschimpft haben, habe ich erwischt. Ich wollte ihm eigentlich die Eier wegschießen, habe aber leider nur seinen Oberschenkel getroffen. Wenn er Pech hat, verblutet er auch so. Der Oberschenkel ist eine heikle Stelle, weil sich dort eine Hauptschlagader befindet, und wenn die einmal zerfetzt ist, schaut es nicht gut aus. Der Zweite ist der mit der idiotischen Kappe. Ich kann ihn nirgendwo mehr sehen, wahrscheinlich hat er sich im Schulgebäude verkrochen und scheißt sich gerade in die Hosen. Ich habe am Anfang zu lange gewartet, mein Fehler. Na ja, man kann nicht alles haben im Leben. Leben? Hinter mir liegen die Trümmer meines Lebens, eine Müllhalde, stinkend, verwesend, alles unbrauchbar. Jetzt kann ich der Wirklichkeit in die Augen schauen. Da, auf dem Boden neben der Hauswand, da liegt ja die Lehrerin mit der roten Jacke. Wahrscheinlich habe ich ihr den Besuch der Polizei zu verdanken.

Langsam löst sich Franziska Steinbrenner aus ihrer Erstarrung. Wie soll sie jemals diese Schreckensbilder vergessen, sollte sie diesen Wahnsinn hier überhaupt überleben? Sie versteht noch immer nicht, was hier eigentlich vor sich geht und warum dieser Mann auf die jungen Menschen im Schulhof schießt. Da kommt ihr der fürchterliche Gedanke, dass möglicherweise sie die Schuld an allem trägt. Sie hat dem Direktor mitgeteilt, dass sie und ihre Schüler am Vormittag von einem Unbekannten mit einem Feldstecher beobachtet wurden. Ihr wird abwechselnd heiß und kalt, und sie hat das Gefühl, als müsste sie sich gleich übergeben. Plötzlich nimmt sie aus dem Augenwinkel eine Bewegung wahr, die sie erstarren lässt. Hinter dem geschlossenen Flügel der Glastür sieht sie Sophia, die erschrocken stehen bleibt, weil sie das alles nicht einordnen kann. Ihre Mutter liegt auf dem Boden, es fallen Schüsse, und Jugendliche laufen schreiend an ihr vorbei. Einige von ihnen hinterlassen Blutspuren am Asphalt. Noch geschockt von den Bildern im Aqua-Terra-Zoo starrt Sophia ihre Mutter an. Sie muss sie retten, denkt Franziska Steinbrenner, und rappelt sich auf, was sie besser nicht getan hätte. Wäre sie nämlich auf dem Boden liegen geblieben, hätte sie die Kugel nicht in der Hüfte getroffen. In diesem Augenblick durchschlägt eine weitere Kugel die Glastür, die in tausend Scherben zerspringt. Sophia ist paralysiert und bleibt einfach stehen. Murat, der neben dem verletzten Zlatko auf dem Boden sitzt, greift nach Sophias Hand und reißt sie weg von der Tür. Sophia hat ein paar Glassplitter abbekommen, die in ihrem Gesicht und an ihren Armen blutende Kratzer hinterlassen.

Nur noch zwei Patronen befinden sich im Magazin. Ich höre auf zu schießen, ich muss auf Nummer sicher gehen. Plötzlich merke ich, wie die Angst mich packt. Mein Herz rast, und mein Körper ist von Schweiß bedeckt. Mich ekelt vor mir selbst, und ich hasse mich. Fettsack. Fette Sau. Aber es gibt kein Zurück mehr. Ich darf jetzt nicht zu grübeln beginnen. Was geschehen ist, ist geschehen. Der Tod kann mich am Arsch lecken. Ich habe nichts mehr zu verlieren und schon gar nichts mehr zu gewinnen. Ich verschwinde. Im Schulhof ist immer noch die Hölle los, und ich höre die Sirenen der Einsatzfahrzeuge. Sie werden jeden Augenblick hier sein. Pech gehabt.

Ich stecke mir den Lauf in den Mund und verbrenne mir dabei die Lippen. Dass der Lauf so heiß wird, habe ich nicht gedacht. Auch meine Zunge habe ich mir verbrannt. Und meinen Gaumen. Zu spät, zu spät. Mein rechter Daumen liegt auf dem Abzug, und in diesem Augenblick fällt mir ein, was meine Großmutter zu mir gesagt hat, kurz bevor sie starb: »Du bist ein braver Bub, merk dir das.« Ich war vier Jahre alt und bin zu meiner Mutter gelaufen, die am Krankenhausgang eine Zigarette geraucht hat. »Oma hat gesagt, dass ich ein braver Bub bin.« Meine Mutter hat nur höhnisch gelacht. »Ein braver Bub? Ein Nichtsnutz bist du, merk dir das.« Dabei blies sie den Rauch aus wie ein Drache.

Ich drücke ab, und mein Kopf explodiert. Ich fliege durch das All und zerfließe. Mit rasender Geschwindigkeit steuere ich auf einen weißen Punkt zu und höre Geräusche, die ich noch nie gehört habe. Dann bin ich weg. Für immer. Und das ist gut so.

LETZTE WORTE

Ich danke meiner Agentin (so steht es auf ihrer Visitenkarte), Martina Schmidt, dass sie den Kontakt zum Leykam Verlag hergestellt hat. Jedes Buch hat seine eigene Geschichte. Mal sehen, wo diese endet.

Ein besonderer Dank gilt meiner Lektorin, Tanja Raich, die Texte gestrichen hat, von denen ich dachte, dass sie für dieses Buch essentiell wären. So kann man sich täuschen.

Mein größter Dank gebührt aber meiner Frau, Michaela Mandel, die drei Fassungen dieses Romans auf Herz und Nieren geprüft hat und dabei keine Rücksicht auf die Befindlichkeiten des Autors genommen hat. Sollte der Roman gelungen sein, hat sie einen wesentlichen Anteil daran. Sollte er misslungen sein, liegt es alleine an mir.

KURT PALM, 1955 in Vöcklabruck geboren, lebt als Autor und Regisseur in Wien. Palm wurde mit der gefeierten TV-Produktion »Phettbergs Nette Leit Show« (1994–96) bekannt. Sein Bestseller »Bad Fucking« (Residenz 2010) wurde 2011 mit dem Friedrich-Glauser-Preis für den besten deutschsprachigen Krimi des Jahres ausgezeichnet und war auch als Film erfolgreich. Zuletzt erschienen seine Romane »Strandbadrevolution« (Deuticke 2017) und »Monster« (Deuticke 2019).

www.palmfiction.net

Literatur bei leykam:

Psychogramm eines Dorfes

Elfi Reisinger, eine junge Bäuerin, lebt Anfang der 1970er Jahre mit ihren Eltern auf einem kleinen Hof in der Rotte Ferchkogel, einer abgelegenen Siedlung im Voralpenland. Ihr Vater verschwindet eines Nachts, die Gendarmerie geht von Suizid aus. Die anderen im Dorf trauen den beiden Frauen nicht zu, den ärmlichen Hof weiterzuführen. Der Nachbar will den Grund für einen Spottpreis kaufen und setzt die Frauen unter Druck, die Lage spitzt sich immer weiter zu, und Elfi muss einen Weg finden, um sich aus diesem Machtgefüge zu befreien.

288 Seiten | ISBN 978-3-7011-8251-0 | 23,50 €

Literatur bei leykam:

Alles ist verbunden

Ava ist 28 und arbeitet als Designerin in einer Werbeagentur. Das Arbeitsumfeld erscheint ihr zunehmend ausbeuterisch und oberflächlich, ihr Leben sinnlos. Erst die Begegnung mit Lina reißt Ava aus ihrer Lethargie. Sie nimmt Ava mit zu *connect*, einer Gemeinschaft, die vom charismatischen Dev gegründet wurde. Deren Vision: eine post-digitale Gesellschaft, in der Menschen eng miteinander verbunden sind. Je mehr Zeit Ava bei dieser Gemeinschaft verbringt, desto mehr vernachlässigt sie ihre Arbeit und distanziert sich von Familie und Freund*innen, die in *connect* eine gefährliche Sekte sehen.

304 Seiten | ISBN 978-3-7011-8233-6 | 24,-

Die Arbeit an diesem Roman wurde mit einem Werkstipendium der Literar-Mechana; einem Projektstipendium des Bundesministeriums für Kunst, Kultur, öffentlichen Dienst und Sport; einem Arbeitsstipendium des Landes Oberösterreich sowie einem Projektstipendium der Stadt Wien Kultur unterstützt.

Umschlaggestaltung und Typografie: Christine Fischer
Umschlagmotive: shutterstock.com/Irina Wilhauk und shutterstock.com/Iryna Tolmachova
Druck: FINIDR, s.r.o.
Lektorat: Tanja Raich
Korrektorat: Lucia Marjanovic
Gesamtherstellung: Leykam Buchverlag

www.leykamverlag.at
ISBN 978-3-7011-8239-8

Klimaneutral gedruckt mit freundlicher Unterstützung durch die Kulturabteilung der Stadt Wien und das Land Oberösterreich.

FSC www.fsc.org MIX Aus verantwortungsvollen Quellen FSC® C014138

Stadt Wien

mit Unterstützung von Kultur ober österreich